LA DUPERIE ÉCOSSAISE

LES ÉPÊES DES HIGHLANDS 5

KEIRA MONTCLAIR

ARBRE GÉNÉALOGIQUE
DE LA FAMILLE GRANT

ALEXANDER GRANT et sa femme,
MADDIE

John (Jake) et sa femme, Aline – décédés
Alasdair et sa femme, Emmalin – John et Ailith

James (Jamie) et sa femme, Gracie
Elshander et sa femme, Joya
Alaric
Jowell
Merelda
Maryell

Kyla et son mari, Finlay
Alick et sa femme, Branwen
Paden
Broc
Chrissa

Connor et sa femme, Sela
Dyna et son mari, Derric – Tora, leur fille
Claray (demi-sœur)
Hagen
Astra
Morgan

Elizabeth et son mari

Maeve et son mari

PROLOGUE

1314, Highlands d'Écosse

ALEXANDER GRANT FERMA les yeux dans l'espoir d'être béni par une visite de sa femme, qui avait quitté cette terre avant lui. Elle apparaissait parfois dans ses rêves, mais pas plus de deux fois par lune. Il savourait chacun de ces instants, et ses émotions restaient vivaces dans son cœur.

Une brume apparut de l'autre côté de sa chambre, et il sortit de son lit en priant pour qu'il s'agisse de sa femme.

« Je suis là, Alex. »

Sa voix lui parvint sous la forme d'un doux murmure, de la même manière qu'elle lui parlait au lit après qu'ils aient fait l'amour, en prononçant les mots à voix basse pour ne pas réveiller les enfants qui dormaient au bout du couloir.

« Tu me manques tellement, Maddie. » Sa voix, son parfum, ses souvenirs… tout cela pourrait bien le mettre à genoux.

« Est-ce une larme que je vois, Alex ? Oh, ne

pleure pas, Alex. Il n'y en a plus pour longtemps, je te le promets. »

« Maddie, quand feras-tu enfin confiance à nos enfants et petits-enfants pour se battre seuls et aider l'Écosse à aller de l'avant, avec les talents et le caractère qu'ils ont développés grâce à notre éducation ? J'ai près de quatre-vingts été, mon amour. Mes os me font souffrir chaque jour, et je ne peux plus me servir de mon épée. Mes mouvements sont de plus en plus lents. »

« Mais tu peux toujours te servir de ton esprit. Te rappelles-tu il y a longtemps, lorsque ta mère t'a parlé d'une fée ? » Elle s'approcha et tendit la main pour essuyer la larme sur sa joue. Elle portait la lourde robe verte à brocart et au corsage brodé de fil d'or qu'elle réservait généralement pour les fêtes. Elle avait même le parfum des branches de pin dont elle ornait le grand hall à cette époque de l'année.

Se forçant à l'écouter, il repensa aux histoires de sa mère. « Oui, elle nous a toujours dit, à Brenna et moi, que les fées nous aideraient à protéger ces terres du mal, mais qu'elles auraient parfois besoin de notre aide en retour. »

« Et te souviens-tu du pouvoir d'Avelina ? »

« Oui, elle a été choisie par les fées pour manier le pouvoir de leur relique, l'épée de saphirs, et la protéger jusqu'à la transmettre à son prochain porteur. »

Elle se laissa aller dans ses bras, en faisant courir son doigt le long de sa mâchoire. « Tu es plus beau que jamais, Alexander Grant. »

Dès qu'il sentit son toucher, ses douleurs et

élancements disparurent. Il passa ses bras autour d'elle, l'embrassa doucement, savourant chaque instant. Puis ce fut elle qui se recula avec une expression de regret. « Alex, le temps est venu pour Avelina de transmettre à quelqu'un d'autre la mission de protéger l'épée. Elle va te l'apporter, et il te reviendra de choisir qui devra en détenir le pouvoir. »

« Dis-moi qui devrait la manier, Maddie, et je m'en occuperai. »

« C'est à toi de le décider. Je ne peux pas le faire pour toi, mais je fais confiance à ton jugement. » Son expression devint solennelle. « L'Écosse aura bientôt besoin de cette épée. Une grande bataille approche, Alex. Si tout se passe bien, le roi Robert renverra enfin les Anglais chez eux. Tu comprendras alors l'étendue du pouvoir de tes petits-enfants. »

Elle se recula jusqu'à croiser son regard. « Mais ton intervention sera nécessaire pour quelque chose de bien plus important pour moi. Je t'en prie, mon époux, sois patient. »

« Je ferai tout pour toi. Qu'est-ce qui t'inquiète cette fois ? »

« Il y a deux autres problèmes. Le premier, c'est qu'une force maléfique veut envahir le château Grant, mais le second est bien pire. »

« Qu'est-ce qui pourrait être encore pire à tes yeux ? » demanda-t-il en prenant son visage dans ses mains pour caresser la douce peau de sa joue du bout de son pouce.

Elle se pencha contre lui et poussa un soupir. « Bientôt, Alex. »

« Mais nos descendants sont tout à fait capables de protéger notre château et d'attaquer n'importe quelle force qui tenterait d'envahir le château. Tu le sais. »

« Je pense que tu as raison. Tu as bien entraîné notre clan. »

« Nous, Maddie. Nous avons entraîné notre clan, nos enfants, nos petits-enfants. Nous l'avons fait ensemble. »

« Oui, mais cette nouvelle menace est trop horrible pour que je prenne le moindre risque. »

« Qu'est-ce qui pourrait être pire qu'une dernière bataille pour la couronne écossaise, ou quelqu'un qui essaie d'envahir le château ? »

Il l'observa tandis que les larmes coulaient sur ses joues, ce qu'il n'avait pas vu depuis très, très longtemps. « Qu'y a-t-il, Maddie ? » Il embrassa ses larmes pour les essuyer. « Je ferai tout ce que tu voudras. Mais arrête de pleurer. »

« Les Ramsay et les Grant vont se battre les uns contre les autres. »

Il se figea, car il ne s'était jamais attendu à une telle réponse. Elle avait raison – c'était le pire scénario possible. Voir leurs descendants mourir de la main des Ramsay ? Ou les voir tuer les fils et filles de leurs amis ? Toutes les implications lui donnèrent la migraine. Il poussa un juron, cessant de caresser doucement la peau de sa femme. « Je ne pensais pas que tu parviendrais à me dire quelque chose pour me donner envie de rester encore un peu sur cette terre, mais tu as réussi. »

« Tu ne dois pas laisser une telle chose arriver, Alex. »

Elle s'éloigna à reculons, une partie de son image tressaillant avant de disparaître tandis qu'elle se déplaçait.

Il ne pouvait pas la contredire cette fois.

Il devait rester.

« Bientôt, Alex » furent ses derniers mots.

CHAPITRE 1

Fin mai 1314, Highlands d'Écosse

DROSTAN SE DIRIGEA vers les lices, et un sourire s'étira sur son visage dès qu'il vit les jeunes femmes qui s'approchaient de lui. Dyna, la fille du laird, menait un groupe d'archères vers le champ de tir, et la vue de Chrissa Grant dans sa tunique et son pantalon illuminait toujours sa journée. La façon dont les vêtements moulaient ses fesses lorsqu'elle visait sa cible l'attirait énormément, mais pas autant que de l'observer alors qu'elle réalisait une succession de tirs parfaits, les muscles de ses bras et de ses jambes ondulant sous le mouvement. Il adorait la regarder utiliser son incroyable talent, même sur le champ de tir.

Son intérêt pour Chrissa persistait bien au-delà des heures qu'ils passaient ensemble à affûter leurs talents au combat, mais elle avait l'esprit, la férocité et l'indépendance d'une guerrière. Elle n'était pas le genre de jeune femme à se laisser impressionner par de belles paroles ou des cadeaux.

« Tu penses pouvoir me battre aujourd'hui, Chrissa ? » demanda Dyna.

La belle-sœur de Chrissa, Branwen – qui était enceinte de plusieurs mois – déclara : « Même moi, je pourrais te battre, Dyna. Tu t'es relâchée ces derniers temps. Tu es trop occupée à reluquer les fesses de ton mari. »

Chrissa gloussa et Dyna rétorqua : « D'accord, j'avoue. Je le fais tous les jours. Et je ne m'en excuserai pas. »

Chrissa allait-elle révéler de *qui* elle aimait regarder les fesses ? Pouvait-il espérer qu'il s'agisse des siennes ?

À vingt-deux étés, il était prêt à se marier – une partie de lui sentait que cela allait arriver cette année – mais il ne savait pas comment faire évoluer son amitié avec Chrissa en un autre genre de relation. Il s'était retenu de le faire, par peur de la perdre. Parce que si épouser quelqu'un d'autre était inacceptable, l'idée de la perdre lui paraissait encore pire.

« Je me suis bien entraînée » dit Chrissa. « Je pense pouvoir te battre *et* battre Branwen. »

« Mais je représente la seule menace pour toi » rétorqua Dyna. « Avec son gros ventre, Branwen aura de la chance si elle arrive à atteindre la cible. Tu penses pouvoir rester immobile assez longtemps pour encocher une flèche ? Ou va-t-elle tomber et rouler le long de la colline ? »

Branwen rejeta la tête en arrière et rit de bon cœur.

« Fais attention » l'appela Dyna. « Je n'ai aucune intention de t'accoucher ici. »

Alick Grant passa en courant devant Drostan tandis qu'il se dirigeait vers le groupe pour rejoindre sa femme. Il embrassa Branwen derrière la tête. « Allons, mon épouse. Montre-leur qui est la meilleure archère. »

Elle éclata de rire et inclina la tête vers Chrissa. Alick reprit rapidement : « Désolé, petite sœur. Je ne faisais que plaisanter. Tu vas probablement réussir à la battre. Pour le moment. »

Le frère de Chrissa était un fier guerrier avec une poitrine imposante et de larges épaules. Il s'attendait probablement à ce que les prétendants de Chrissa soient taillés dans le même roc que lui. Et puis, il y avait son grand-père, qu'on appelait autrefois le guerrier le plus féroce et le meilleur épéiste des Highlands.

Pour courtiser Chrissa, il devrait se montrer plein de force et de férocité.

Entraîne-toi, entraîne-toi, entraîne-toi.

C'était la seule façon pour lui de faire ses preuves auprès de son grand-père, de son père et de ses frères. Bien sûr, il lui faudrait toujours trouver le moyen de gagner l'estime de sa mère, la sœur des lairds, connue pour son caractère bien trempé, et il soupçonnait que cette tâche serait encore plus difficile que les autres.

Il était tenté de regarder l'entraînement au tir à l'arc du groupe de jeunes femmes, mais il continua son chemin vers les lices. Alick était parti devant lui. Deux des meilleurs guerriers étaient en train de diriger l'entraînement – Connor Grant, l'un des lairds, et Derric Corbett, le mari de Dyna.

Corbett lui aboya dessus dès qu'il entra dans les lices. « Chisholm, va t'entraîner contre Alick. »

Bon sang, c'était un sacré défi. Il acquiesça et s'approcha de la zone où se trouvait Alick, puis souleva son épée par-dessus sa tête pour s'échauffer.

Ils n'avaient échangé que trois coups lorsqu'un son s'éleva dans les ais, incitant Alick et Drostan à se précipiter en courant vers le champ de tir à l'arc. Chrissa avait poussé un cri strident et hurlé : « Laisse-moi tranquille ! »

L'avant du champ de tir se trouvait juste à côté des lices, mais les archers tiraient plus loin. Si elle avait été attaquée alors qu'elle ramassait ses flèches, ils ne l'auraient jamais entendue.

Drostan ignorait totalement qui aurait osé la toucher, mais il casserait tous les doigts de ce salaud s'il le fallait. Il sauta par-dessus le tas de foin qui entourait le champ de tir, le regard posé sur l'homme grand et dégingandé à proximité de Chrissa. Il était bien plus âgé que ce à quoi il s'était attendu, et à côté de lui, il vit un chien de chasse et deux chiots. Son visage lui paraissait vaguement familier, mais il n'avait aucune envie de s'arrêter pour faire la conversation avec lui, d'autant qu'il avait osé toucher Chrissa. Et il ne laisserait pas la moindre explication concernant les chiots l'arrêter dans ce qu'il voulait faire. Sa nature impulsive réagissait au souvenir du cri de Chrissa. Elle n'était pas du genre à se plaindre.

Drostan se jeta sur le vieil homme et voulut lui décocher un coup de poing dans la mâchoire, mais sa cible anticipa le coup et l'évita. Puis son adversaire s'éloigna des chiens, saisit Drostan par le bras et le mit au tapis en un clin d'œil.

« Qu'est-ce que tu fais, Drostan ? » s'écria Chrissa. « C'est mon cousin. » Elle se tenait au-dessus de lui, son arc jeté sur le côté et les mains posées sur ses hanches voluptueuses.

Drostan rétorqua : « Il t'a touchée. Personne n'a le droit de te toucher. »

Chrissa poussa un grognement fort peu féminin, puis répondit entre ses dents serrées : « Il ne m'a pas touchée. C'est le chien qui m'a sauté dessus. Oh, et pour que tu voies à quel point tu es stupide, voici mon cousin Torrian, chef du clan Ramsay. Il est venu nous rendre une petite visite avec mes cousines, Maggie et Molly. »

Bon sang, il s'était encore fourré dans les ennuis. Il savait en voyant la mâchoire serrée de Chrissa qu'elle aurait d'autres choses à lui dire plus tard. Et il le mériterait. Pourquoi ne pouvait-il pas apprendre à contrôler ses impulsions ? Drostan ne savait pas comment se sortir de cette situation sans passer pour un parfait idiot.

Alick, qui s'était arrêté juste derrière lui, dit à Torrian : « Ne lui en veux pas. Chrissa et lui s'entraînent ensemble depuis qu'ils sont tous petits, et il peut se montrer un peu protecteur envers elle. »

Torrian éclata de rire et lui tendit la main pour l'aider à se relever. « J'espère que je ne t'ai pas fait mal, petit, mais je suis un peu vieux pour laisser quelqu'un me tabasser au visage. »

Les autres archères s'étaient rassemblées autour d'eux, tout comme les guerriers qui s'entraînaient dans les lices, et Drostan sentit le rouge lui monter aux joues. L'un des chiots sauta sur sa jambe en agitant la queue, et il se pencha pour le prendre dans ses bras.

Que pouvait-il faire d'autre ?

« Pardonne-moi, Chrissa. Et je vous prie également de m'excuser, Milord. Je pensais que quelqu'un essayait de lui faire du mal. Je ne voudrais jamais vous blesser. »

Il posa les yeux sur la foule qu'il avait attirée, son visage de plus en plus chaud, puis il se tourna vers le chiot au poil gris dans ses bras.

« On dirait que tu viens de gagner un chiot pour la peine, Drostan » déclara le chef Ramsay avec un petit sourire. Le chiot leva les yeux vers lui, comme pour lui dire : « Je peux rester avec lui ? »

« Vous ne voulez pas de vos chiots ? » demanda-t-il à Torrian, dans l'espoir que l'homme réponde qu'il plaisantait.

Torrian gloussa et dit : « Nous avons emmené une portée avec nous pour leur trouver un nouveau foyer. Ma femme, Heather, a conduit les autres dans la cour. On dirait que cette petite t'a déjà choisi. Sois gentil avec elle, d'accord ? Elle s'appelle Sky, parce que son pelage a des reflets bleutés[1]. »

Drostan poussa un soupir, mais il ne voyait aucun moyen de se sortir de cette situation sans s'embarrasser encore plus. Alors il s'éloigna avec la petite chienne dans ses bras, qui lui léchait la poitrine en poussant de petits aboiements.

---

1   « Sky » signifie « ciel » (NdT).

L'animal leva ensuite de grands yeux vers lui, la langue pendante. « Tu as soif, Sky ? Je vais te trouver de l'eau. Tu seras bien sage si je m'occupe de toi ? » Il avait entendu dire que les chiens éprouvaient un amour inconditionnel pour leur maître.

Si seulement il avait un jour la chance que Chrissa éprouve ce genre d'amour pour lui.

Puis avec cette pensée surgit une autre : comment pouvait-il devenir un puissant guerrier s'il devait s'occuper d'un petit chiot ?

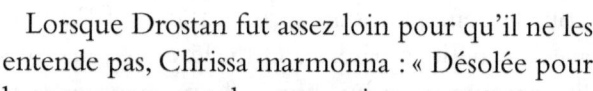

Lorsque Drostan fut assez loin pour qu'il ne les entende pas, Chrissa marmonna : « Désolée pour le comportement de mon ami. »

« Ton ami ? » dit Maggie. « Je doute fort qu'un *ami* réagisse aussi vite à une telle distance. »

« J'ai l'impression qu'il tient énormément à toi, Chrissa » ajouta Molly.

« Non, il n'y a rien entre nous » murmura-t-elle en posant son regard sur Drostan. « Nous nous entraînons ensemble depuis des années. Il est juste très protecteur. »

Mais même lorsqu'elle prononça ces paroles, elle n'y crut pas. Quelque chose avait-il changé entre elle et Drostan ? Ces derniers temps, elle s'était surprise à penser à lui de plus en plus, mais elle ignorait pourquoi. Reportant son attention sur Molly et Maggie, deux de ses nombreuses idoles, elle rejeta deux de ses tresses sombres par-dessus son épaule. « Vous pourriez observer notre entraînement ? Votre avis compte beaucoup pour moi. »

Molly et Maggie étaient les filles adoptives de la célèbre archère Gwyneth Ramsay, la femme qui avait formé Dyna, et même si cette dernière ne manquait pas de talent, ses cousines avaient bien plus d'années d'expérience. Leur cousin, le chef des Ramsay, était retourné au donjon pour parler avec Connor et Jamie.

Dyna l'appela : « C'est à ton tour de tirer, Chrissa. Voyons un peu comment tu te débrouilles. » Elle lui adressa un sourire plein de défi. « Peux-tu prouver à tes amies que tu as appris quelque chose de nouveau ? »

Chrissa plissa les yeux vers Dyna, qui avait toujours su comment l'aider à repousser ses limites pour s'améliorer – en la mettant en colère.

Elle tira une volée de flèches de son carquois, et toucha presque le centre à chaque fois.

Molly poussa un lent sifflement. « Le roi Robert sera ravi de te voir à l'œuvre. »

Dyna applaudit sa performance et les rejoignit en face des cibles. « Je suis toujours ravie de vous voir, toutes les deux, mais qu'est-ce qui vous amène sur les terres des Grant ? »

« Mère veut que nous aidions à former autant d'archers que possible avant la bataille à Stirling. Gavin, Merewen et Gregor s'occupent déjà de nos archers, c'est pourquoi elle nous a envoyées ici avec Torrian. D'après la rumeur, le roi Edward a rassemblé des dizaines de milliers d'hommes pour attaquer les Highlands, même s'ils sont actuellement en train de se préparer à Berwick.

Ils ont l'intention d'éliminer Robert Bruce une bonne fois pour toutes. Si tout se déroule selon les plans d'Edward, nous ne serons jamais libérés des Anglais. »

« Est-ce que vos parents pensent que nous pouvons vaincre une telle armée ? »

« Père est convaincu que l'armée de Bruce écrasera celle des Anglais. Il s'attend à ce que cette bataille affirme définitivement la position de Robert en tant que roi d'Écosse. Il pourrait bien s'agir du dernier combat de cette guerre. »

« J'espère que mère me laissera y aller. Je suis bien assez grande pour voyager avec l'armée écossaise.Vous irez, vous aussi ? » demanda Chrissa à Molly et Maggie.

« Oh, nous y serons » confirma Maggie. « Tous nos meilleurs archers iront aussi. J'espère simplement que mère ne va pas tenter de se joindre à nous. »

« Mais elle est toujours très bonne archère. »

« Ses épaules ne sont plus ce qu'elles étaient, et je pense que je préférerais qu'elle reste à la maison pour protéger le château. Père estime qu'il faut laisser de nombreux guerriers à la maison. Si le roi Edward perd la bataille, il risquerait de déverser sa colère sur les Lowlanders. Ainsi, n'importe quel château sur son chemin de retour depuis Stirling risque d'être la cible d'une attaque. Père se joindra à la bataille, bien sûr. Lui non plus n'est plus aussi vif qu'avant, mais il ne manquerait ça pour rien au monde. Nos maris voyageront avec les guerriers que le clan Ramsay enverra au roi Robert. » Maggie jeta un coup d'œil à sa sœur, et Chrissa soupçonna savoir pourquoi. D'après ce qu'elle avait entendu, et elle écoutait *toujours* tout, Molly aussi commençait à ressentir le poids des années. Ses douleurs musculaires suffisaient parfois à la forcer à rester sur les terres des Ramsay.

Dyna plissa les yeux avant de se tourner vers Chrissa. « Tu iras, c'est sûr. Toi, Lora, Branwen, Maggie, Molly, et tous ceux que nous pourrons entraîner. »

Chrissa faillit pousser un cri de joie. Elle attendait depuis des années de pouvoir faire ses preuves au combat, mais personne ne l'y avait jamais autorisée… tout ça parce qu'elle s'était enfuie des terres des Grant et avait suivi son grand-père après l'enlèvement de sa mère. Certes, elle n'était encore qu'une enfant à l'époque, mais personne n'aurait pu la convaincre que leur réaction avait été extrêmement exagérée.

Dyna sourit. « Il est temps de mettre fin au règne cruel d'Edward sur l'Écosse. »

« Et je serai là ! » dit Chrissa avec détermination. « Nous méritons d'avoir notre propre roi. Je veux me battre pour ce droit, à chaque étape de notre parcours. » Elle avait grandi en écoutant les histoires de ses oncles, tantes et ancêtres qui s'étaient battus pour l'Écosse. L'une de ses favorites était celle de la bataille de Largs contre les Nordiques et le rôle que son clan avait joué dans ce conflit, mais elle aimait également l'histoire des Ramsay et des Grant qui avaient mis un terme au Canal de Dubh, un réseau de contrebandiers qui enlevaient des jeunes filles et des garçons avant de les vendre de l'autre côté de la mer. Maggie et son mari, Will, avaient eu un rôle essentiel dans cette aventure. « Je voudrais faire mes preuves, comme toi et Will lorsque vous avez lutté contre le Canal de Dubh, Maggie. »

L'intéressée inclina la tête. « Fais attention à ce que tu souhaites. »

Chrissa faillit s'esclaffer. « Mais vous avez réussi, pas vrai ? Vous les avez écrasés, et le clan en parle encore ! »

« Oui, et ces souvenirs de victoire sont merveilleux. Mais nous ne les avons pas tous sauvés, Chrissa, et la peur que j'ai lue dans les yeux de ces enfants me hante encore après toutes ces années. »

Molly pressa le bras de sa sœur. Toutes deux avaient été maltraitées dans leur enfance, et vendues comme servantes par leurs parents. Peut-être était-ce pour cela que les souvenirs de Maggie la hantaient toujours. Chrissa ne ressortirait de cette bataille contre Edward qu'avec de bons souvenirs.

« C'est parce qu'il y avait des enfants qui souffraient » dit Chrissa, les mains fermement posées sur ses hanches. « C'est différent. Nous allons vaincre les Anglais. Je ne vois pas comment le souvenir d'une bataille contre eux pourrait hanter quelqu'un pendant des années. »

Maggie se contenta de lui adresser un regard. Ce n'était pas la première fois qu'on regardait Chrissa de cette façon – elle connaissait bien cette expression. *Un jour, tu comprendras, et la leçon sera difficile.*

CHAPITRE 2

DROSTAN SE DIRIGEA vers le cottage de sa famille, la petite chienne toujours dans ses bras. « Ne t'avise pas de me faire pipi dessus, Sky. »

Comme il n'avait aucune idée de la façon de s'occuper d'un chien, il avait décidé d'amener l'animal avec lui pour aller voir son père. Peut-être qu'il saurait comment procéder. Et puis, s'occuper d'un animal lui donnerait quelque chose à faire, au lieu de boire de la bière toute la journée.

Son père était tombé dans l'alcool depuis qu'une blessure avait mis un terme à sa carrière de guerrier Grant. Une profonde entaille à son bras d'épée avait gravement endommagé ses muscles. Il avait reçu cette blessure durant l'une des batailles de leur clan contre les Anglais, et depuis, il n'avait jamais réussi à passer à autre chose. Toute son identité tournait autour de son statut de guerrier, ce qu'il n'était plus. Voilà pourquoi il s'était noyé dans la boisson au lieu de se trouver un nouvel objectif de vie. Il avait même refusé lorsqu'on lui avait offert d'entraîner de nouveaux guerriers dans les lices.

La quantité qu'il buvait avait augmenté au fil des ans, et son tempérament avait changé en conséquence. Il n'avait jamais battu Drostan ni sa mère, mais il était devenu violent lorsqu'il était soûl. La moindre petite chose pouvait le faire hurler ou jeter des meubles. Tout son entourage avait souffert avec lui, en particulier la mère de Drostan, qui s'était enfuie de la maison trois ans auparavant.

Elle en avait eu assez de son addiction et de son caractère – de son habitude de rejeter la faute de ses problèmes sur les autres. Drostan ne pouvait pas vraiment lui en vouloir d'être partie… ou du moins, il ne lui en aurait pas voulu si elle l'avait *prévenu*. Elle ne lui avait même pas dit au revoir. Elle avait dit à son père qu'elle allait en Angleterre, où elle était née, puis elle avait disparu, laissant Drostan seul à s'occuper de son père.

Il avait pris soin de lui du mieux qu'il avait pu, mais il redoutait à chaque fois qu'il devait se rendre à son cottage, préférant passer son temps dans le bâtiment des guerriers.

Mais il était son père – il l'aimait, et il savait qu'il était de son devoir de s'occuper de lui. Personne d'autre ne le ferait à sa place. De plus, il n'était pas une mauvaise personne. Le père qu'il aimait n'était pas celui qui passait ses après-midis et ses soirées à boire jusqu'à l'inconscience, mais celui qui s'occupait de son petit jardin et discutait du roi Robert avec ses voisins, ce dont il ne se lassait jamais. La guerre l'intéressait beaucoup, suffisamment pour le sortir temporairement de sa torpeur. C'était grâce à lui que Drostan avait entendu toutes ces histoires des prouesses du clan Grant contre leurs ennemis. Et c'étaient ces histoires qui l'avaient poussé à s'entraîner plus dur, à mieux se battre.

Un jour, il espérait que son père entendrait les membres du clan mentionner *son* nom avec orgueil. Il avait encore le rêve stupide de faire la fierté de son père.

Mais son père avait deux personnalités – l'ivrogne *et* l'homme qui aimait son clan et son pays – et souvent, les visites de Drostan étaient loin d'être plaisantes. Cela faisait un moment qu'il n'était pas rentré à la maison. Mais peu importait. Il était près de midi, et il espérait que son père serait encore en mesure d'avoir une conversation avec lui.

Sky poussa un petit gémissement, comme si elle comprenait ses tourments, et lui lécha le nez. Il lui sourit tandis qu'il ouvrait la porte. La puanteur de l'alcool et des vêtements sales faillit le faire s'étrangler. « Bonjour, père. »

« Où étais-tu passé, espèce de petit ingrat ? Pendant toutes ces années, j'ai travaillé pour te nourrir, et tu n'as même pas la décence de rendre visite à ton propre père ? Est-ce que tu m'as amené un autre tonneau de bière ? Je n'en ai presque plus. » Son père se leva de la table au centre du cottage, mais comme ses mouvements étaient trop brusques, il se pencha pour attraper le côté de la table afin de se retenir de tomber.

Bon sang, il était déjà ivre mort. « Tu dois

manger avant de boire, père. Est-ce que tu as mangé quelque chose ? »

« Non, puisque tu ne m'amènes rien. Ou bien est-ce que tu as quelque chose ? Je pense que je pourrais dépecer cette créature que tu tiens dans tes bras. Laisse-la ici. Je vais en faire un bon ragoût. »

Drostan ne put s'empêcher de regarder son père avec des yeux écarquillés. « C'est un chien, pas un lapin. Je t'interdis de la dépecer pour la manger. »

« Alors ne la laisse pas ici, sinon je le ferai. » Il essaya de fixer Drostan, mais il était tellement soûl qu'il tanguait sur ses pieds, ce qui l'empêchait de concentrer son regard sur quelque chose.

Drostan grommela intérieurement. « J'irai au donjon te chercher une miche de pain et de la bouillie d'avoine dès que nous aurons terminé cette conversation. » Il était venu ici pour une autre raison, et il comptait bien s'expliquer avant que l'homme ne soit trop ivre pour rester éveillé.

« Ne m'amène pas de bouillie d'avoine. Juste du pain et un os à ronger. C'est tout ce dont j'ai besoin. Et un pichet de bière ne serait pas mal non plus. » Il retourna vers sa chaise en chancelant. « Où as-tu trouvé un chien, et pourquoi en voudrais-tu un ? »

« Je l'ai gagnée lors d'un défi. » Il s'approcha de la table, tira une chaise et s'assit, ce que son père prit comme une invitation à s'épancher de tous ses problèmes.

« J'étais un si bon guerrier, mon garçon » geignit-il. « Ils devraient mieux s'occuper de leurs guerriers, leur apporter à manger et à boire quand ils en ont besoin. Je ne devrais pas avoir à quémander de la nourriture au donjon. Au moins, mon voisin a eu la gentillesse de m'apporter le dernier pichet d'hydromel. Je me suis battu pour le clan Grant pendant des années. » Il tapa bruyamment du poing sur la table. « Quelqu'un devrait m'apporter ce dont j'ai besoin tous les jours. »

« Tu es tout à fait capable d'aller au donjon pour manger, père. Tu ne devrais pas avoir besoin qu'on s'occupe de toi. Tu es loin d'être infirme. » Il détestait voir comment la boisson avait transformé son père en un homme si paresseux, misérable et déplaisant pour son entourage.

Son père fronça les sourcils et tendit un bras vers la porte. « Ne t'avise pas d'asseoir ton cul à ma table tant que tu ne m'auras pas apporté à manger. » Puis il leva le bras avec colère et frappa Drostan au visage du dos de sa main, le touchant à l'œil. « Tu es fou, vieil homme ? Regarde ce que tu viens de faire ! » Il porta sa main à son œil pour se protéger.

Pendant un instant, le choc parut transformer son père. Ses yeux brillèrent d'une lueur sincère de regret. « Pardonne-moi, Drostan » dit-il. « Je ne voulais pas te faire du mal. » Son excuse était sincère, mais la lueur dans son regard se troubla. « C'était un accident et tu le sais. Va me chercher à manger. »

« Très bien, espèce de vieux défraîchi. Je vais aller te chercher à manger, et ensuite je m'en irai et je ne reviendrai pas pendant une lune. Je suis venu tôt pour pouvoir te parler, mais quand tu te mets à boire, ça ne me sert à rien de rester ici. »

Son père tenta de le suivre, mais Drostan lui saisit le bras et le remit sur sa chaise. « Assieds-toi, père. Tu risques de faire du mal à quelqu'un, y compris à toi. »

« J'étais un excellent guerrier il n'y a pas si longtemps. Tu ne me traiteras pas de cette façon… »

Le jeune homme ouvrit la porte et la referma derrière lui avec fracas, ignorant le reste des lamentations de son père. Puis il baissa les yeux vers Sky, qui tremblait dans ses bras. « Ne t'inquiète pas, je ne le laisserai pas te cuire dans un ragoût, petite. »

Sky lui lécha à nouveau le visage.

Après le dîner ce soir-là, Chrissa se tenait près de la cheminée, non loin de son grand-père. Il possédait un fauteuil immense qu'il occupait au coin du feu. Il ne se déplaçait plus aussi souvent qu'avant, mais son esprit était plus vif que jamais. Ils s'asseyaient près de lui à tour de rôle afin de pouvoir l'aider, si nécessaire. Et en cet instant, c'était ton tour.

« Chrissa » dit-il en posant les yeux sur elle. « Tu veux bien aller demander à Torrian Ramsay de venir s'asseoir près de moi ? J'aimerais lui parler du roi Robert. »

« Je vais te le chercher, grand-père. »

Elle s'approcha de la table où Torrian était assis avec les parents de la jeune femme, ainsi que ses oncles et tantes. Sa mère leva les yeux vers elle en arquant un sourcil, comme si elle s'attendait à ce qu'elle leur cause des ennuis, et Chrissa se pencha pour lui murmurer à l'oreille : « Grand-père voudrait parler avec le chef Ramsay. »

« Je vais avec lui. » Sa mère se leva. « Ton tour de garde au coin du feu est terminé. Va t'amuser un peu. »

Elle hocha la tête avant de s'en aller à la hâte vers un groupe de jeunes filles. Ses cousines préférées étaient Merelda et Maryell, les filles d'oncle Jamie et de tante Gracie. Elles ne pratiquaient pas le tir à l'arc, mais elles avaient un âge proche du sien, et toutes les trois adoraient parler des garçons. Du haut de ses dix-neuf étés, Chrissa était la plus âgée, puis venait Merelda et ses dix-huit étés, tandis que Maryell avait un an de moins que sa sœur.

Et puis il y avait l'épine dans leurs chaussures : Astra. Âgée de treize étés, la sœur cadette de Dyna était une vraie terreur. Son activité favorite était le bavardage – elle pouvait parler de n'importe quoi avec n'importe qui. Les trois jeunes femmes s'efforçaient de garder leurs distances avec elle, mais Astra avait l'étonnante capacité de toujours croiser leur chemin, surtout quand elles en avaient le moins envie.

Dès qu'elle s'approcha, Merelda bondit de son banc et l'attira vers le côté en gloussant. « Il faut que tu me racontes comment Drostan s'est battu pour toi. » Elle rit, puis jeta un coup d'œil par-dessus l'épaule de Chrissa afin de vérifier que personne ne les écoutait.

En particulier Astra.

« Ce n'était rien » dit-elle en espérant que tout le monde oublierait cette mésaventure.

« Tu as dit qu'il n'y avait pas eu de combat après que Drostan ait essayé de frapper le chef. Alors pourquoi est-ce que Drostan a un œil au beurre noir ? »

« Quoi ? » Elle tourna les talons et parcourut les alentours du regard, mais Astra venait d'arriver derrière elle et lui bloquait la vue. Malgré leur différence d'âge, elle était presque aussi grande que Chrissa. Elle dépassait la majorité des garçons de son âge, mais après tout, elle était la fille d'oncle Connor.

Les cheveux presque noirs de sa cousine brillaient à la lumière des torches. « Tu as frappé ton petit copain ? C'est ce que raconte tout le monde. »

« Je ne l'ai *pas* frappé ! Ne t'avise pas de colporter des mensonges. »

Astra retroussa le nez et dit : « D'accord. Je leur dirai ce que tu me diras. Qui l'a frappé ? Quelqu'un l'a bien amoché. » Elle rit de sa propre expression.

« Ce n'est pas drôle, cousine. Est-ce que je dois te frapper au visage, moi aussi, pour voir si ça te fait rire ? »

Astra recula d'un pas et répondit : « Tu ne m'attraperas jamais. » Puis elle s'enfuit en courant, avant de crier par-dessus son épaule : « Jamais ! »

Chrissa serra les dents. « Un jour, cette fille aura ce qu'elle mérite. »

« Elle n'a rien fait de mal » intervint Maryell, la

plus calme et la plus sérieuse des trois. « C'est toi qui a agi comme si tu avais encore son âge. »

« Ce. N'est. Pas. Vrai. » Elle adressa à Maryell son regard le plus intimidant, mais cela n'eut aucun effet car Merelda était déjà d'accord avec sa sœur.

« Si, c'est vrai » dit Maryell avec un grand sourire aux lèvres. Puis sa cousine lui saisit le bras, les yeux pétillants de joie. « Drostan arrive. » Elle poussa un petit gémissement. « Il est tellement beau. Tu devrais lui dire qu'il te plaît. »

Chrissa fronça les sourcils dans sa direction. « Qui a dit qu'il me plaisait ? »

« Vous vous entraînez ensemble depuis toujours. Tu devrais déjà l'avoir épousé. »

Maryell hocha la tête en signe d'assentiment. « Elle a raison, Chrissa. Vous êtes faits l'un pour l'autre. C'est votre destin. »

« Et comment le saurais-tu ? » demanda-t-elle en posant ses mains sur ses hanches.

« Pose la question à Dyna. Tu sais qu'elle a des dons de voyance. Je parie qu'elle verra que Drostan deviendra ton mari. Très bientôt. »

Chrissa n'aimait pas le tournant que prenait cette conversation. Elle n'était pas venue leur parler de Drostan. Cela dit, elle ne pouvait nier le fait que ses sentiments pour lui avaient changé. Elle n'avait cessé de penser à lui depuis leur rencontre dans la matinée. La façon dont il l'avait défendue. La lueur dans ses yeux lorsqu'il s'était jeté sur Torrian. Peut-être qu'il éprouvait *bel et bien* des sentiments plus profonds pour elle et, plus étonnant encore, peut-être qu'elle les éprouvait, elle aussi. Leur simple amitié, si longue et fidèle, avait changé pour devenir autre chose.

Mais quoi ? Si elle avait deux ans de moins, elle aurait osé lui poser la question. Mais à présent, elle ne prendrait jamais un tel risque. De toute évidence, la maturité avait effacé une partie de son audace de jeune fille.

Elle jeta un coup d'œil par-dessus son épaule pour le regarder, et elle ressentit d'étranges papillons dans le ventre. Mais elle refusait d'admettre ce nouveau faible qu'elle avait pour lui. « Ce n'est pas parce que nous nous entraînons ensemble que nous devrions nous marier. Je l'aide à s'améliorer au tir à l'arc, et il m'apprend à me servir d'une dague. Ce n'est qu'un échange de bons procédés. » Les deux autres arboraient le même sourire malicieux tandis qu'elles se détournaient d'elle. Quelques instants plus tard, Drostan s'approcha, le petit chiot blotti dans ses bras. Cette vue lui donna encore plus de papillons dans le ventre. Avait-il gardé le chiot tout ce temps depuis sa confrontation avec Torrian ?

Sans attendre que Chrissa prenne la parole, il se lança immédiatement : « Est-ce que tu vas te battre avec Bruce le jour du solstice d'été ? On raconte que c'est peut-être la dernière bataille de cette guerre. »

« Oui, je pense. »

« Tu n'en es pas sûre ? »

« Mes cousins m'ont dit que j'y participerais probablement. »

« Mais tu dois encore avoir l'autorisation de tes parents ? » Un sourire taquin s'étira sur ses lèvres, et Sky leva les yeux vers elle, comme pour lui indiquer qu'elle était aussi impatiente que Drostan d'entendre sa réponse. Il adorait plaisanter sur le fait que ses parents se montraient trop protecteurs envers elle lorsqu'elle voulait quitter le donjon.

Elle tendit la main vers la petite chienne, la serra contre sa poitrine et caressa sa fourrure, qui était bien plus douce que celle d'un chien adulte. « Père va m'autoriser à y aller, parce qu'il y va aussi. »

« Ton père a l'intention de se battre ? Je ne pensais pas qu'il quitterait le donjon. »

Elle aurait dû être d'accord avec lui, parce qu'elle aussi était surprise que son père ait décidé de participer à la bataille. Mais ces derniers temps, son instinct lui disait de contredire tout ce que disait Drostan.

Elle ne put s'empêcher de se demander pourquoi.

« Oui, il ira. Le roi Robert veut autant de guerriers que possible. Mon père est toujours très bon épéiste, et oncle Connor ira, lui aussi, alors tout ira bien pour moi. Grand-père pense que les rumeurs sont vraies. Il pense que cette bataille, si elle se produit, sera décisive. »

« Est-ce que tu pourras vérifier que je serai inclus dans la cavalerie ? Je veux me battre aux côtés de Bruce. »

L'enthousiasme qu'elle lut dans son regard lui fit comprendre qu'il avait autant envie qu'elle de participer à ce combat. Ou peut-être presque autant qu'elle. Personne n'avait envie de se battre autant que Chrissa. « Je poserai la question.

D'après ce que j'ai compris, tous ceux qui ont le moindre talent à l'épée iront se battre. Je ne m'inquiéterais pas pour ça, si j'étais toi. » Elle reporta son attention sur son œil enflé. « Qui t'a frappé ? »

« Personne » dit-il, mais il baissa ensuite les yeux vers le sol. « J'ai trébuché sur le chien et je me suis pris une branche. »

C'était un mensonge, elle le savait. Son père était devenu l'ombre de lui-même depuis qu'il avait sombré dans l'alcool. Elle savait que c'était pour cette raison que sa mère était partie. « Je pense que c'est ton père qui a fait ça. Est-ce qu'il boit encore plus qu'avant ? Est-ce qu'il se met à te frapper sans raison, maintenant ? » Son père buvait trop depuis le jour où il avait été blessé, mais à sa connaissance, il n'avait encore jamais frappé quelqu'un lorsqu'il était soûl. Est-ce que cela avait changé ?

Si c'était le cas, il devait en parler à quelqu'un.

« Non, comme je t'ai dit, je suis tombé. »

Elle se pencha vers lui, lui rendit le chiot et murmura : « C'est ton père qui t'a frappé. Je le sais. Est-ce que tu l'as frappé en retour ? » Le rougissement de ses joues suffit à répondre à sa question. « Non, tu ne ferais jamais une chose pareille. Si tu ne comptes pas te défendre, je peux dire à quelqu'un que ton père te maltraite. Tu sais ce que ce mot peut provoquer chez mon grand-père. » Elle inclina la tête comme pour le défier, les bras croisés devant la poitrine.

Il rougit. « Tu ne diras rien du tout. C'était un accident. Il a perdu l'équilibre alors qu'il était en train de me crier dessus, comme il le fait souvent. S'il l'avait fait exprès, je l'aurais arrêté, mais ce n'était pas le cas. Occupe-toi de tes affaires. Si tu vas en parler à quelqu'un, tu ne vaux pas mieux qu'Astra. »

« Je ne suis pas du tout comme Astra. » Elle lui adressa son regard le plus féroce en se penchant vers lui, même si elle savait que ce genre d'intimidation ne marchait pas avec lui.

Et elle avait raison. Il se contenta de tourner les talons avant de s'en aller.

Elle eut envie de taper du pied, mais pas devant autant de témoins. Alors elle se retourna pour se rendre vers la table à tréteaux la plus proche de la cheminée, où étaient assis ses parents, Torrian Ramsay et grand-père, probablement en pleine conversation à propos de la bataille à venir.

Maintenant qu'elle savait qu'elle y participerait, elle avait envie d'entendre tous les détails. Et elle insisterait pour que Drostan les accompagne.

Elle jeta un coup d'œil par-dessus son épaule pour regarder encore une fois ce jeune homme qui l'avait irritée, peu surprise de le voir la regarder en retour. Mais le regard qu'il lui adressait était bien différent de la réaction qu'elle aurait aimé susciter chez lui. Peut-être s'était-elle montrée un peu trop dure.

Son regard était bien plus sévère que celui qu'elle lui adressait.

CHAPITRE 3

DROSTAN ÉTAIT CONTRARIÉ que Chrissa ait découvert la vérité. Il n'avait aucune envie que d'autres personnes sachent que son père était devenu un ivrogne, et surtout par les lairds. La plupart des gens savaient qu'il buvait, mais il doutait fort qu'ils aient conscience de l'ampleur des dégâts.

Il priait pour que la jeune femme n'en parle à personne. La dernière chose dont il avait envie, c'était que les proches de Chrissa le considèrent comme une victime – un guerrier incapable de se défendre de son père. Cela ruinerait toutes ses chances de voyager avec la cavalerie des Grant. Et de la courtiser.

Comme l'avait dit Chrissa, le roi Robert enverrait probablement le plus de guerriers possible au combat, mais il mourait d'envie de se battre à cheval. Il était plus doué que les autres pour contrôler les animaux. Cela pourrait faire la fierté de son père, il en était sûr… peut-être même au point de lui faire oublier la bière pendant quelques jours.

Va-t-il seulement le remarquer ?

Ses petits mensonges à propos de son père ne feraient de mal à personne. Personne sauf lui, mais il pouvait encaisser les coups. Parce que même si son père n'était qu'un sale ivrogne, c'était lui qui lui avait appris à lancer une dague, à chasser et à pêcher dans le loch, à sculpter avec un couteau. Il se souvenait même du jour où son père l'avait emmené au donjon pour la première fois, lors d'un festival. Il avait été émerveillé par leurs armoiries et leur grande cheminée, et il n'avait jamais mangé d'aussi bonnes tourtes à la viande et tartes aux fruits que ce jour-là.

Cela faisait bien longtemps qu'ils ne faisaient plus ce genre de choses ensemble, mais peu lui importait. Il ne pouvait pas abandonner son père comme l'avait fait sa mère. Il appréciait parfois la compagnie de son père – les bons jours, tôt le matin. C'était de sa faute s'il était allé lui rendre visite si tard dans la journée. La prochaine fois, il irait bien avant que le soleil n'arrive à son zénith.

Chassant cette pensée de son esprit, il se dirigea vers l'autre côté du hall et observa avec attention les lairds Grant et Ramsay près de la cheminée, en pleine conversation à propos du roi Robert, de ce salaud d'Edward, et d'autres histoires. Chrissa les avait rejoints, plus audacieuse que jamais, mais sa mère avait disparu. Plus tard, elle lui raconterait ce qu'elle savait, mais elle avait tendance à aller droit au but, en ignorant les détails dont Drostan raffolait. Elle n'imaginait pas la chance qu'elle avait de pouvoir participer à de telles conversations.

Il voulait savoir tout ce qu'il se passait en Écosse.

Il pouvait en effet être difficile de différencier le vrai du faux lorsqu'on écoutait les rumeurs.

Quelqu'un lui donna un coup dans le bras, ce qui faillit faire tomber Sky, mais la petite chienne leva la tête pour regarder l'intrus avec de grands yeux implorants, toujours désireuse de gagner l'amour et l'affection de nouvelles personnes.

« Excusez-moi. Je ne voulais pas vous embêter, mais puis-je vous demander quelque chose ? » C'était un jeune garçon aux cheveux roux et aux joues constellées de taches de rousseur, qui arborait un air résolument sérieux.

« Qui es-tu ? » Il se demandait comment quelqu'un d'aussi jeune avait osé donner un coup de coude à un guerrier Grant de cette façon. Il adorait sa réputation. La fierté de faire partie des guerriers Grant lui faisait sympathiser avec la situation de son père, dans une certaine mesure, parce qu'il avait perdu cet aspect de sa vie, bien qu'il n'ait jamais pu comprendre ses autres choix de vie.

« Je m'appelle Hendrie, et je voudrais devenir l'écuyer d'un guerrier de la bataille du solstice d'été. Je vous ai bien observé dans les lices, et vous êtes le meilleur combattant. » Il s'interrompit pour imiter une parade contre un adversaire invisible, puis s'approcha de lui. « Je vous ai vu affronter le laird. Vous avez fait de l'excellent travail. Est-ce que vous participerez à la bataille ? Allez-vous mener un cheval au combat ? Faire partie de la cavalerie ? » Le garçon s'interrompit avec un bruyant soupir, ses grands yeux remplis d'espoir posés sur Drostan. Le jeune homme eut presque envie de rire. Ce garçon était fou de penser autre chose que la vérité : il s'était embarrassé devant tout le monde ce matin-là. Peut-être était-il simplement arrivé à la conclusion que Drostan était le plus susceptible d'accepter sa demande… et il devait admettre que cette éventualité ne manquait pas de mérite. Il ne s'était jamais battu en armure, mais il avait entendu dire que les lairds en avaient fait fabriquer pour leurs guerriers en première ligne, ainsi que des casques. En vérité, il ne savait même pas comment enfiler une armure, et il aurait bien besoin de l'aide d'un écuyer. Il avait entendu dire que c'était une tâche difficile.

« J'espère pouvoir me joindre à la bataille. Avant d'accepter ton offre, je dois vérifier si tu as du talent. Retrouve-moi dans les lices demain, et je te propose également un défi tout de suite. » Drostan scruta de nouveau la table près de la cheminée, se demandant s'il oserait tenter ce qu'il avait en tête.

« Tout ce que vous voulez, maître. » Les yeux du jeune homme s'écarquillèrent d'enthousiasme.

Un sourire s'étira sur les lèvres de Drostan. Quand l'avait-on déjà appelé maître ? Il aimerait peut-être bien avoir un écuyer, finalement.

« Quel âge as-tu ? » demanda-t-il.

« Onze étés, maître », répondit le garçon, l'air émerveillé.

« Tu vois le groupe rassemblé autour de la table près de la cheminée ? Celle où Alex Grant est assis ? »

« Oui. »

Il hocha la tête avec une telle exubérance que Drostan ne put se retenir de rire.

« Prends le chiot et va flâner jusqu'à un endroit dégagé près de la cheminée. Installe-toi là-bas et appelle-moi. Je veux entendre ce qu'ils disent », expliqua-t-il, sans craindre que le garçon ne le trahisse.

Hendrie fronça les sourcils. « Je ne vais pas avoir d'ennuis avec les lairds, n'est-ce pas ? Je suis arrivé sur les terres des Grant il y a trois lunes. Je veux rester ici, et devenir un guerrier Grant. »

« Mon garçon, s'ils craignaient que les gens écoutent, ils seraient dans le solarium. Alors, tu peux le faire ? » Il lui tendit Sky pour voir s'il accepterait le défi. « Et ne m'appelle pas maître là-bas, juste Drostan. »

Le garçon s'en alla sans regarder par-dessus son épaule. Quelques instants plus tard, Hendrie avait trouvé une place près de l'âtre et lui faisait signe d'approcher. « Aidez-moi avec le chiot, s'il vous plaît, Drostan. » Le jeune homme s'approcha d'un pas nonchalant, avec une démarche assurée qu'il espérait que Chrissa remarquerait. Elle était assise non loin de son grand-père, faisant semblant de ne pas le voir. Enfin, avec un peu de chance, elle ne faisait que faire semblant. Il pensait que ses sentiments pour lui étaient peut-être en train de changer, comme les siens pour elle, mais il n'en était pas sûr.

Il s'agenouilla alors pour caresser son chiot et le prit dans ses bras, l'oreille attentive aux paroles du contingent Grant et Ramsay.

« Penses-tu que le roi Robert ira jusqu'au bout,

Torrian ? » demanda Alex Grant. « J'ai peur qu'il ne finisse par se rétracter, car ce n'est pas sa façon préférée de se battre. »

« Je pense qu'il n'a pas le choix. Son frère a tout organisé pour lui. C'est une approche un peu trop civilisée de la guerre, à mon avis. Même si le roi a peut-être souhaité régler les choses différemment, sans laisser aux Anglais autant de temps pour se préparer et planifier, il estime n'avoir pas d'autre choix. L'affaire est déjà réglée. »

Alick demanda : « Pourquoi ne voudrait-il pas se battre ? J'ai entendu la même chose de la part d'autres personnes et je ne comprends pas. Le roi Robert n'a jamais eu peur des défis. »

Derric, qui avait passé un temps considérable à se battre avec Robert Bruce et William Wallace, se leva pour se placer derrière sa femme, toujours assise sur sa chaise. Il dénoua sa longue tresse et commença à lui masser le cuir chevelu, à sa plus grande joie apparente. « Voici ce que vous devez savoir sur notre roi et pourquoi il est si fort. »

Drostan eut un moment de confusion – voulait-il dire Robert ou Edward ? – puis il se souvint de ce que Chrissa lui avait dit un jour lorsqu'il avait parlé du roi Edward. « Ne l'appelle pas comme ça. Ce n'est pas notre roi, c'est Robert », avait-elle aboyé.

Dès lors, il avait supposé qu'ils parlaient de Robert chaque fois qu'ils utilisaient le mot 'roi'.

« Robert pense que la ruse et la discrétion valent bien mieux que le combat au corps à corps. Il préfère déjouer l'ennemi plutôt que d'utiliser la force brute. »

« Exactement », ajouta Alex. « C'est pourquoi nous avons repris le château d'Edinburgh avec seulement trente de nos meilleurs hommes. Nous n'avions pas besoin de mille guerriers. »

« Les Anglais sont stupides » déclara platement Dyna. « Ils sont lents et paresseux. Ce n'est pas bien difficile d'utiliser la furtivité contre eux. Le roi Robert aurait continué ainsi si son frère n'avait pas ouvert sa grande bouche. Maintenant, les Anglais vont essayer de nous espionner de partout. Ils voudront savoir combien nous sommes, quelles armes nous comptons utiliser, et toutes les informations qu'ils pourront trouver. Surveillez bien la présence d'espions. » Elle inclina la tête en arrière et ferma les yeux, pendant que son mari continuait de jouer avec ses cheveux.

Drostan ne comprenait pas pourquoi un guerrier aussi puissant était en train de caresser la chevelure d'une femme devant tout le monde. Il l'observa avec intérêt, ravi de voir que personne ne semblait lui prêter attention.

Il n'avait jamais vu son père toucher sa mère, encore moins pour essayer de lui faire plaisir devant tout le monde. Bien sûr, son père n'avait jamais caché le fait qu'il était convaincu que Finlay, le père de Chrissa, gâtait trop sa femme en cédant à toutes ses demandes.

Drostan pensait qu'ils semblaient heureux, bien plus heureux que ses parents ne l'avaient jamais été. Et puis, Derric et Dyna n'avaient jamais dissimulé la passion qu'ils éprouvaient l'un pour l'autre. Était-ce à cela que ressemblait l'amour ? En vérité, il aurait beaucoup aimé pouvoir caresser les cheveux de Chrissa, et si elle le laissait faire devant tout le monde, il se sentirait plus fier que gêné. Il savait ce que son père penserait probablement de ce genre de geste, mais si une telle conduite était indigne d'un guerrier Grant, alors Derric et Finlay ne le feraient sûrement pas.

La femme d'Alick posa la main sur son ventre arrondi et dit : « Je voudrais venir avec vous. Je pourrais tirer de loin. »

« Tu as une tâche plus importante à accomplir pour le moment, Branwen » déclara Alex en désignant son ventre du menton.

Voilà autre chose que Drostan trouvait intéressant à propos des Grant. Le plus célèbre guerrier des Highlands passait chaque soirée avec ses petits-enfants, à leur raconter les histoires d'un livre d'images. Il traitait leurs disputes sur qui pouvait s'asseoir le plus près de lui ou gagner l'honneur de se mettre sur ses genoux avec autant de sérieux que la guerre contre les Anglais. Non pas que Drostan se soit un jour assis au coin du feu pour écouter des histoires, mais il avait déjà vu ce genre de rassemblement. Parfois, Chrissa y allait, elle aussi. Et à de rares occasions, Alex invitait tous les enfants des terres des Grant.

Le père de Drostan disait souvent que l'éducation des enfants était du travail de bonne femme, mais sa mère n'avait pas vraiment eu l'air d'accord avec lui, ce qui avait souvent valu à Drostan de se retrouver seul, sans personne pour s'occuper de lui.

La fille cadette de Dyna et Derric, âgée d'environ un an et demi, marchait en titubant entre les différents membres du groupe comme si c'était sa juste place, suivie de deux de ses cousins, qui semblaient la surveiller. On l'avait nommée Tora, en hommage au dieu Thor, en souvenir de l'héritage nordique de sa grand-mère. La fillette pouvait faire presque tout ce qu'elle voulait, ou du moins lui semblait-il. Avec ses cheveux blonds si clairs, semblables à ceux de sa mère, elle était difficile à manquer.

La petite aimait faire semblant de tirer des flèches comme sa mère, et Drostan l'avait déjà vue viser ses cousins. Quand elle le faisait, Alex Grant n'hésitait pas à la réprimander, bien qu'il le fasse toujours avec un sourire indulgent.

Cette fois-ci, son arrière-grand-père la souleva sur ses genoux et la tourna pour faire face au groupe sans interrompre leur discussion à propos de la bataille à venir.

Le sourire suffisant de la petite fille lui donna envie d'éclater de rire. « Qu'est-ce que tu en penses, Sky ? Ne voient-ils pas qu'elle vient d'avoir ce qu'elle voulait ? » Son père n'aurait jamais permis une chose pareille.

Pendant un instant, Drostan s'imagina assis au coin du feu dans un petit cottage avec une fillette aux cheveux sombres sur ses genoux, et Chrissa installée à côté d'eux. Un sentiment d'envie l'envahit soudain, encore plus puissant qu'il ne l'avait prévu.

S'ils avaient des enfants, il ferait tout ce qu'il pourrait pour les rendre heureux, décida-t-il. Parce qu'il savait à quel point l'autre alternative était difficile à vivre.

« Jamie, j'aimerais envoyer un message au roi Robert pour en savoir plus sur ce dont il a besoin » déclara Connor. « Peut-être que nous pourrions envoyer un groupe s'entraîner avec lui, et un autre pour dénicher les espions. Je suis d'accord avec Dyna. Il y aura bientôt des Anglais partout à la recherche d'informations, et nous devons tout faire pour les trouver avant qu'ils ne puissent faire leur rapport à Edward. Mais il a probablement déjà envoyé de nombreuses patrouilles, et nous ne voudrions pas diviser ses efforts. »

« D'accord » répondit Jamie. « Nous nous retrouverons dans le solarium au retour du messager. Quand penses-tu que les Anglais se mettront en marche pour venir ici, Torrian ? As-tu déjà remarqué la moindre preuve de leur présence ? »

« Non, la dernière chose que nous avons entendue, c'était que des troupes se rassemblaient au château de Berwick, où se trouve actuellement Edward. À part Stirling, c'est le seul château écossais de valeur encore sous son contrôle. Mais j'ignore quand ils se prépareront à partir. Oncle Logan est en chemin vers le château Grant. Il prévoyait de rendre visite à tante Avelina avant de venir ici. Je pense qu'il cherchera des preuves de la présence des Anglais en chemin. »

« Père pense qu'Edward aura rassemblé dix ou vingt mille hommes d'ici la mi-juin » ajouta Molly.

Cette remarque provoqua le silence du groupe, chacun en train d'envisager les ramifications d'un tel nombre. Drostan ignorait de combien d'Écossais disposait le roi Robert pour le moment, mais il avait bien l'intention d'être choisi pour participer aux patrouilles des Grant.

« Est-ce que nous irons en patrouille, maître ? » murmura Hendrie.

Drostan fit un geste pour faire taire le garçon, mais il ne pouvait lui en vouloir de poser la question à laquelle il venait de penser. En fait, il avait remarqué que Hendrie avait un talent pour deviner ce qu'il pensait.

Une qualité inestimable chez un écuyer.

« Qu'en penses-tu, Corbett ? » demanda Alex. « Combien d'hommes Robert pourra-t-il entraîner ? »

Derric se gratta la tête, cessant de caresser les cheveux de sa femme, qui poussa un soupir assez fort pour que tout le monde se tourne vers elle. « Je dirais trois ou quatre milles. Il a appelé tous les Highlanders à se joindre à lui, peu importe s'ils sont entraînés ou non, simplement parce que nous sommes connus pour notre force et notre bravoure. »

« C'est vrai » dit Alex en se frottant le menton. « J'aimerais faire partie de cette discussion. Lorsque nous en saurons plus sur les souhaits du roi Robert, nous prendrons notre décision finale. En attendant, profitons du reste de notre clan. »

Drostan prit cette déclaration comme le signal qu'il devait s'éloigner. Posant les yeux sur Hendrie, il déclara : « Tu es engagé, mon garçon. Retrouve-moi dans les lices demain à midi. »

« Vous ne le regretterez pas, maître. » Ses yeux s'illuminèrent d'une telle joie que Drostan eut la soudaine sensation qu'il venait de prendre l'une des meilleures décisions de sa vie.

Hendrie et lui feraient un puissant duo.

Mais il espérait pouvoir faire partie de l'équipe de Chrissa.

CHAPITRE 4

L OGAN ARRÊTA SON cheval, jetant un coup d'œil par-dessus son épaule pour regarder sa sœur et son mari, Drew Menzie. « Est-ce que ça te semble être le bon endroit ? »

« Oui » répondit Avelina. « Par ici. » Elle désigna un point vers la gauche du chemin, près d'un ruisseau entouré de rochers. Avec toute la pluie qu'ils avaient eue ces derniers temps, l'eau coulait à flots, et son doux clapotis résonnait aux oreilles de Logan. Il adorait son clan, mais il se sentait toujours chez lui au cœur de la nature. En extérieur.

Il y avait plusieurs gardes avec eux, mais Logan en avait envoyé la moitié en patrouilles afin que les hommes ne voient pas ce que Drew et Avelina étaient venus chercher.

« J'espère que ça vous rappellera de bons souvenirs » dit Logan au couple pendant que Drew descendait de sa monture avant d'aider sa femme à faire de même. Puis ils se dirigèrent vers le ruisseau, leurs cheveux gris brillant dans l'obscurité presque complète.

Logan pointa du doigt le reste des gardes. « Allez

trouver une grotte où nous pourrons dormir. Nous allons devoir passer la nuit dehors. » Ils s'éloignèrent. L'un d'eux resta en retrait, suivant du regard le couple âgé avec une curiosité évidente. Ils ne leur avaient pas dit la vérité à propos du but de leur voyage – ils avaient prétendu que les Menzie voulaient simplement revoir l'endroit où ils s'étaient rencontrés – mais ils n'avaient pas réussi à convaincre tous les gardes. « Tu ne m'as pas entendu ? » s'écria Logan. « Va-t'en ! »

Logan était devenu un vieil homme, mais il pouvait encore crier avec force. L'homme tourna donc son cheval et s'éloigna à la hâte, laissant Logan avec une désagréable sensation au creux de l'estomac tandis qu'il posait les yeux sur l'horizon.

Au fil des ans, il avait appris à écouter ce genre de sensation, et cela l'inquiéta.

Quelque chose n'allait pas. Le mal rôdait dans l'air, comme une brume épaisse et humide. Si Gwynie était là, elle le sentirait aussi. Il avait laissé Gavin à la maison pour veiller sur elle et Brigid, bien que le mari de cette dernière était plus que capable de la protéger. Il n'avait jamais eu à s'inquiéter pour Sorcha, pas quand Cailean était là. Le couple se joindrait à lui lorsqu'ils se dirigeraient vers le nord après que Drew soit reparti vers les terres des Menzie.

Cette pensée le fit s'esclaffer. Sa fille aux cheveux clairs avait fait le bon choix. Le tempérament sauvage et féroce de Cailean, combiné à son talent d'épéiste, lui garantissait que personne ne s'approcherait d'elle. Il protégerait également Gwynie, simplement parce que Sorcha ne l'abandonnerait jamais. Bien sûr, aucun homme sain d'esprit n'oserait mettre sa femme ou l'une de ses filles en colère – elles étaient toutes capables de tirer une flèche pour pendre un homme par les couilles.

Mais il était tout de même rassuré de savoir que ses enfants avaient bien choisi leurs compagnons. Il savait que le clan Ramsay prospérerait avec eux, et poursuivrait l'héritage laissé par Quade et lui. Le fils aîné de Torrian et Heather partageait le titre de laird avec son père, et Lachlan était d'une vivacité d'esprit impressionnante. Ils iraient tous très bien sans lui.

Lorsque ce désordre sera réglé.

Parce qu'il refusait de partir avant que tout ne soit terminé. Cela dit, il savait qu'il finirait par succomber au combat, quelle que soit la voie que le Seigneur choisirait pour lui.

Le lendemain, Drew rentrerait chez lui pour protéger son donjon et ses terres de tous les maraudeurs anglais. Il avait pleinement soutenu la mission d'Avelina. La reine des fées lui avait rendu visite au milieu de la nuit pour l'informer qu'il était temps de récupérer l'épée de saphirs, cachée depuis tant d'années, et de la confier à Alex Grant. Alex devrait ensuite la transmettre à son nouveau propriétaire – le nouveau champion des Écossais. Drew n'avait aucune envie de quitter Avelina, et c'était compréhensible, mais il faisait confiance à Logan pour l'emmener en toute sécurité sur les terres des Grant. Non pas que quiconque aurait pu lui faire du mal tant qu'elle portait l'épée de saphirs.

Logan chevaucha un peu plus près du ruisseau, observant Drew qui grimpait les rochers, avant d'en soulever plusieurs pour les jeter sur le côté. Après en avoir déplacé quatre de cette façon, il sourit et tendit la main derrière un amas de roches, dont il sortit un tas de tissus. Puis il redescendit avec précaution et ramena l'objet à Avelina, et ils ouvrirent ensemble le paquet. Logan ne pouvait pas voir l'épée de là où il se trouvait, mais il comprit à la posture d'Avelina qu'ils l'avaient bien retrouvée – avec un peu de chance, exactement comme ils l'avaient laissée. Elle se redressa vers son mari, qui prit son visage dans ses mains pour l'embrasser. Aucun doute, ils avaient trouvé ce qu'ils cherchaient.

Elle baissa de nouveau les yeux, plus longtemps cette fois, puis jeta un coup d'œil par-dessus son épaule, le visage rayonnant. Après avoir vérifié que personne ne pouvait les voir, elle remit le tissu sur l'épée et la porta à Logan. « Je me suis dit que tu aimerais bien admirer sa beauté. »

Elle écarta à nouveau le tissu, révélant l'épée dans toute sa gloire, ses pierres bleues brillant à la lumière de la lune.

« Bon sang, elle est encore plus belle que dans mes souvenirs. Et les rubis et les émeraudes sur la poignée sont impressionnants, tu ne trouves pas ? Tu as réussi à la cacher et à la protéger pendant toutes ces années, je te félicite, Lina. Je suis sûr que beaucoup l'ont cherchée, mais en vain. »

Elle sourit en enveloppant l'épée, puis se pencha pour embrasser Drew. « Tu peux *nous* féliciter, mon mari et moi. Tu es exactement comme le jour où nous l'avons cachée, mon époux. »

Logan s'esclaffa.

Le lendemain matin, Chrissa se rendit dans les lices à la recherche de Drostan pour lui raconter ce qu'elle avait appris sur le roi Robert.

Mais elle désirait aussi le voir, lui. Bien que ses sentiments la troublaient, elle savait qu'elle recherchait plus que de l'amitié avec lui. Elle ne savait simplement pas quoi en penser.

Comme il n'était pas dans les lices, elle se dirigea vers le cottage de son père, espérant l'y trouver. Elle croisa plusieurs personnes travaillant aux champs ou puisant de l'eau au puits, et leur souhaita à chacun une bonne journée d'un signe de la main. La plupart des membres du clan se montrèrent amicaux. Si certains estimaient que les femmes devaient rester à la maison, d'autres tiraient une grande fierté des archères du clan.

Après tout, elle ne pouvait être personne d'autre qu'elle-même.

Son père était sûrement de ces gens-là, sans aucun doute. On voyait rarement la mère de Drostan hors de la maison – elle passait son temps à cuisiner et à faire le ménage. Elle n'était pas non plus du genre à offrir ses services au donjon, ce qui expliquait en partie pourquoi Chrissa ne se souvenait pas bien d'elle. Drostan avait dit que son père ne la laissait pas sortir très souvent. Il la voulait à la maison pour s'occuper de sa famille.

Leur contribution au clan provenait de ses talents de guerrier et des légumes de leur jardin.

Une peur soudaine lui traversa l'esprit. Et si Drostan voulait une épouse gentille et docile, qui restait à la maison et s'occupait de leurs enfants, sans rien faire en dehors de ça ? S'attendrait-il à ce qu'elle change pour lui ?

Si cette pensée n'avait pas été aussi horrifiante, elle en aurait peut-être ri. Sa mère, Kyla, n'était certes pas une archère aussi talentueuse que Dyna et Branwen, mais elle ne reculait certainement pas devant les conflits. Elle avait toujours suivi grand-père partout, depuis sa plus tendre enfance, et bien que tante Gracie et tante Sela fussent les épouses des lairds, c'était mère qui dirigeait le donjon comme un chef d'armée, pourvoyant toujours aux besoins de chacun, répartissant les tâches de manière juste et rigoureuse.

Bien que Chrissa et sa mère se chamaillaient souvent, ce n'étaient pas leurs différences qui les séparaient, du moins était-ce ce que disait grand-père – il pensait en effet qu'elles se disputaient parce qu'elles se ressemblaient trop.

Elle chassa ces pensées. Drostan la connaissait sûrement maintenant, et s'il la désirait à ses côtés, il ne pouvait pas s'attendre à ce qu'elle reste assise à la maison à faire de la broderie.

Elle frappa à la porte, et le père de Drostan l'ouvrit brusquement. « Bonjour, Chrissa. As-tu amené Drostan avec toi ? » Inan Chisholm avait été un bel homme à une époque, même si Drostan ressemblait à un mélange de son père et de sa mère. Elle se souvenait un peu de sa mère, mais pas très bien.

C'était une femme grincheuse, de cela elle était certaine.

« Je pensais qu'il serait ici. Ce n'est pas le cas ? » demanda-t-elle en parcourant du regard la hutte en désordre.

Une voix l'appela alors et elle tourna les talons, surprise de voir Drostan en train de s'approcher. « Tu voulais quelque chose ? » s'enquit-il, l'air inquiet.

Elle aurait voulu lui dire qu'elle n'était pas là pour lui causer des ennuis ou pour confronter son père, mais simplement pour lui expliquer ce qu'elle avait appris.

Alors qu'il s'approchait, elle se retourna pour regarder son père, et elle sut que Drostan se trouvait juste au-dessus de son épaule, car elle sentit sa chaleur et son agréable parfum. Son corps réagit en contractant son estomac, comme si un million de papillons venait de s'envoler dans son ventre.

Bon sang, que lui arrivait-il ?

« Ça ne va pas ? Tu es toute rouge » dit Drostan, ses lèvres toutes proches de son oreille.

Elle fit rapidement un pas de côté afin de pouvoir le regarder, cédant à la tentation de se trouver tout près de lui. « Je vais bien. Je suis venue en courant. »

« Entrez, tous les deux » dit son père avec un sourire.

Pauvre Drostan. Son père était une véritable énigme. On ne pouvait jamais savoir quel aspect de lui il présenterait au monde. Il pouvait se montrer très gentil le matin, mais une fois qu'il avait commencé à boire, il changeait pour devenir aussi difficile à approcher qu'un porc-épic. Et on ne pouvait pas nier le fait qu'il avait été élevé à la vieille école.

Elle suivit son père à l'intérieur, surprise de sentir Drostan poser sa main dans le bas de son dos pour l'inviter à entrer. Il passa ensuite devant elle pour se diriger vers la table, sur laquelle il posa quelques objets. « Je t'ai amené un bol de bouillie d'avoine chaude et du pain tout juste sorti du four, père. Ils nous ont aussi donné du miel, ce matin. »

« Merci » répondit le vieil homme avant de s'asseoir à table en les invitant à faire de même. Il rompit la miche de pain, puis en prit une bouchée avec un appétit suggérant qu'il devait mourir de faim. Il hocha ensuite la tête en direction de Chrissa et dit : « Prends-en un peu pendant que c'est chaud. Je ne mangerai pas tout. Ensuite, tu pourras me raconter ce qui se dit à propos de nos guerriers qui vont partir au combat. »

Chrissa jeta un coup d'œil à Drostan et répondit : « Nos hommes vont se battre avec le roi Robert le jour du solstice d'été. Nous attendons le signal du roi, mais s'il est d'accord, nous prévoyons d'envoyer un groupe pour l'aider à entraîner ses troupes, ainsi qu'un autre pour aller glaner des informations sur les Anglais. »

« Tu veux dire espionner ? » dit Inan. « Mon fils pourrait très bien se débrouiller dans ce domaine. »

« Je peux gagner mes jalons par moi-même, père » dit doucement Drostan en prenant place entre son père et Chrissa, juste au cas où son père se sentait d'humeur changeante aujourd'hui. « Nous verrons bien où ils m'enverront. »

Inan fit un geste du bras, et Drostan porta instinctivement sa main à son œil, comme s'il avait besoin de se protéger.

Son père le remarqua et dit : « Je suis désolé, Drostan. C'était un accident. Je ne voulais pas te faire de mal. »

Drostan hocha la tête, tout en évitant le regard de Chrissa. « Mange ton pain, père. »

Cette conversation ruinait complètement son histoire de la branche, mais de toute façon, la jeune fille n'y avait pas cru.

« Où est Sky ? » demanda-t-elle, repensant soudain au petit chien qui semblait absent.

« Je l'ai laissée avec Hendrie. Je suis en train de tester ses talents d'écuyer, si j'ai la chance d'être choisi pour aller au combat. »

« Nous attendons des nouvelles du messager du roi, Drostan. C'est ce que je suis venue te dire. Tant que nous n'en aurons pas, nous ne prendrons pas de décision. Il reviendra sûrement plus tard dans la journée, ou demain. »

Drostan hocha la tête et prit une autre bouchée de pain.

« Chrissa » déclara son père. « Je pensais que tu serais mariée à l'heure qu'il est. Tu ne vas pas aller te battre, j'espère ? »

« Si, je souhaite y aller. Ce sera peut-être la plus grande bataille de toute l'histoire d'Écosse.

Je ne veux pas manquer ça. J'aurai bien le temps de me marier et d'avoir des enfants après, si j'en ai envie. » Elle jeta un petit coup d'œil à Drostan, qui détourna les yeux lorsqu'elle remarquait qu'il était en train de la fixer.

« C'est bien dommage que ton père ne t'ait pas encore trouvé un mari. » Inan secoua doucement la tête. « Si tu n'étais pas de sang noble, mon fils ferait un bon époux pour toi. C'est ce que j'ai espéré, mais j'imagine que ça n'arrivera pas. Et tu ressembles beaucoup à ta mère. Tu es une femme forte. Je ne sais pas si tu serais heureuse de devoir abandonner le tir à l'arc et ta liberté pour rester à la maison et nettoyer le foyer pour Drostan et moi. Il a besoin d'une femme travailleuse qui pourra s'occuper de nous, cuisiner nos repas. Tu ne crois pas, Drostan ? »

Chrissa jeta un coup d'œil au jeune homme pour évaluer sa réaction, et elle ne fut pas surprise de constater qu'il regardait son père, bouche bée.

« Qu'est-ce qui ne va pas, mon fils ? »

Drostan déglutit, puis posa les yeux sur la table. « Je ne veux pas que ma femme fasse ce genre de chose, père. Ça me plaît que Chrissa soit une puissante archère. Si elle était ma femme, je ne lui demanderais pas de changer. »

Son père fronça les sourcils mais tint sa langue, ce dont elle lui fut reconnaissante en cet instant. Elle n'avait aucune envie d'être à l'origine d'une dispute entre père et fils.

Il fallait qu'elle essaie de désamorcer le conflit. « Mon grand-père nous autorise à choisir nos compagnons de vie » dit-elle en inclinant la tête.

« Pourquoi pensez-vous que nous pourrions bien aller ensemble ? »

Dans sa vision périphérique, elle vit Drostan incliner la tête, l'oreille tendue.

« Vous étiez inséparables quand vous étiez enfants. Je me rappelle même du jour où tu as essayé d'enseigner à Drostan comment encocher une flèche. Vous avez ri et gloussé pendant des heures. » Puis, jetant un coup d'œil à Drostan, il ajouta : « Je me souviens que ta mère... ta mère disait que vous étiez faits l'un pour l'autre. » Il s'interrompit et posa à son tour les yeux sur la table, et ses traits se durcirent comme s'il se transformait en pierre. « Elle aurait dû rester. » Il s'éloigna vivement de la table, frottant son bras à l'endroit où il avait reçu cette funeste blessure, des années auparavant.

« Il ne faut pas ressasser le passé, père. »

Son père poussa un soupir et se rassit avec un bruit sourd. « Moi, non, mais vous deux devriez penser à tout ce que vous avez vécu ensemble. Vous vous êtes fait une promesse l'un à l'autre il y a longtemps. Je pense que vous l'avez oubliée. »

Chrissa ne comprenait pas de quoi il parlait, mais elle se dit que le moment était venu pour elle de partir, et elle se leva en disant à Drostan : « Je reviendrai te voir dès que les chefs auront pris une décision. Je dois y aller, mais merci pour le pain. » Elle en prit un petit morceau à emporter avec elle.

Puis elle quitta le cottage et emprunta le chemin du village à la hâte pour se diriger vers le champ de tir à l'arc. L'entraînement l'aiderait à apaiser la confusion qui régnait dans son esprit. Pauvre Drostan. Son père s'était montré gentil ce matin-là, mais elle savait que cela lui avait fait de la peine qu'il repense à ses vieilles blessures – qui n'avaient fait que s'accentuer à cause de toute la bière qu'il buvait. Cela dit, sa mémoire ne semblait pas lui faire défaut – contrairement à la sienne, dans ce cas précis. Elle n'avait aucune idée de ce qu'il avait voulu dire.

« Chrissa » l'appela une voix derrière elle. « Attends-moi, s'il te plaît. »

Elle se retourna en croisant les bras pour paraître plus forte qu'elle ne l'était. Elle brûlait d'envie d'effacer les larmes qui lui étaient montées aux yeux. Lorsque Drostan la rattrapa, elle se remit à marcher vers le champ de tir, et il la suivit. Elle refusa de lui adresser le moindre regard, car si elle le faisait, elle était certaine qu'elle allait se mettre à pleurer.

« Est-ce que tu t'en rappelles ? » demanda Drostan.

« Et toi ? » Elle se risqua à lui adresser un petit coup d'œil, et fort heureusement, il n'était pas en train de la regarder.

« Avant qu'il ne dise que… c'était il y a longtemps, j'avais oublié, ou en tout cas, j'avais cessé d'y penser, mais je m'en souviens, maintenant. Tu es tombée après être grimpée à un arbre, et je suis venu t'aider. Comme tu pleurais si fort, j'ai dû aller te chercher de l'aide. »

« Mais je ne voulais probablement de l'aide de personne. »

« Non, effectivement. » Elle lui adressa à

nouveau un bref coup d'œil, et aperçut un début de sourire sur ses lèvres. « Tu as prononcé des mots que je n'avais encore jamais entendus. Tu n'as pas cessé de jurer après ta chute, mais je ne savais pas comment faire pour te déplacer. »

Soudain, elle se souvint. « Mais tu es resté avec moi jusqu'à ce que mon père vienne me chercher à cheval. Tu as trouvé le moyen de m'aider. Je le sais, même si je m'en souviens à peine. »

« Il s'est passé autre chose, ce jour-là » dit-il en interrompant leur marche. Il la regarda alors dans les yeux et posa un doigt sur sa joue pour tourner ses yeux vers les siens. « Nous avons juré de nous marier, quand nous serions plus grands. La seule condition, c'était de nous marier en été. Tu avais envie d'un grand festival avec tous tes cousins. Les Ramsay aussi. »

Chrissa avait complètement oublié cette histoire. Elle passa ses bras autour d'elle, puis leva les yeux vers lui. Son regard avait-il toujours été aussi expressif ? « Vraiment ? » demanda-t-elle d'une petite voix, mais son instinct lui dit qu'il avait raison.

« C'est ce que tu as dit. Et tu as ajouté que tu ne m'épouserais que si j'étais assez bon à l'épée pour vaincre la moitié des guerriers d'Écosse. Je devais être le plus fort de toute la région pour pouvoir t'épouser, parce que ta mère n'accepterait rien de moins pour sa fille. » Le volume de sa voix avait baissé au fur et à mesure qu'il parlait, mais elle ignorait pourquoi. « C'était peut-être ta manière de me repousser, mais je l'ai pris comme un défi. »

« J'ai vraiment dit tout ça ? » Mais elle connaissait déjà la réponse à cette question. Au fur et à mesure de son histoire, les souvenirs lui étaient revenus peu à peu, l'envahissant de leur étreinte chaude et mielleuse.

« Tu ne te rappelles pas de la dernière chose que tu m'as dite, n'est-ce pas ? »

Elle secoua la tête, incapable de prononcer les mots qui s'étaient coincés dans sa gorge, et qui risquaient de la faire fondre en larmes.

« Tu as dit que j'étais le seul homme dont tu voudrais pour mari, mais qu'il fallait que je m'entraîne dur pendant de nombreuses années. Ensuite, tu m'as fait promettre de travailler dur. Je n'ai pas pu dire non… »

Elle hocha la tête, laissant finalement les larmes couler sur ses joues. Ils étaient si jeunes – elle ne devait pas être âgée de plus de six ou sept étés, à l'époque. Les yeux rivés vers le sol, le temps de rassembler le courage de lui répondre, elle finit par lever le menton et dire : « Je t'ai fait promettre de devenir le meilleur épéiste de tous les temps. Et d'aller dans les lices tous les jours. » Elle essuya ses larmes, puis pressa les lèvres. « Les paroles stupides d'une enfant. »

« Ce n'était pas stupide » répondit-il. « J'ai promis, et j'y vais toujours quotidiennement. Mais avant que mon père nous le rappelle, je ne me souvenais plus pourquoi. »

« Ne sois pas ridicule, Drostan. N'y va pas à cause de moi. »

« Je l'avais oublié jusqu'à ce que mon père me le rappelle. » Ils restèrent immobiles en silence, repensant à ce jour lointain où ils s'étaient promis l'un à l'autre. Il finit par hocher la tête, un petit sourire aux lèvres. « Je dois y aller. On se revoit plus tard. »

« Où vas-tu ? »

« Dans les lices. J'ai du travail. » Il lui adressa un sourire par-dessus son épaule. « J'ai fait une promesse à quelqu'un. »

———— ❧ ————

Le lendemain matin, Drostan repensait encore à la promesse qu'il avait faite – le vœu qu'il avait prononcé, puis oublié… mais simplement parce qu'il l'avait internalisé si profondément en lui qu'il avait fini par guider chacun de ses actes. À présent, ce souvenir de cette journée lui était revenu, aussi clairement que si tout cela s'était produit la veille. Il devait avoir neuf ou dix étés. Et il pensait déjà que Chrissa était la fille la plus incroyable de la région.

Certes, il n'avait *pas* encore commencé à reluquer son cul moulé dans son pantalon, à l'époque. Il était davantage intrigué par ses talents. Elle était la plus petite sur le champ de tir, mais elle travaillait dur et pouvait vaincre des adversaires qui faisaient le double de sa taille. Il n'avait jamais vu une autre fille tirer comme elle, à part Dyna Grant. Mais même ainsi, il l'avait fait se sentir étrange. Les moments qu'ils passaient ensemble étaient toujours si confortables, comme s'ils étaient chez eux.

Cela dit, rien de tout cela ne changeait un détail crucial : elle vivait au donjon, et pas lui.

Il n'était pas de sang noble. Certains guerriers le taquinaient souvent là-dessus. Un jour, lorsqu'il était retourné dans les lices après s'être entraîné avec elle sur le champ de tir, un guerrier avait craché par terre et dit : « Tu ne seras jamais assez bien pour elle. Sa mère est une femme gâtée, et elle aussi. Laisse tomber avant qu'elle ne te brise le cœur. »

Si quelqu'un pouvait lui briser le cœur, c'était bien elle. Car il savait ce qu'il se cachait derrière son audace. Il savait qu'elle tirait sur ses tresses lorsqu'elle se sentait vulnérable. Et qu'elle ne trouvait rien de plus beau qu'un coucher de soleil. C'était une jeune fille compliquée, mais c'était pour lui une raison de l'aimer encore plus.

L'aimer encore plus. Oui, il *l'aimait.* Et de toute évidence, depuis qu'il était enfant.

Il se dirigea vers les lices, ravi de voir Hendrie se précipiter vers lui, et Sky qui trébuchait dans les hautes herbes tandis qu'elle essayait de le suivre. Il s'approcha alors et prit la chienne dans ses bras, qui répondit par un petit jappement tout en se blottissant contre lui. « Tu adores les câlins, pas vrai, Sky ? »

« Elle est plus petite que la plupart des autres chiots » dit Hendrie. « C'est pour ça qu'elle aime se blottir contre les gens. Il fait trop froid pour elle la nuit. »

« Comment en sais-tu autant sur les chiens, Hendrie ? »

« J'en ai élevé beaucoup sur les terres des Ramsay. Ils ont des chiens à foison là-bas. C'est pour ça que le chef a emmené une portée ici. »

« Tu as quitté le clan ? »

« Oui, il y a quelque temps. Mon père voulait retourner vivre dans les Highlands. Mes parents se sont rencontrés lors de l'un des festivals des Ramsay, et il s'est installé là-bas pour elle, mais nous sommes retournés sur les terres des Grant après la mort de sa mère. »

« Et toi ? Tu avais envie de venir ici ? »

« J'ai toujours rêvé de devenir un guerrier Grant. Mon père avait assez de talent pour qu'ils l'acceptent dans leur armée, et ma mère travaillait aux cuisines. Elle était très bonne cuisinière. » Une expression de tristesse passa sur son visage. « Ils sont partis, maintenant. »

« Comment les as-tu perdus ? »

« La fièvre, tous les deux. Moi aussi, j'ai été malade, mais j'ai guéri. Pas eux. C'est mon oncle qui s'occupe de moi depuis. »

« Je suis désolé de l'apprendre, mon garçon. C'est difficile de perdre un parent, et tu as perdu les deux en même temps. » Il observa le garçon, réalisant soudain qu'il devait être vraiment courageux pour être arrivé aussi loin. « Alors, tu veux toujours devenir un guerrier Grant ? Est-ce pour ça que tu veux être mon écuyer ? »

Hendrie rit et jeta un coup d'œil par-dessus son épaule. « Autrement, je ne pourrai pas aller au campement du roi Robert. Je dois trouver quelqu'un qui sera choisi dans la cavalerie pour pouvoir y aller. Ce sont les seuls qui porteront une armure et auront besoin d'un écuyer. »

« Pourquoi moi ? »

« Je vous l'ai dit – vous êtes le meilleur épéiste. »

Il fit une grimace. « Je veux dire, à part Connor, Alick et Derric. Mais vous êtes le suivant. Et comme vous ne faites pas partie de la famille du laird, vous êtes mon meilleur espoir. » Puis il haussa les épaules et ajouta : « Et j'aime bien les chiots. Alors, vous voulez bien me prendre ? » Les yeux de Hendrie semblaient immenses sur son petit visage.

« Je ferai de mon mieux, mon garçon. » Il ébouriffa les cheveux de Hendrie, puis s'éloigna vers les lices.

Voilà deux fois que le garçon lui disait qu'il faisait partie des meilleurs épéistes. Cela voulait dire qu'il avait accompli quelque chose.

Mais est-ce que cela suffirait pour tenir sa promesse envers Chrissa ?

CHAPITRE 5

D YNA TRAVERSA LE hall à la hâte pour se précipiter vers Alex. Ce dernier n'en fut pas surpris. Il s'était attendu à sa venue, et il avait l'étrange sensation de savoir exactement ce qu'elle s'apprêtait à lui dire.

« J'ai encore fait des rêves, grand-père. »

Le vieil homme désigna le solarium du laird, non loin de là. « Parlons-en à l'intérieur. Je sais pourquoi tu es ici. » Prenant appui sur les larges accoudoirs en bois de son fauteuil pour se lever, il prit ensuite son nouveau bâton en bois, confectionné par ses petits-fils Alick et Broc. Les garçons y avaient passé des heures, afin de s'assurer qu'il serait à la bonne taille pour leur grand-père.

Elle s'arrêta brusquement. « Quoi ? Comment as-tu su que j'avais eu des visions ? »

« Entrons d'abord, puis je te l'expliquerai. Reste à côté de moi et tout ira bien. »

Il se dirigea ensuite vers la grande chaise située derrière le bureau, avant d'inviter Dyna à refermer la porte derrière elle.

« Comment as-tu su pour mes rêves ? » s'enquit Dyna, visiblement sidérée par sa déclaration.

« Je vais te l'expliquer, si tu peux supporter une nouvelle histoire à propos de ma jeunesse. »

Un grand sourire se dessina sur les lèvres de Dyna. La plupart de ses petits-enfants le taquinaient au sujet de la vieille habitude qu'il avait de raconter des anecdotes de sa vie, mais toujours avec affection. « Tu sais que j'adore toujours tes histoires. Mais j'imagine que ce n'est pas l'une de celles que j'ai entendues des dizaines de fois. »

« Tu as raison. » Il s'assit et s'adossa contre sa chaise. « C'est une histoire de mon enfance, et je suis toujours étonné de m'en rappeler aussi clairement encore aujourd'hui. »

« Est-ce que c'est quelque chose que t'ont raconté mes arrière-grands-parents ? » demanda-t-il d'une voix enthousiaste. Dyna avait une âme qui semblait bien plus vieille que son âge, et elle adorait toujours ses histoires.

« J'avais environ dix étés, si je me souviens bien, et tante Brenna devait en avoir huit. Mère était en train de nous parler des fées… »

Le visage de Dyna s'illumina. « J'adore les histoires de fées. »

Il hocha la tête avant de poursuivre : « Certaines fées aiment taquiner et tourmenter les humains, mais en général, elles préfèrent rester cachées. Ma mère nous a raconté qu'elles veillaient sur nos terres afin que le mal ne l'emporte jamais sur le bien. Parfois, elles doivent intervenir et proposer différents outils pour nous aider. Les fées parlent de personnes qu'elles appellent leurs élus, des gens à qui elles offrent des cadeaux uniques. »

Il marqua une pause, les yeux posés sur sa petite-fille, afin de lui laisser le temps de digérer l'information. Dyna était plus sensible que les autres aux événements surnaturels, car elle était née avec des dons de voyance.

« Le bien, le mal, les élus… Qu'est-ce que ça signifie, grand-père ? »

« Mère nous a expliqué, à Brenna et moi, qu'il fallait que nous restions attentifs à l'atmosphère qui régnait sur nos terres. Quand le mal gagne en puissance, il peut jeter une espèce d'aura surnaturelle que nous sommes capables de percevoir. »

Une expression étrange passa sur le visage de Dyna. « J'ai rêvé de tempêtes et de pluie, et… de ténèbres, grand-père. Est-ce que c'est ce que tu veux dire ? »

« Oui, cela peut prendre la forme de tempêtes. »

« Est-ce que le mal est déjà sur nos terres ? » demanda-t-elle avec une expression déterminée.

« J'en ai bien peur, et quelqu'un doit l'arrêter. »

« Quand as-tu déjà eu cette sensation ? »

« Lorsque Gregor Ramsay était bébé. Ça a failli le tuer. Mais une fée est apparue à Avelina et lui a offert une puissante épée pour combattre le mal. »

« L'épée de saphirs ? » Ses yeux s'écarquillèrent lorsqu'il mentionna cette arme si spéciale. Même si elle n'avait jamais entendu cette histoire en particulier, tout le monde dans les Highlands connaissait l'existence de l'épée de saphirs.

« Oui. La fée a rendu visite à Avelina Ramsay et

lui a expliqué ce qu'elle devait faire. Elle a ensuite vaincu cette force maléfique. » Alex Grant ferma les yeux tout en adressant une rapide prière pour que tout le monde se sorte sain et sauf de cette sombre histoire. Lorsqu'il rouvrit les paupières, il posa les yeux sur sa petite-fille. « L'épée a été cachée il y a longtemps. Mais le mal est de retour, et Maddie est revenue me voir en rêve. Elle m'a dit qu'il était temps de sortir l'épée de sa cachette. Avelina est en chemin, avec Logan Ramsay, et nous devons découvrir l'identité du nouveau propriétaire de l'épée de saphirs. »

Peu après dîner le lendemain soir, Chrissa était assise et écoutait sa famille discuter de la bataille à venir au château de Stirling.

Elle leva les yeux au ciel, ce qu'elle faisait un peu trop souvent d'après sa mère, même si elle répondait toujours à son accusation en levant une nouvelle fois les yeux au ciel. « Je le fais aussi souvent que tu plisses les yeux le plus fort possible pour m'intimider. »

« C'est ta fille, Finlay, pas la mienne » répondait alors sa mère.

Mais ce soir-là sa mère ne lui dit rien, peut-être parce qu'elle était trop distraite pour le remarquer.

Chrissa ne se sentait pas très intéressée par les discussions pour savoir qui devrait se trouver où. Et elle avait du mal à écouter leurs hypothèses sans fin à propos de ce qu'il pourrait se produire. Elle voulait seulement savoir où et quand ils auraient besoin d'elle. Ensuite, elle retournerait s'entraîner. Son esprit était tourné vers autre chose… plus précisément, vers quelqu'un.

Sa mère lui avait dit une fois que lorsqu'on embrassait la bonne personne, on avait l'impression de flotter dans les airs. Cela lui avait fait lever les yeux au ciel, bien sûr, mais avait également attisé sa curiosité. Elle avait déjà embrassé des garçons, mais aucune de ces expériences n'avait été assez agréable pour qu'elle ait envie de recommencer. De toute évidence, sa mère était folle avec cette histoire de flotter dans les airs.

Et pourtant… après s'être souvenue de cette promesse qu'elle avait faite avec Drostan il y a toutes ces années, elle ne pouvait s'empêcher de penser à l'idée de l'embrasser. Est-ce que ce serait différent avec lui ?

Pendant le repas du soir, les guerriers avaient été invités à se joindre à leur table, probablement en raison du combat à venir, et Drostan était entré avec Sky. Au moins, en présence de la chienne, sa mère ne questionnerait pas son intérêt pour le jeune homme, car elle penserait que toute l'attention de sa fille serait centrée sur l'animal. Une fois le repas terminé, il installa le chiot près de la cheminée et se mit à parler avec un autre guerrier.

Chrissa s'approcha pour caresser et cajoler la petite chienne, dans l'espoir de parler avec son maître, mais lorsqu'elle arriva à sa hauteur, Drostan avait déjà pris l'animal dans ses bras avant de se diriger vers la porte.

Sans réfléchir aux conséquences de sa décision, elle suivit le jeune homme.

« Chrissa ? Où vas-tu ? » l'appela son père depuis la table qu'elle venait de quitter.

Oh, par tous les saints, elle avait près de vingt étés à présent. Ne la laisseraient-ils jamais tranquille ? « Je vais dehors prendre un peu l'air, père. »

Elle jeta un coup d'œil en arrière pour voir s'ils comptaient essayer de l'arrêter, mais ce ne fut pas le cas, même si sa mère l'observait de ses habituels yeux plissés qui lui firent lever les siens au ciel. Elle se dirigea vers la porte, ignorant le commentaire de sa mère adressé à son père. « Tu la gâtes trop, Finlay. Tu sais qu'elle va s'attirer des ennuis. »

Certes, être la seule fille de la famille *avait* des avantages. Et Chrissa n'avait jamais hésité à en profiter. Drostan se trouvait non loin devant elle, et il tourna rapidement vers la périphérie de la cour, recherchant probablement une zone herbeuse près du mur d'enceinte pour le chiot.

Sky devait sûrement faire ses besoins. Et si c'était le cas, Chrissa tenait là une occasion en or pour exprimer son désir envers Drostan.

Elle avait envie de l'embrasser. Si seulement elle savait comment utiliser ses charmes pour le convaincre.

Et puis, qu'est-ce que des 'charmes' pouvaient bien vouloir dire ? Elle avait souvent entendu cette phrase, mais personne ne la lui avait jamais expliquée.

Elle le suivit discrètement, ne voulant pas attirer l'attention des autres jusqu'à ce qu'ils s'éloignent du chemin principal. Ils étaient presque arrivés au mur d'enceinte lorsque Drostan posa Sky dans l'herbe. La petite chienne se mit à renifler, se tourner, et renifler à nouveau.

« Drostan » l'appela Chrissa à voix basse, et il tressaillit en se tournant vers elle.

« Chrissa ? » demanda-t-il. « Qu'est-ce que tu fais là ? » Il se figea alors pour la regarder, depuis ses bottes jusqu'à ses jambes, avant de s'arrêter sur son visage.

Le désir qu'elle lut dans ses yeux lui provoqua un picotement dans la colonne.

Il fit un pas vers elle, et la jeune femme sentit soudain une bouffée de chaleur, en partie de lui, mais surtout d'elle. La sensation envahit son ventre avant d'aller un peu plus bas, dans des endroits auxquels elle n'avait pas envie de penser, car elle n'avait jamais rien ressenti là auparavant.

Que lui arrivait-il ?

Il lui caressa doucement la joue du bout de son pouce. Elle eut l'impression qu'on venait de poser un fer rouge sur sa peau, marquant son visage de son nom.

Les coins de sa bouche se soulevèrent en un sourire.

Puis il se pencha vers elle.

Et…

Oh…

Il allait…

Avant qu'elle n'ait le temps de réagir, il posa ses lèvres sur les siennes tout en passant son bras autour d'elle pour l'attirer vers lui. Il se recula un instant, puis murmura : « J'ai toujours eu envie de le faire, mais je ne savais pas si tu le voulais, toi aussi. » Il enfouit sa tête près de son oreille et elle poussa un cri strident lorsque cette nouvelle sensation de picotement lui parcourut le cou avant de se diriger tout droit vers…

« Est-ce que je te plais, jeune fille ? »

Incapable de parler, elle hocha la tête, et un gémissement involontaire s'échappa de ses lèvres. De ses lèvres !

« Au diable tout ça. J'ai envie de toi, Chrissa. » Il trouva à nouveau ses lèvres pour lui adresser un baiser passionné, et elle demeura complètement impuissante face à ses assauts.

Elle sentit la pointe de ses seins durcir lorsqu'il pressa sa langue contre ses lèvres. Ce n'était pas un baiser comme les autres. Il l'attira vers lui, si près qu'elle pouvait sentir sa poitrine musclée, son ventre, et… oh!

Elle sentit autre chose de dur se presser contre son ventre.

Elle ne put empêcher un autre gémissement de lui échapper, et elle passa ses bras autour de son cou afin d'en étouffer le bruit. Il pressa sa langue encore plus fort contre ses lèvres et elle s'ouvrit à lui, laissant sa langue entrer dans sa bouche pour s'entremêler à la sienne.

Et elle se sentit fondre contre Drostan, le savourer, profiter de son corps pressé contre le sien. Elle espérait que ce baiser durerait pour toujours.

En voilà, un vrai baiser.

Pour toujours. *Embrasse-moi pour toujours.*

Sky aboya, interrompant leur douce étreinte, et Drostan se recula, haletant.

Elle aussi avait le souffle court. Que lui

arrivait-il ? Elle entendait sa respiration pantelante, ce qui ne lui arrivait que lorsque Dyna lui faisait faire quatre fois le tour du champ de tir à l'arc.

Drostan se pencha pour prendre la chienne dans ses bras et la serrer contre lui. Puis il tendit la main pour toucher le menton de Chrissa et lui refermer la bouche avec un sourire. « Ça t'a plu, pas vrai, jeune fille ? »

Ne sachant que répondre, elle hocha la tête et fit un pas en arrière, dans l'espoir qu'il ne remarque pas sa respiration laborieuse.

Que diable était-elle censée faire à présent ?

« Viens t'asseoir avec moi. Est-ce qu'ils ont eu des nouvelles du messager ? »

Il s'assit sur un banc et lui prit la main pour l'attirer auprès de lui.

« Non » répondit-elle en lissant sa jupe. Elle détestait que sa mère la force toujours à porter une robe pour le dîner. « Ils espèrent qu'il sera de retour demain. »

« Est-ce que toi aussi, tu adores entendre les histoires des équipes d'espionnage ? » dit-il en faisant courir ses doigts sur sa paume. « Est-ce que ce ne serait pas fabuleux de pouvoir travailler ensemble ? Nous pourrions former une équipe, comme Logan et Gwyneth Ramsay. Est-ce que ça te plairait ? Tout le monde connaîtrait notre nom. »

Elle fixa les lèvres de Drostan en se demandant comment ces deux morceaux de peaux humides avaient pu provoquer des picotements dans tout son corps. Elle lissa une nouvelle fois sa jupe, juste pour voir si ses parties intimes la picotaient toujours.

Ce fut le cas.

« Oui, ça me plairait. » À ce moment-là, elle n'en avait plus rien à faire de l'endroit où ils l'envoyaient, tant qu'elle aurait l'occasion d'embrasser cet homme tous les soirs. « Ils se rassembleront dans le solarium des lairds lorsque le messager sera revenu. Je demanderai à y participer, mais je ne sais pas si ma mère me donnera la permission. »

« Demande à ton père » dit-il en se penchant vers elle. « Tu peux le convaincre de n'importe quoi. »

« Oui. S'ils me disent non, j'irai lui demander. »

« Chrissa ? Où es-tu ? »

En entendant la voix de sa mère s'élever dans la cour, Chrissa bondit du banc et s'éloigna vers le donjon. Il valait mieux que personne ne la voie aussi près de Drostan. Ce dernier resta assis, mais elle entendit ses dernières paroles.

« Tu me promets de me raconter demain ce que tu auras appris ? »

Elle jeta un coup d'œil par-dessus son épaule, posa un doigt sur ses lèvres pour le faire taire et répondit : « Promis. »

Puis elle se précipita vers sa mère, qui était en train de tourner à l'angle pour retourner vers le donjon.

« Où étais-tu passée ? » demanda sa mère, les sourcils froncés.

« Je me promenais » dit-elle avec son air le plus

innocent. Oh, quand elle le voulait, elle pouvait sembler aussi innocente qu'un petit agneau qui venait de naître sous un arbre de la prairie.

« Pourquoi ne m'as-tu pas répondu ? »

« Je ne t'ai pas entendue. Quelle était ta question ? »

Sa mère plissa à nouveau les yeux. « Je t'ai demandé où tu étais passée. » Elle serra la mâchoire, ce qui était généralement son dernier avertissement avant qu'elle n'explose de colère.

« Je suis là, mère, de toute évidence. Tu ne serais pas en train de te faire vieille ? » Elle passa devant sa mère pour se diriger vers le donjon.

« Je n'aime pas du tout quand tu me caches des choses, ma fille » lui dit sa mère. « Et quand tu me poses des questions ridicules, je sais que tu as quelque chose à cacher. »

« Eh bien, je dois te dire que tu avais raison à propos d'une chose. »

Sa mère se précipita vers elle pour la rattraper. « Laquelle ? »

« J'ai *vraiment* l'impression de flotter dans les airs. » Puis elle lui sourit et courut à l'intérieur, car elle savait que ce commentaire allait sidérer sa mère.

Elle adorait ça.

CHAPITRE 6

LE LENDEMAIN MATIN, Drostan se leva de sa paillasse dans l'espace de repos des guerriers de l'enceinte du château, puis s'en alla rendre visite à son père le plus vite possible, car il savait que c'était probablement le meilleur moment pour le trouver sobre. Ensuite, il irait dans les lices retrouver Hendrie.

Tandis qu'il se dirigeait vers la rangée de cottage en dehors de l'enceinte, il passa devant l'écurie extérieure et fut surpris d'entendre une voix l'appeler.

« Vous ne voulez pas vous entraîner avec moi, maître ? »

Drostan toussa, manquant de laisser tomber Sky, puis tourna les talons pour voir Hendrie qui se trouvait juste derrière lui. Il ne s'était pas attendu à voir le garçon aussi tôt. « Je reviens tout à l'heure. » Il s'interrompit un instant, lorsqu'une idée germa soudain dans son esprit. Il s'approcha alors du jeune garçon et dit : « Est-ce que tu veux bien surveiller Sky pendant que je rends visite à mon père ? Je reviendrai d'ici une heure, et alors nous pourrons nous entraîner. C'est une tâche

importante que je te demande. Ne la prends pas
à la légère. »

« Je ferai du bon travail, vous verrez » répondit
Hendrie d'un ton tout à fait sérieux. « Je vais lui
donner quelque chose de spécial à manger. » Puis
il s'éloigna vers l'écurie, où il trouverait à coup
sûr de quoi nourrir un chien.

L'exubérance du garçon fit glousser Drostan,
puis le jeune homme continua sa route vers le
cottage de son père, tout en adressant des signes
de la main aux gens qu'il croisait en chemin. Puis
il entra dans la maison de son père, et son estomac
se retourna lorsqu'il le vit assis à table, la tête dans
les mains.

Il savait déjà que cet homme serait complètement
différent de celui qu'il avait vu la veille.

« Tu as mal à la tête, père ? »

« Oui, et tu le sais » grogna-t-il, son ton déjà
hostile.

« Arrête de boire autant de bière et tu te sentiras
peut-être un peu mieux » rétorqua-t-il en tirant
une chaise pour s'asseoir, avant de poser la miche
de pain de la veille et l'assiette de bouillie d'avoine
qu'il avait apportées à son père.

« Tu m'as amené de la bière ? »

« Non, seulement de la nourriture. »

« Pourquoi pas de la bière ? »

« Tu sais très bien pourquoi, père » dit-il en
poussant l'assiette devant lui.

« Pourquoi es-tu venu ? » Il repoussa ses cheveux
clairsemés de son visage, dont le gris était de plus
en plus prédominant. « Je t'ai plus vu ces derniers
jours qu'au cours de la dernière lune. »

« Parce que tu es trop maigre. Mange. » Il poussa le pain devant son père et en prit un morceau pour le mâchonner.

Son père lui adressa une expression étrange, puis le surprit en disant : « Je suis désolé de t'avoir crié dessus. » Il désigna ensuite le visage de Drostan. « Qui t'a frappé ? »

Drostan en resta bouche bée. « Tu sais très bien qui m'a frappé » parvint-il enfin à répondre.

Son père se redressa pour le regarder, tout en laissant tomber ses mains sur la table pour prendre du pain. « Comment le saurais-je ? Je ne quitte jamais ce cottage. Depuis que ta mère m'a abandonné… »

« Elle t'a quitté parce que tu te soûlais au point de devenir un pauvre vieux pathétique que personne n'avait envie de voir. C'est toi qui m'as frappé, tu ne te rappelles pas ? C'était un accident, mais c'est toi qui l'as fait. » Son père faisant souvent semblant d'oublier les choses qu'il faisait lorsqu'il était ivre, mais Drostan ne le croyait jamais.

« Te frapper, moi ? Je ne te frapperais jamais… » Des larmes se formèrent dans les yeux du vieil homme. « Pourquoi dis-tu une chose pareille ? Il me faut plus de bière. Sois un bon garçon et va m'en chercher. C'est trop dur pour moi d'y aller. »

« Père » dit-il en se levant. « C'était un accident. Tu étais soûl, et tu agitais tes mains dans tous les sens. »

« Fais plus attention la prochaine fois ! » Le vieil homme se leva si vite qu'il en renversa sa chaise. « Sors d'ici. Dehors. J'ai trop mal à la tête pour m'occuper de ça. Laisse-moi tranquille. » Puis son père se mit à faire les cent pas dans la petite hutte, tout en marmonnant et en jetant des objets sous le coup de la frustration. « J'aimais ta mère. Elle comptait plus que tout pour moi. Pourquoi m'a-t-elle abandonné ? J'aurai arrêté la bière pour elle. »

Comme il savait qu'essayer de raisonner son père dans cet état était inutile, il ignora ses commentaires. « Je suis venu t'amener à manger et pour te dire que je vais probablement partir en patrouille, père. Je ne sais pas quand je reviendrai. »

« Va-t'en. Laisse-moi tranquille. » Son père ramassa un pot avant de le jeter dans le petit espace, et le son strident qu'il produisit lorsqu'il se brisa lui vrilla les oreilles.

« Je n'en peux plus, père. Je m'en vais. »

« Je n'essayais pas de te frapper. Jamais de la vie » lui cria-t-il dans son dos.

Il s'en alla sous les réprimandes de son père, mais lorsqu'il referma la porte, il n'entendit plus rien. Les épais murs en pierre avaient permis de protéger la réputation de son père. Enfin, plus ou moins. À trois cottages de là, l'un des voisins dit : « Tu devrais venir plus souvent, Drostan. Parfois, il devient fou en t'attendant le soir. Il est très fier de toi. »

« Non, il ne m'attend pas. »

L'homme parut perplexe. « Si ce n'est pas toi, alors qui ? »

« Ma mère, ou la mort. Je ne sais pas trop laquelle. » Il s'esclaffa de son propre commentaire tandis qu'il s'éloignait, refusant d'alourdir encore ses épaules du poids de la culpabilité. « Je pense que peu lui importe de savoir laquelle viendra lui rendre visite en premier. »

Il aurait tellement voulu pouvoir rendre ses parents fiers de lui, mais c'était impossible.

***

Chrissa était assise dans le solarium durant la réunion des Grant et des Ramsay. Le messager était enfin arrivé, et elle avait hâte d'en savoir plus sur ce qu'ils allaient faire ensuite.

Serait-elle autorisée à partir, ou devrait-elle rester à la maison ? Grand-père était là, bien sûr, ainsi qu'oncle Jamie, oncle Connor, tante Sela, ses parents, Dyna, Derric et Alick. Le petit contingent de Ramsay était également présent. Fort heureusement, grand-père avait fait agrandir le solarium avant de céder son rôle de chef à ses fils.

Oncle Connor démarra la réunion. « Jamie, maintenant que nous sommes loin des oreilles indiscrètes, explique-nous ce que tu as appris du messager du roi Robert. »

Oncle Jamie se radossa sur sa chaise, se balançant quelques instants sur les pieds arrière, puis il les reposa avec un bruit sourd. « Il compte attaquer Edward de front. Il entraîne ses forces à se battre en groupe. Il n'a pas encore évoqué sa stratégie, mais je suis sûr qu'il emploiera le schiltron. Il aura également des chevaliers en cotte de mailles dans la cavalerie, et il prévoit d'enrôler autant d'archers que possible.Vous savez que ça a toujours été son point faible par le passé. »

« Parce que les Anglais ont de puissants archers » dit Molly. « Il m'a envoyé une demande officielle de rassembler le plus d'archers possible, hommes ou femmes. » Chrissa eut envie de pousser un petit cri de joie, mais décida que ce n'était pas le moment.

Oncle Jamie ajouta : « Nous avons également reçu une demande de guerriers à pied – les chevaux ne seraient pas nécessaires. Ça m'a un peu étonné, à vrai dire. »

Maggie éclata de rire. « Oh, il prendra tous tes cavaliers s'il le peut, mais il a tellement envie de compter sur l'armée des Highlands qu'il est prêt à les accepter sans la cavalerie. Les Anglais craignent tant ces sauvages de Highlanders qu'il serait prêt à nous enrôler même si nous insistions pour nous battre nus comme dans l'ancien temps. »

Le commentaire de Maggie provoqua des éclats de rire dans tout le groupe. Tous avaient déjà entendu ces histoires, même si aucun d'entre eux n'avait jamais testé cette méthode.

« C'est noté » dit grand-père. « Que veut-il de nous à présent ? Ou préfère-t-il attendre que nous approchions de la date du solstice d'été ? »

« Il a demandé à rencontrer dix de nos meilleurs guerriers. Il se servira peut-être de certains d'entre eux pour entraîner son armée, et d'autres pour les envoyer en patrouille. » Oncle Jamie parcourut tout le solarium du regard. « Il a spécifiquement demandé à ce que Derric et Dyna fassent partie du groupe. Il a dit qu'il pourrait se servir de leurs talents. »

« Quand ? »

« Le plus vite possible. »

Grand-père déclara : « Puisque nous sommes tous ici, j'en profite pour vous dire que nous avons demandé le rassemblement du groupe des Épées des Highlands. Alasdair, Emmalin, Els et Joya sont en chemin. »

« Est-ce qu'il t'a dit qu'il prévoyait de se servir de nous ? » demanda Dyna. Elle faisait partie de ce groupe.

Chrissa aurait tellement voulu en faire partie, elle aussi, mais tous avaient été choisis par grand-père. Il était convaincu que cela avait quelque chose à voir avec la naissance des trois cousins, qui avait eu lieu pendant la même nuit. Et même si Dyna était plus jeune, elle formait une part très active du groupe. C'était principalement ce qu'il se produisait lorsque le groupe se battait ensemble qui déterminait qui devait être impliqué.

Ainsi que les rêves de grand-père.

« Non, je n'ai rien entendu à ce sujet » répondit oncle Jamie.

Derric intervint : « Le messager a dit que Robert pense pouvoir y arriver sans le groupe, mais qu'il aimerait l'avoir à disposition au cas où la bataille tournait en la défaveur des Écossais. Si cela se produit, le roi Robert nous déploiera pour l'acte final – le grand spectacle des coups de tonnerre qui célèbrera notre victoire. »

« J'aimerais bien voir ça » dit oncle Jamie. « Espérons qu'il ait raison. » Il hocha la tête en direction de Derric et Dyna. « Restez avec moi, et nous déciderons qui envoyer auprès du roi Robert avec vous. Les autres, vous pouvez partir, si vous le souhaitez. »

Maggie se leva et se dirigea vers la porte. « Je ne pense pas que vous ayez besoin de Molly et moi pour le reste. Nous passerons encore une nuit ici pour vous aider à vous entraîner avant de retourner au château Ramsay afin de préparer notre clan pour le solstice d'été. Ça te convient, Torrian ? »

« Oui, je dois m'assurer que nos terres sont bien protégées. Nous ne sommes pas très loin du château de Berwick, aussi nous le saurons très vite lorsque les Anglais passeront à l'attaque. »

Molly et Maggie s'en allèrent. Chrissa dut se retenir de leur courir après, rien que pour le plaisir de s'entraîner encore une fois avec elles, mais elle devait avoir la confirmation qu'elle et Drostan seraient autorisés à voyager jusqu'au campement du roi.

Elle devait savoir.

Pour elle et pour Drostan.

Sa mère la surprit en abordant immédiatement le sujet. « Dyna, toi et Derric allez partir ? Vous allez laisser vos deux enfants avec ta mère et Claray ? »

« Oui » répondit Dyna en jetant un coup d'œil à son mari pour voir s'il avait quelque chose à ajouter.

« Nous partons demain » ajouta Derric. Puis, tout en regardant Dyna, il poursuivit : « Ta mère nous a déjà dit qu'elle s'occuperait des enfants. »

Il se tourna ensuite vers les lairds. « Qui devrions-nous emmener avec nous ? Je vous laisse choisir. »

Le cœur de Chrissa battait si fort dans sa poitrine qu'elle craignait que tous puissent l'entendre.

Oncle Connor mentionna plusieurs guerriers, dont le tout dernier fut Drostan. Elle en fut soulagée, car elle n'aurait pas à utiliser les arguments qu'elle avait soigneusement élaborés pour les convaincre de l'emmener. À présent, elle n'avait plus qu'à les persuader de l'emmener, *elle*. Elle s'efforçait de paraître désintéressée, mais personne n'était dupe. Tous savaient à quel point elle voulait y aller, bien qu'ils ne devaient pas se douter de son intérêt pour Drostan.

Ou peut-être qu'elle se trompait. Après tout, il *avait* essayé de frapper Torrian.

Oncle Connor jeta un coup d'œil à sa mère, sa question silencieuse aussi évidente que s'il l'avait prononcée à voix haute. Chrissa retint son souffle en attendant sa réponse, et en adressant une rapide prière pour que sa mère accepte enfin de la laisser faire quelque chose pour son clan.

Il était temps pour elle de mener ses propres aventures.

Son père posa les yeux sur sa mère, qui lui adressa un petit hochement de tête avant de se tourner vers sa fille. « Chrissa, nous allons te laisser y aller, mais je vais donner de rigoureuses instructions à Derric et Dyna pour te surveiller, et je t'interdis de causer des ennuis. Aucun. Tu es d'accord ? En fait, je ferai envoyer quelques guerriers supplémentaires, juste au cas où ils aient besoin de te ramener si tu n'obéis pas aux ordres, c'est compris ? »

« D'accord, d'accord ! » lâcha-t-elle avant de sentir le rouge lui monter aux joues. Elle s'éclaircit la gorge pour cacher son embarras suite à sa réaction un peu brusque.

Sa mère plissa les yeux, comme d'habitude – une menace à peine voilée aux yeux de tous.

« Kyla, je pense que ta fille est assez mature pour comprendre que son rôle dans cette mission sera de suivre les ordres » fit remarquer grand-père. « Elle ne se comportera pas de la même manière que sur les terres des Grant. Sinon, elle en paiera le prix. Je ne pense pas qu'elle veuille prendre le risque de se faire capturer ou blesser par l'ennemi. N'est-ce pas, Chrissa ? »

La jeune femme rougit. Elle avait voulu leur dire autre chose pour les convaincre de son sérieux, mais grand-père l'avait devancée. Ils lui avaient donné ce qu'elle voulait – et elle comprenait les dangers que cela impliquait.

Puis grand-père la surprit en ajoutant : « Je suis sûr que tu divertiras le roi Robert, Chrissa. Mais s'il te plaît, ne nous embarrasse pas. »

Elle n'avait aucune idée de ce qu'il voulait dire par là.

CHAPITRE 7

CET APRÈS-MIDI-LÀ, CHRISSA tira une nouvelle volée de flèches vers sa cible, toujours envahie par l'excitation de savoir qu'elle s'apprêtait à partir en voyage pour voir le roi Robert.

Avec Drostan.

Elle ne l'avait pas encore vu pour lui annoncer la nouvelle, mais elle supposait qu'il avait déjà dû l'apprendre de la bouche de Derric. Une partie d'elle avait envie de se précipiter auprès de lui, afin de voir le sourire sur son visage lorsqu'il apprendrait qu'il avait été choisi. Mais elle n'était pas encore prête à dire à sa famille que leur amitié venait de changer.

« Arrête de penser aux garçons et tire » lui cria Dyna. « Tu en as manqué une. »

« Mais le reste a atteint le centre » répondit-elle.

« Est-ce que tu es en train de te plaindre ? » s'écria Dyna.

« Non » dit-elle, les yeux écarquillés. « Pas du tout. Je suis désolée, j'étais un peu distraite en pensant au voyage. »

« La question maintenant est de savoir qui dans

ce voyage te distrait à ce point ? » Les mains sur les hanches, Dyna était en train de faire les cent pas dans la clairière derrière elle. Fort heureusement, elles étaient les seules encore présentes avec Maggie et Molly. Les autres avaient abandonné l'entraînement au bout de la première heure.

Maggie s'esclaffa. « Je pense que nous le savons. Pas vrai, Chrissa ? »

La jeune femme rougit mais tira une autre volée de cinq flèches, chacune atteignant le centre des cibles qu'elle avait choisies. « Je ne crois pas, non. » Elle avait envie de bouder, mais n'osait pas se comporter comme une enfant devant trois des femmes qu'elle admirait plus que tout au monde.

Molly dut compatir pour elle, car elle dit à Dyna : « L'admirateur de Chrissa a dû la perturber. Drostan va venir avec nous. Tu ne te rappelles donc pas ce que ça fait d'avoir l'esprit tourné vers un homme pendant un entraînement sur le champ de tir ? »

Dyna jeta un coup d'œil à Molly avec un petit sourire et demanda : « Et toi ? C'était il y a bien longtemps, non ? »

« Fais attention à ce que tu dis » rétorqua Molly. « Je suis toujours capable de faire quelques petits tours, ma chère. » Elle agita les sourcils en direction de Dyna. « J'ai dû tirer une flèche pour sauver mon cousin sous les yeux de Tormod. Je n'aime pas l'admettre, mais je peux te dire que ça a été très difficile de me concentrer. Si je n'avais pas subi l'entraînement diabolique de notre père, je n'aurai pas réussi. »

Maggie étouffa un éclat de rire. « Je me rappelle aussi avoir eu des problèmes. Will me distrayait plus que je ne veux bien l'admettre. Mes dagues faisaient souvent n'importe quoi lorsqu'il était dans les parages. Ce n'est pas tous les jours qu'une jeune femme se fait séduire par le Fauconnier sauvage. » Pendant un temps, le mari de Maggie avait traîné une réputation de hors-la-loi protégé par ses faucons domestiques.

« Oui » dit Molly en jetant un coup d'œil à Maggie. « Ne pas se laisser distraire fait partie de l'entraînement, surtout avant un combat. Quand notre père sera là, je vous ferai pratiquer avec lui, toutes les deux. Il va tourner dans tous les sens et vous crier dessus pendant que vous essayez de viser. Ça me rendait furieuse, mais il me répondait que ça me rendrait plus forte, et il avait raison. C'est pour ça que j'ai réussi à toucher Ranulf MacNiven. »

Bien sûr, Chrissa avait déjà entendu plein d'histoires à propos de Ranulf MacNiven. Il avait causé de nombreux ennuis à son clan et à celui des Ramsay durant la jeunesse de sa mère.

Dyna hocha la tête en direction de Chrissa. « Tu devrais prendre le temps de poser la question à une experte. Molly est parvenue à tuer un homme que personne d'autre n'avait réussi à arrêter. Ce jour-là, elle lui a tiré dessus alors qu'il menaçait son cousin en s'en servant de bouclier, et Tormod était juste à côté. Ce genre de concentration ne peut s'acquérir qu'avec l'entraînement. »

Chrissa baissa la tête. « Moi, je tire sur l'ennemi

qui se trouve devant moi. Peu importe que quelqu'un me crie dessus à côté. Ce n'est pas bien difficile. »

Molly s'assit dans l'herbe douce. « Mais que ferais-tu si tu voyais l'homme que tu aimais juste à côté, à portée de l'ennemi, et qu'il avait sa dague pointée sur la gorge de ton petit cousin ? Et si ta sœur pleurait derrière toi, et que ton père se trouvait devant ton ennemi en train de dire des bêtises pour le distraire, le temps que tu puisses bien le viser ? »

Eh bien, quand elle le formulait de cette façon…

« Comment as-tu fait ? »

« Molly a raison. Notre père nous a très bien entraînées. »

« Demande à notre mère à quel point c'était dur pour elle de tirer sur l'homme qui avait tué son père et son frère » ajouta Molly. « Elle ne pouvait pas le faire. Pas avant d'avoir pratiqué pendant des jours, avec père qui lui criait dessus pendant qu'elle essayait de viser. »

Chrissa avait déjà tiré sur quelqu'un, mais les circonstances qu'elles décrivaient étaient différentes… Elle n'avait jamais pensé qu'elle risquait un jour de se confronter à ce genre de situation. « Je ne sais pas quoi vous dire. J'ignore si je parviendrais à ne pas me laisser distraire. J'ai travaillé très dur, mais… »

Était-ce stupide de sa part de vouloir y aller ? Peut-être s'était-elle montrée un peu trop naïve. Rêveuse et puérile. Ces derniers temps, son esprit était tellement tourné vers Drostan qu'elle n'était pas certaine de parvenir à tirer droit s'il venait à se trouver dans son champ de vision.

Dyna s'assit avant d'inviter Chrissa à faire de même. « Je sais ce que tu traverses. Tu as simplement besoin d'apprendre à rester sourde à tout ce qu'il se passe autour de toi. Crois-moi, Derric Corbett n'aime *pas* que je l'oublie, mais j'ai dû apprendre à le faire. »

« Peut-être que ma place n'est pas avec vous. Peut-être que je n'ai pas assez d'expérience » marmonna-t-elle en arrachant de l'herbe comme si c'était de sa faute.

« Écoute, tu as déjà fait le plus difficile » dit Maggie. « Tu es très bonne archère, et nous serions fières de te compter parmi nous durant nos combats. Mais tu ne dois jamais cesser de te remettre en question, même si tu as atteint la cible en plein centre. Peux-tu la toucher en mouvement ? Pendant que quelqu'un te déconcentre ? Pendant que la personne que tu aimes se trouve à deux mètres de toi ? Ou pire encore – pendant qu'un membre de ta famille bien-aimée est retenu prisonnier par l'ennemi ? Ne te repose pas sur tes lauriers en pensant que tu n'as plus rien à apprendre. Comme notre père nous l'a souvent dit, nos ennemis aiment jouer avec notre esprit et nous faire remettre en question tout ce que nous savons. »

« Est-ce que Drostan risque de te distraire pendant ce voyage ? » demanda Dyna. « C'est la seule chose que j'ai besoin de savoir. »

Elle secoua la tête, car elle savait que sa voix risquait de la trahir si elle lui répondait. Puis elle se leva, car elle voulait tirer une nouvelle volée de flèches pour exorciser ses émotions. Une pensée s'insinua alors dans son esprit, qui l'aida à reprendre le contrôle, et qui ne manquait pas de mérite. « Ce n'est pas comme si nous venions de nous rencontrer. Drostan et moi nous connaissons depuis toujours. Et nous nous entraînons ensemble depuis des années. Il ne risque pas de me distraire s'il se trouve dans les parages. J'ai l'habitude. »

Maggie lança à Chrissa un regard critique. « Ça peut être une bonne nouvelle. Quand deux personnes se connaissent très bien, elles peuvent devenir d'excellents espions. »

« Vraiment ? » Chrissa n'avait jamais entendu cela auparavant, mais elle souhaitait en savoir plus. « Comment le sais-tu ? »

« Il suffit de voir nos parents », dit Molly. « Ou mon mari et moi. » Elle inclina la tête en direction de sa sœur. « Ou Maggie et Will. Et n'oublions pas Dyna et Derric. Ils ont participé à de nombreuses missions ensemble pour le clan et le roi Robert. » Son expression devint narquoise. « Un homme et une femme peuvent infiltrer différentes parties d'une opération. Si tu as des sentiments très forts pour Drostan, tu devrais envisager d'espionner avec lui. D'ailleurs, nous pourrions vous recommander au roi Robert. *Si* tu envisages un avenir avec lui. Les couples font les meilleurs espions. »

Les paroles des Ramsay la plongèrent dans une spirale de confusion. Drostan avait évoqué la possibilité qu'ils espionnent ensemble. Était-ce

possible ? Que se passerait-il s'ils se mariaient ? Resteraient-ils amoureux, comme Dyna, Derric, les Ramsay et leurs maris, ou subiraient-ils le même sort que les parents du jeune homme ?

Elle décocha encore quelques flèches, presque hébétée, et ne réalisa le temps écoulé que lorsqu'elle remarqua que Dyna et Maggie s'activaient sur le champ de tir à ramasser des flèches et à nettoyer la zone d'entraînement. Le soleil était en train de se coucher. Peut-être devrait-elle retourner au donjon. Remuant légèrement les épaules, elle ressentit une douleur familière qui lui indiquait que l'entraînement avait effectivement trop duré.

Alors qu'elles retournaient vers les portes, les trois femmes mariées entamèrent une conversation sur leurs familles, ce qui incita Chrissa à repenser à Drostan. Les gardes qui les avaient accompagnées les suivaient à cheval. La distance pour rentrer était importante, mais Chrissa préférait parfois marcher pour profiter de l'air frais. Son esprit était si préoccupé qu'elle ne remarqua sa cousine Astra que lorsqu'elle fut presque sur elle. « Drostan te cherche partout. Il emmène un écuyer avec lui. Moi aussi, je peux t'accompagner comme écuyère ? »

« Quoi ? » dit-elle, incrédule que sa cousine puisse suggérer une telle chose. « Je n'ai pas besoin d'écuyère. » Elle doutait également que Drostan emmène un écuyer voir le roi Robert. Peut-être pour la bataille, mais ce ne serait pas pour tout de suite. Il n'aurait pas besoin d'armure pour s'entraîner ou espionner.

« Peut-être que si. Comment le saurais-tu ?

Je pourrais t'être utile quand tu arriveras au campement. » Sans se laisser décontenancer, Astra la suivit comme un chiot de Torrian. « Je pourrais ramasser toutes les flèches qui ratent ta cible. Il te faudra une réserve inépuisable. »

Chrissa s'arrêta net. « Astra, les écuyers sont là pour aider leurs maîtres à enfiler et retirer leur armure, leur heaume, et même leurs bottes. Je ne porte rien de tout ça, alors tu ne servirais à rien. Et tu crois que ta mère te laisserait y aller ? J'en doute. »

« Ma mère a laissé Dyna aller partout où elle voulait. Tu ne portes peut-être pas d'armure, mais tu pourrais utiliser mes compétences. Je suis vraiment douée pour écouter aux portes. »

« Nous le savons tous. Tu n'arrêtes jamais. » Elle agita les mains au-dessus de sa tête pour donner encore plus d'effet à ses paroles.

« Alors tu admets que je suis douée. Je peux écouter les Anglais et dire au roi Robert exactement comment ils attaqueront. »

Chrissa pivota sur ses talons avec un grognement et se dirigea vers le donjon. « Non, tu ne seras pas mon écuyère. Demande à tes parents s'ils t'autorisent à partir. Je ne pense pas que ce soit le cas. Mais si on te le permet, tu ne voyageras pas avec moi. » Elle insista autant que possible sur ces derniers mots avant d'ouvrir la porte et de se précipiter dans le donjon.

Elle heurta alors la poitrine de Drostan, et elle eut l'impression d'avoir été brûlée. C'était comme si son corps le reconnaissait avant même de le voir. Bon sang, elle devait cesser de faire comme

si elle était amoureuse de Drostan juste à cause d'un baiser. Bien sûr, ce n'était pas qu'un simple baiser. Tout avait commencé bien avant, comme son père le leur avait rappelé. Il y avait eu d'autres moments, aussi, où leur amitié avait pris une tournure plus profonde. Elle se souvenait d'un jour, quelques lunes auparavant, où ils s'étaient trop rapprochés, Drostan se tenant derrière elle pour lui montrer comment lancer sa dague, et cela avait provoqué d'étranges sensations dans tout son corps. Des sensations inconnues.

Elle l'avait ignoré, sans réaliser que c'était le début de quelque chose qui n'allait cesser de grandir en elle. Lui arrivait-il la même chose ?

« Chrissa » dit Drostan en s'écartant après leur collision. Puis il tendit la main vers elle, comme si elle avait besoin de se stabiliser. Ou peut-être souhaitait-il simplement la toucher ? « Je suis sûr que tu le sais déjà, mais je vais au campement du roi Robert. Je suis ravi. Merci pour ton aide. »

« Je n'ai rien eu à dire. Tu as gagné cet honneur tout seul, Drostan, et je doute qu'ils prennent quelqu'un juste parce que je l'ai demandé, alors oublie ça. Tu le mérites pour tout ton dur labeur. » Elle se surprit à repenser à la promesse qu'il lui avait faite des années auparavant, alors qu'il n'était qu'un jeune garçon. Il avait travaillé dur, et même si elle savait qu'il l'avait fait pour lui-même, elle ne pouvait s'empêcher de se sentir un peu heureuse à l'idée qu'il ait aussi voulu l'impressionner.

« Tu y vas aussi ? » demanda-t-il.

« Bien sûr que oui. » Elle tira sur ses tresses.

« Maintenant, et pour le solstice d'été. Le roi Robert veut un grand groupe d'archers, car les Anglais en auront beaucoup. Mais nous pouvons les vaincre. »

Il jeta un coup d'œil en arrière. Il n'y avait personne d'autre, mais il la poussa légèrement vers la porte et descendit les marches du donjon avant de lui prendre la main et de la guider vers un banc dans le jardin. Une fois arrivée, il pivota pour la fixer. Mais il ne s'assit pas, et il paraissait étrangement agité. « Si c'était le solstice d'été, et que tu voyageais avec tous les gardes et une soixantaine d'archers, je ne m'inquiéterais pas. Mais nous sommes un petit groupe. Nous pourrions être attaqués par des maraudeurs ou des Anglais. Est-ce que tu y es préparée ? Ne vaudrait-il pas mieux que tu attendes la bataille ? »

C'était comme s'il avait lu dans ses pensées. Après la conversation qu'elle avait eue avec Molly, Maggie et Dyna, elle hésitait à rejoindre le petit groupe. Et pourtant… elle et Drostan avaient toujours parlé de voyager ensemble, de se battre ensemble. Ne venait-il pas de lui dire qu'il voulait qu'ils espionnent ensemble ? Comment *osait-il* lui suggérer de rester à la maison, d'autant qu'il y allait, lui aussi ?

Elle croisa les bras et pinça les lèvres. « Je n'ai pas peur. Je peux le faire, et je le ferai. Je m'entraîne depuis aussi longtemps que toi. »

« Est-ce que tes parents sont d'accord ? Ils ne peuvent pas croire que tu sois en sécurité là-bas avec tous ces Anglais partout. »

« Oui, ils ont donné leur accord. Mon grand-

père, mes oncles et mes cousins aussi. J'ai presque vingt ans. Dyna a commencé à seulement seize. Elle s'en sortait très bien, et ce sera le cas pour moi aussi. » Elle se pencha en avant et voulut le pointer du doigt pour ponctuer ses paroles, mais il atterrit sur sa poitrine. Sa poitrine ciselée et parfaite.

C'est alors qu'elle réalisa son erreur. Il était trop près d'elle. Si près qu'elle pouvait voir le feu dans ses yeux marron – des paillettes rouges qui dansaient, avec des nuances d'or et de brun. Il avait la mâchoire serrée, et elle ressentit une étrange envie de caresser sa barbe de trois jours.

Elle s'exécuta donc, les yeux rivés sur lui, et son agitation se transforma en ardeur. Il poussa une exclamation étouffée tout en la fixant, penché si près qu'elle pouvait humer son odeur de cheval, de pin et de menthe, celle du vent des Highlands.

« Par tous les dieux, est-ce que tu dois vraiment te pencher si près de moi ? » Il la prit par les épaules pour l'attirer derrière un arbre, et en quelques instants, leurs corps se pressèrent l'un contre l'autre. Ses lèvres ravagèrent les siennes, sa langue s'insinuant dans sa bouche avec un désir sauvage qu'elle partagea tandis qu'elle levait les mains vers ses joues, les caressant comme pour le rapprocher encore plus.

Il se recula assez longtemps pour murmurer : « Si tu viens, je vais devenir fou d'inquiétude. »

« Pourquoi ? »

Il l'embrassa de nouveau, cette fois doucement, tout en lui suçotant la lèvre inférieure. « Et si tu étais blessée ? Je ne pourrai pas voir ça, je me jetterai sur n'importe quel homme près de toi, je... » Il l'embrassa de nouveau, la dévorant si passionnément que le désir irradia du sommet de sa tête jusqu'à ses orteils, bouillonnant en elle. « As-tu déjà oublié l'histoire avec le chef Ramsay ? »

Elle interrompit le baiser, ses doigts remontant jusqu'à sa lèvre inférieure. Il ne souriait pas comme elle l'espérait, mais un sifflement s'échappait entre ses dents. « Je ne pourrai pas voir ça... tu ne comprends pas... quand un autre homme s'approche de toi... »

« Alors tu n'auras qu'à pas regarder » murmura-t-elle. Leurs fronts se touchèrent, et ses mains se posèrent sur ses hanches.

Il ferma les yeux, visiblement résigné. Il ne la connaissait que trop bien pour douter du fait qu'elle allait faire comme bon lui semblait. Elle irait.

« Tu ne peux pas rester ici, Chrissa ? » dit-il, plus comme une affirmation que comme une question. « Juste cette fois ? »

« Non » murmura-t-elle, puis elle recula finalement d'un pas. « Tu sais combien j'ai travaillé dur pour ça. Nous y avons travaillé *ensemble*. Tu vas devoir apprendre à gérer la situation. »

Il la serra de nouveau contre lui, lui caressa le cou. L'embrassa. « J'aimerais pouvoir dormir avec toi toutes les nuits. Même habillés... dans la forêt... sous les étoiles. Et toi dans mes bras. Mais je suppose que ce ne sera pas possible. »

« Non, même si ce serait vraiment divin. »

Il se recula légèrement et passa la main dans ses

épais cheveux. « Je suppose que tu seras en sécurité, avec tous les gens qui nous accompagneront. »

Elle tendit la main pour remettre en place une mèche de cheveux tombée sur son visage après son geste. « Drostan, tu te rappelles quand nous nous poursuivions dans les bois, à l'affût des reivers et des maraudeurs ? Même quand nous étions jeunes, nous espionnions les gens dans la cour, en faisant semblant de les sauver des méchants. » Elle passa son doigt sur son sourcil, effleurant légèrement l'ecchymose causée par le coup de son père. Puis elle l'embrassa doucement. « Il ne devrait pas frapper son propre fils, même par accident. »

« C'était juste une porte » dit-il en repoussant légèrement sa main, l'assentiment perceptible dans sa voix.

« Tu oublies que j'étais là quand il s'est excusé » dit-elle en parcourant sa mâchoire puissante du bout des doigts. Pourquoi ressentait-elle le besoin de le toucher ainsi ? C'était comme si elle avait ressenti ce désir sans s'en rendre compte pendant toutes ces années, et à présent, elle se sentait submergée de l'avoir trop longtemps refoulé.

Il changea de sujet, comme il le faisait souvent lorsqu'ils parlaient de son père. « Je me souviens d'avoir fait semblant d'être le chevalier en armure venu au château pour sauver sa princesse. Te rappelles-tu d'avoir crié à l'aide depuis les parapets ? Ton oncle a cru que tu avais vraiment un problème, et il a gravi les marches si vite qu'il en a eu le souffle coupé. »

Elle gloussa. « Il fut un temps où je voulais

vraiment être secourue par un féroce Highlander, mais en grandissant, j'ai voulu devenir ce féroce sauveteur. »

« Mais je n'étais pas prêt à crier sur les parapets pour que tu viennes me sauver. Je ne pouvais pas accepter ça, jeune fille. » Il rit doucement en lui caressant le cou, puis se recula avec un soupir. « Tu n'as jamais été comme les autres, hein ? »

« Tu n'aimes pas que je sois différente de la plupart des filles ? » demanda-t-elle en entrelaçant leurs doigts, à moins d'un mètre l'un de l'autre.

« Si. Je n'ai aucun intérêt pour les filles minaudières qui veulent passer leurs journées à coudre. J'adore que tu me fasses chevaucher en forêt et nous entraîner dans les champs. »

« Tu sais ce qu'a dit Molly ? »

« Quoi ? »

« Les couples font les meilleurs espions. »

« Vraiment ? »

« Réfléchis-y. Logan et Gwyneth, Maggie et Will, Dyna et Derric, Molly et Tormod. Nous pourrions ajouter deux noms à la liste, si nous parvenions à faire nos preuves. »

« Drostan et Chrissa ? »

« Non » railla-t-elle. « Chrissa et Drostan. » Et comme elle comptait bien avoir le dernier mot, elle lâcha sa main et s'éloigna d'un bond pour foncer vers le donjon. En riant tout le long du chemin.

Elle avait besoin de se tremper dans l'eau froide de la salle de bain.

Lorsqu'elle ouvrit la porte, elle s'attarda un instant et tourna les talons, car elle savait qu'elle le verrait. Elle avait entendu le grondement de ses pas qui la suivaient, mais il n'avait pas essayé de la rattraper ou de l'arrêter. Ce qui, espérons-le, signifiait qu'il comprendrait ce qu'elle comptait lui dire. « Je vais y aller, Drostan. »

Le coin de sa bouche se releva, lui signifiant qu'il lui avait légèrement cédé. « Je savais que je ne pourrais pas te convaincre du contraire. J'ai hâte de voyager avec toi. »

CHAPITRE 8

L'HEURE DU DÉPART était enfin arrivée. Maggie, Molly et le reste du groupe Ramsay les accompagneraient jusqu'en bas de la montagne, puis ils se sépareraient. Le contingent Grant était composé de Magnus, Ashlyn, Derric, Dyna, Drostan, Chrissa, Alick et ses frères – Broc et Paden – mais aussi Hagen, le frère de Dyna, et plusieurs gardes.

Un grand groupe s'était rassemblé à la sortie du château pour leur souhaiter bon voyage, dont Astra et Hendrie, qui se tenait aux côtés de Drostan, Sky sous le bras. Les chevaux attendaient les voyageurs, leurs sacoches remplies et prêtes pour le départ.

« Prends bien soin d'elle, Hendrie. J'ai confiance en toi. »

« Je ferai du bon travail » dit Hendrie. « Et je continuerai à m'entraîner avec les autres pour apprendre à enfiler une armure encore plus vite. » L'armurier avait confectionné des armures en prévision du solstice d'été, laissant ainsi aux guerriers le temps de trouver leur taille. L'étape suivante consistait à s'entraîner à enfiler et à retirer l'armure. Hendrie avait un peu de mal, car elle était extrêmement lourde. « C'est chaque jour un peu plus facile, maître Drostan. »

« Tu peux seulement m'appeler Drostan, Hendrie » dit-il. « Je ne suis pas ton maître. » Il prit Sky des bras du garçon pour une dernière étreinte, puis la déposa dans l'herbe. Elle courut aussitôt vers l'étalon de Drostan, aboyant de toutes ses forces. Tous éclatèrent de rire jusqu'à ce que l'étalon se mette à cabrer un peu. Hendrie prit alors rapidement le chiot dans ses bras et dit : « Bonne chance à tous. Je vais l'emmener dans les lices avec moi. »

« La prochaine fois, tu viendras avec moi, Hendrie. Continue de t'entraîner. » Le jeune garçon s'éloigna précipitamment, et Drostan reporta son attention sur Astra, qui discutait avec son père.

« Mais père, je pourrais aider si j'y allais aussi. Je pourrais espionner et découvrir ce que préparent les Anglais. Je pourrais trouver leurs campements, et nous pourrions les attaquer en pleine nuit. Comme ça, il n'y aurait pas de bataille le jour du solstice d'été. »

Chrissa sortit du donjon d'un pas nonchalant, buvant quelques gorgées d'eau à son outre. Elle s'approcha de Drostan et lui demanda : « Dis-moi qu'il n'a pas cédé à ses supplications. »

Drostan secoua la tête. « Il ne le fera pas, ne t'inquiète pas. Mais je pense qu'elle te serait d'une grande aide. » Il haussa les sourcils en souriant, et elle se détourna aussitôt en lui donnant une tape sur le bras d'un air enjoué.

« Non, elle ne serait qu'un fardeau, pas une aide. »

« S'il te plaît, père. Je me tiendrai tranquille pendant un an si tu me laisses partir » supplia-t-elle.

Connor se tourna vers sa fille et répondit : « C'est la dernière fois que je te le dis. Tu n'y vas pas, Astra. »

« Mais Hagen y va », gémit-elle. « Je vais te prouver que je peux me montrer utile. »

« Hagen a trois ans de plus que toi. Cesse de te plaindre, ou je demande aux gardes de t'attacher à cet arbre jusqu'au départ du contingent. »

Astra tapa alors du pied et courut vers le donjon.

Drostan ouvrit la bouche pour parler, mais Chrissa leva la main. « Je t'arrête avant que tu ne dises quoi que ce soit. Elle ne me ressemble pas du tout. »

Magnus, le chef du groupe, siffla, signe qu'il était temps de se mettre en selle. Drostan hissa Chrissa sur son cheval. « Ça y est, le voyage commence. »

Elle le regarda avec un tel enthousiasme qu'il ne put s'empêcher de ressentir la même chose. Peut-être n'avait-il aucune raison de s'inquiéter. Ils planifiaient ce moment depuis des années, comme elle le lui avait rappelé, et il n'y avait aucune raison de penser qu'ils ne seraient pas de retour la semaine suivante.

Deux jours plus tard, ils arrivèrent au campement du roi Robert peu après le crépuscule.

Drostan descendit de son cheval et tendit la

main vers Chrissa avant de la déposer délicatement au sol. Comme ils étaient entourés de sa famille, il préféra ne pas laisser ses mains s'attarder sur elle, mais il lui était difficile de la toucher sans arrière-pensée alors qu'il n'avait qu'une envie : la toucher, caresser sa peau douce et enfouir sa tête dans son cou tandis qu'elle se penchait vers lui.

Il devait cesser de laisser de telles visions dominer ses pensées.

Au moins, il pouvait lui parler ouvertement.

« Comporte-toi bien, jeune fille » murmura-t-il. Elle avait coiffé ses longs cheveux noirs en de multiples tresses qui lui tombaient presque jusqu'aux hanches, certaines attachées ensemble, d'autres flottant au vent. Elle et Dyna aimaient essayer différentes manières de tresser leurs cheveux, avec un résultat parfois étrange, mais cette coiffure-là lui plaisait. Chrissa disait que c'était à cause des origines nordiques de Dyna.

Depuis qu'il avait vu Derric défaire les cheveux de Dyna pour lui masser le cuir chevelu, Drostan avait pensé à faire la même chose avec Chrissa. Il adorerait voir ses cheveux détachés. Son esprit revenait sans cesse à elle. Il se le reprochait, car c'était une distraction dangereuse pour un guerrier qui partait vers des contrées remplies d'ennemis, mais rien n'y faisait.

Elle lui adressa un regard et il ne put s'empêcher de sourire. Il lui paraissait rassurant de savoir que, malgré tout ce qui avait changé entre eux – et à quel point Chrissa elle-même avait changé – certaines choses étaient encore prévisibles.

Derric fit signe à l'un des hommes du roi, qui

se précipita pour aller chercher Robert. Le cœur de Drostan s'emballa. Il souhaitait être auprès du roi, ressentir sa puissance. Tout comme Alexander Grant, Robert Bruce était une légende vivante. Il avait encore du mal à croire à sa chance. Tous avaient entendu parler du roi par Els, Joya, Derric et Dyna, c'est pourquoi le rencontrer était depuis longtemps l'un des objectifs de sa vie. Le roi Robert avait tenu bon face à tous ses ennemis : les rois Edward I et II, les Anglais, d'innombrables comtes et barons déterminés à l'éliminer. Ses frères avaient été tués, sa femme enlevée et mise en cage à la vue de tous par le roi Edward. Et même si elle n'était plus en cage à présent, sa femme était toujours retenue captive par son ennemi.

Robert Bruce avait beaucoup à gagner de cette bataille. La liberté. Sa femme, sa famille, toute l'Écosse. La libération de sa femme des chaînes des Anglais était l'une des principales raisons pour lesquelles il continuait de se battre. Il était si dévoué à la cause de la liberté des Écossais que, sept ans auparavant, il avait insisté pour être porté au combat sur une civière, malgré sa grave maladie. En dépit de tout cela, il avait persisté, remportant lentement mais sûrement les batailles contre ses ennemis, écossais et anglais, avec une discrétion prudente et réfléchie, utilisant tous les moyens à sa disposition.

Le regard de Derric se posa sur Drostan. Ses pensées devaient être évidentes sur son visage, car l'homme plus âgé sourit doucement et dit : « Il ne ressemblera peut-être pas à ce à quoi tu t'attendais, tu sais. Ce n'est pas un homme de cour. Il a vécu une grande partie de sa vie dans la forêt de Torwood. »

Mais lorsque l'homme du roi sortit d'une tente avec un autre homme, plus petit que la plupart des Grant, Drostan le reconnut immédiatement. Il y avait quelque chose de majestueux en lui, une qualité indéfinissable qui n'avait rien à voir avec l'état de sa tenue, sa taille ou la longueur de ses cheveux. Le roi Robert se dirigea droit vers Derric. « Ravi de te revoir, Corbett. Et je vois que tu as amené ta charmante épouse. Salutations, Dyna. » Son regard perçant scruta le reste du groupe. « Si certains de vos guerriers veulent bien s'occuper de vos chevaux, mes hommes leur apporteront de la bière. Vous pouvez tous venir dans ma tente. Nous avons beaucoup de choses à nous dire. » Il parcourut le groupe du regard. « Si mes yeux ne me trompent pas, je crois voir que vous avez amené deux autres excellentes archères. Pas vrai ? »

Derric hocha la tête. « Oui, nous avons Ashlyn et Chrissa, qui sont les cousines de Dyna. Nous acceptons votre offre généreuse. »

Le groupe le suivit dans sa tente, gardée par plusieurs hommes à l'air rude. Le roi Robert fit signe à deux autres hommes de les rejoindre. Une fois installés dans le grand espace, il déclara : « Merci d'être venus si vite. Comme vous le savez, le solstice d'été arrivera dans moins de deux semaines. J'aurais besoin de votre aide pour nous entraîner. Les guerriers Grant sont réputés pour leurs talents. »

« Quels sont vos points faibles ? » demanda Derric. « Nos lairds sont prêts à vous aider. »

« Le chef Ramsay vous a promis de nombreux archers » ajouta Dyna.

« J'en suis heureux. Nous avons besoin de tous les archers que nous pourrons trouver. Combien avez-vous de bons archers au clan Ramsay ? »

« Probablement une quarantaine, et environ le même nombre du clan Grant, même si je dois vous dire que beaucoup d'entre eux sont des femmes. »

« Nous leur souhaitons la bienvenue. Je demande cependant à tous les Écossais valides de se joindre à cette bataille, alors ne laissez pas les femmes s'éloigner de vos guerriers. Certains ont été élevés à la dure, et pourraient ne pas reconnaître votre plaid et sa signification. Comme vous le savez bien, nombreux sont ceux en Écosse qui croient encore qu'enlever sa future femme fait partie de la coutume du mariage. J'ai aussi besoin d'épéistes à cheval. Mes schiltrons ne nous mèneront pas bien loin sans eux. »

« Des schiltrons ? » chuchota Chrissa. « J'ai déjà entendu ce mot, mais je ne sais pas ce que ça veut dire. »

Magnus essaya de la faire taire, mais le roi Robert éclata de rire. « Je serais ravi de te répondre. C'est ma façon préférée de combattre les Anglais. Nous ne serons jamais aussi nombreux qu'eux, mais nous sommes plus intelligents et plus forts. Dès que possible, je préfère prendre l'ennemi par surprise. J'attaque sur trois fronts avec de petits groupes d'hommes armés de lances, de haches et de piques. Le schiltron se déplace d'un bloc. Ils ne nous voient arriver que lorsqu'il est trop tard. J'aurai besoin d'hommes pour rassembler une telle force. Ensuite, je mettrai des archers, suivis d'une cavalerie menée par l'un de mes meilleurs hommes. Derrière cette force, je mènerai moi-même les Highlanders à cheval, suivis d'une importante force d'Écossais à pied. Ils seront l'une de mes dernières défenses, mais pas la plus faible. Je compte sur nos Highlanders pour se battre avec férocité. Nous arrivons bientôt à la fin de cette guerre, mes amis, mais je ne peux pas tout diriger. Et les Épées des Highlands. J'ai beaucoup entendu parler de leur puissance. Serez-vous capables de la mobiliser contre les Anglais ? Cela se produira-t-il quand vous le souhaitez ? J'ai entendu des avis contradictoires à ce sujet. »

« Nous devons voyager ensemble, et lorsque c'est le cas, le résultat peut être incroyable » répondit Dyna. « Notre force combinée semble affaiblir notre adversaire, mais pas pour longtemps. »

« Alors nous garderons cet atout en dernier recours. Laissons les autres attirer les Anglais sur notre territoire, dans notre zone de combat que nous connaissons si bien, contrairement à eux. Nous les vaincrons. Il nous faut juste savoir exactement quel type de troupes le roi compte emmener. Leur nombre, leurs armes, leurs armures. Tout ce que fait ce salaud pour se préparer à cette bataille. »

« Oui, roi Robert. Ce plan est judicieux » répondit Derric, même si Chrissa aurait aimé voir les Épées des Highlands mener l'opération. Apparemment elle était l'une des rares de cet avis.

« Ce qui m'amène à ma question suivante. C'est à toi que je la poserai, Corbett. Penses-tu que toi et ta femme seriez prêts à aller à Berwick pour une mission d'espionnage ? Pour découvrir des informations sur les plans de ce salaud d'Edward ? »

Derric jeta un coup d'œil à Dyna, qui hocha la tête. « Ce serait pour nous un plaisir, mon roi. Le chef des Ramsay a dit qu'il nous enverrait un messager s'il découvrait quoi que ce soit qui pourrait aider notre cause, mais je pense que nous pourrions en apprendre plus si nous nous rendions directement à Berwick. Nous pouvons nous mettre en route tout de suite. Nous emmènerons deux autres personnes avec nous – deux nouvelles têtes, au cas où quelqu'un nous reconnaitrait. »

Drostan adressa un regard à Chrissa, se demandant s'il avait bien entendu. Se pouvait-il qu'ils soient les deux personnes que Derric venait de mentionner ?

Oserait-il espérer ? Il s'inquiétait pour le sort de Chrissa sur le champ de bataille, mais il estimait que l'espionnage serait une mission plus sûre. Il lui avait bien appris à se servir d'une dague. Ainsi, tous ses rêves deviendraient réalité – il serait espion, il se battrait pour Robert Bruce et il travaillerait comme guerrier Grant.

Et tout cela, il pourrait le faire aux côtés de Chrissa. Que demander de plus ?

Parviendrait-il à mener à bien cette mission avec Chrissa sans s'inquiéter pour elle ?

Oui, il le pourrait. Certes, il allait s'inquiéter, mais qui de mieux que lui-même pour la protéger ? L'impatience lui faisait serrer si fort la mâchoire qu'il se força à se détendre.

« Quatre devraient suffire pour accomplir votre objectif, et c'est le moment parfait. Je veux savoir tout ce que vous pourrez trouver. Ce qu'ils font pour nourrir leurs hommes, combien ils en ont, et d'où ils viennent. Restez là-bas une semaine. Donnez-lui le temps de rassembler ses forces. » Puis, se tournant vers Magnus, il demanda : « Combien de guerriers le clan Grant compte-t-il envoyer ? »

« Nous sommes prêts à en envoyer près de mille, si cela vous convient, roi Robert. »

« Ce serait parfait. Combien de cavaliers ? »

« La moitié. »

« Restez avec moi pour me parler de vos méthodes d'entraînement, Magnus. » Son regard se posa à nouveau sur Derric. « Vous avez des questions ? Passez la nuit ici, familiarisez-vous avec mon nouveau groupe. Prenez une bière. Nous avons reçu beaucoup de provisions de la part des clans voisins, vous ne souffrirez pas de la faim ici. »

« Non. Nous sommes prêts pour notre mission » répondit Derric. Puis il désigna d'un geste Dyna, Chrissa et Drostan, et tous les quatre quittèrent la tente.

Dès que le rabat se referma derrière lui, Drostan

se précipita pour parler à Derric. « Qui… Je veux dire… Votre groupe… »

« Tu te demandes si c'est vous que nous allons emmener avec nous pour notre mission d'espionnage » dit Derric, le devançant. Son sourire était difficile à déchiffrer. « Tu penses que nous pourrions vous prendre avec nous, alors que nous pourrions prendre Alick et Broc, ou Magnus et Ashlyn ? »

La déception l'envahit, et il ne tenta même pas de la dissimuler. Bon sang, il avait espéré avoir une chance de prouver sa valeur.

Et s'il arrivait à attraper un salaud ou deux, peut-être même qu'il pourrait rendre son père fier de lui.

Derric haussa les épaules d'un air amusé. « Dyna et moi en avons déjà parlé. Vous venez avec nous, Chrissa et toi. Est-ce que vous pourriez faire semblant d'être un couple ? »

Il jeta un coup d'œil à Chrissa, dont le visage s'illumina d'enthousiasme, comme le jour où elle avait touché son premier faisan. Elle le battait toujours lorsqu'ils allaient à la chasse, car elle était bien meilleure archère que lui. En serait-il de même pour l'espionnage ?

Il avait hâte de le découvrir. De plus, ils allaient apprendre avec deux des meilleurs. Peut-être qu'ensuite, on leur confierait d'autres missions, et qu'ils pourraient partir seuls ensemble pour espionner en se faisant passer pour un couple, comme ils en avaient parlé.

Une sensation familière d'inquiétude l'envahit

soudain, mais s'ils étaient toujours ensemble, il pourrait la protéger.

« Je pense que nous allons commencer par vous apprendre à dissimuler vos émotions » déclara Dyna. « Vous ne pouvez pas montrer aussi clairement vos intentions, ou vous risquez de vous faire prendre. »

« Nous savons nous contrôler » répondit-il immédiatement.

Derric inclina la tête. « Cette mission ne sera un succès que si vous êtes d'accord pour faire exactement tout ce que nous vous dirons. »

« Compris. » Drostan eut envie de hurler sa joie à la lune au-dessus de leurs têtes, mais il dut demeurer silencieux. Ils partaient en mission d'espionnage. Drostan et Chrissa – ensemble.

Sa chance venait enfin de tourner.

Au matin, Logan Ramsay sortit de la grotte. Sa sœur était toujours endormie. Avelina était plus douce que sa femme ou ses filles. Elle chevauchait souvent quand elle était jeune, mais ces jours étaient désormais révolus, et ce voyage s'était avéré plus qu'inconfortable pour elle. Il savait que plus tard, elle aurait des courbatures, bien qu'il doutât qu'elle l'admette.

Ils étaient tous en train de devenir foutrement vieux.

Il alla faire ses besoins, puis s'approcha du ruisseau pour se laver les mains, se remémorant des souvenirs d'il y a de nombreuses années, lors de l'enlèvement de Brenna Grant. Cette simple décision avait complètement bouleversé sa vie. Et en bien, à vrai dire.

Il avait enlevé Brenna dans son lit pour qu'elle soigne son frère, qui venait d'être encorné par un sanglier, mais la jeune femme était si talentueuse qu'il l'avait convaincue de venir au clan Ramsay pour aider d'autres personnes malades, en particulier son neveu et sa nièce. Les deux enfants étaient alors frappés d'une mystérieuse affliction depuis leur naissance. Seule Brenna en avait découvert la véritable cause : ils vomissaient dès qu'ils mangeaient quelque chose qui contenait du blé. Elle avait alors sauvé les enfants de son frère, et ce dernier était tombé amoureux d'elle. Leur mariage avait rapproché les clans Grant et Ramsay – le début d'une alliance qui était aujourd'hui plus forte que jamais.

Il éclata de rire en se remémorant la façon dont elle lui avait crié dessus dans la forêt. Ce petit bout de femme lui avait hurlé de se laver les mains avant de toucher son frère blessé. Et elle avait exigé la même chose de tous ceux qui s'occupaient de son neveu et de sa nièce.

Brenna avait fait grande impression sur lui, ne serait-ce que parce que son frère avait survécu et qu'elle avait également aidé ses enfants. Et la première fois qu'il avait vu son neveu marcher aux côtés de Growley, son loyal lévrier écossais, qui avait été dressé pour rattraper le jeune garçon dès qu'il tombait ? C'était l'une des rares fois de sa vie où les larmes lui étaient montées aux yeux.

Les autres fois étaient principalement liées à sa

femme, la seule à le battre dans un tournoi de tir à l'arc sous les yeux de tout le clan.

« Ce n'était que de la chance, Gwynie » se marmonna-t-il à lui-même en repensant à ce jour. Mais il savait que ce n'était pas que de la chance – cette femme avait tellement de talent… et aussi autre chose.

Son cul moulé dans son pantalon.

Avelina sortit de la grotte et s'écria : « Apporte-moi de l'eau pour que je puisse me rafraîchir, s'il te plaît. »

« Je vais vérifier les environs » appela Cailean.

Même s'il n'avait besoin de personne pour l'aider à voyager avec Avelina, il avait demandé à Cailean et Sorcha de les accompagner. Ils s'étaient retrouvés la veille, peu après s'être séparés de Drew, qui retournait sur ses terres. Il aimait les avoir à ses côtés, voilà tout.

« Bonne idée, MacAdam. Tu as enfin trouvé un moyen de te rendre utile » rétorqua-t-il avec un sourire suffisant. Il l'adorait comme s'il était son propre fils, mais il ne l'admettrait jamais à voix haute. Lui et Sorcha lui avaient donné trois petits-enfants, dont une fillette aux cheveux dorés, comme sa mère. Gwynie était restée à la maison pour surveiller le château et leurs petits-enfants. Avelina avait insisté sur le fait qu'elle n'avait pas besoin de protection, puisqu'elle portait l'épée de saphirs, mais il avait du mal à le croire. Erena lui avait dit que sa mission était de la protéger et de l'escorter, et c'est pourquoi il s'acquittait au mieux de cette tâche. Et même s'il ne le lui dirait jamais, MacAdam était leur meilleur guerrier.

« Et n'oublie pas de te laver les mains après être allé pisser, MacAdam. »

Tous les membres du clan Ramsay avaient appris à se laver les mains avant de manger ou de préparer de la nourriture. Même si elles semblaient propres. La seule raison ? Parce que maîtresse Brenna l'avait dit.

Il prit une petite bassine dans la sacoche que Lina emportait toujours avec elle, puis la remplit d'eau fraiche, en grimpant entre les rochers avec précaution. À son âge, il ne pouvait pas se permettre une chute. Bon sang, ce qu'il ne donnerait pas pour retrouver sa jeunesse. S'il pouvait se battre comme lorsqu'il était âgé de vingt étés mais garder la sagesse qu'il avait acquise au fil des ans, il serait invincible.

À son retour, il demanda à Avelina : « Tu penses que je vais mourir une fois que je t'aurai emmenée auprès d'Alex Grant pour que tu lui remettes l'épée de saphirs ? »

Lina faillit s'étouffer avec la bouchée de galette d'avoine qu'elle venait de prendre. « Pourquoi une telle question ? »

« Penses-tu que notre longue vie s'explique par le fait que nous devions apporter l'épée de saphirs à Alex Grant le moment venu ? Tu sais que j'ai vécu bien plus vieux que la plupart des gens, tout comme Gwynie. Allons-nous tous les deux tomber d'une falaise lorsque nous aurons accompli notre mission ? »

Il regarda sa sœur, toujours charmante malgré les années, bien que ses hanches se soient un peu élargies et que ses cheveux soient devenus presque entièrement blancs. « Oh, Logan. Tu as toujours été un homme qui aimait la vie. Ne te décourage pas maintenant. De plus, Gwyneth serait perdue sans toi. »

« Gwynie est plus jeune que moi » dit-il en commençant à faire les cent pas. « Oublie ça. L'épée va t'aider à percevoir le mal qui émane des Écossais, pas vrai ? Dis-moi ce que tu ressens. »

« Rien, pour le moment. »

« Mais ça viendra ? »

« Je pense, oui. Ça m'est déjà arrivé. Et tu le sentiras peut-être aussi, lorsque nous serons près de notre but. »

« Ce sont probablement les Anglais. Tu ne crois pas ? Ils nous tourmentent depuis des années. Mais comme ils sont devenus incontrôlables, Erena a dû envoyer quelqu'un pour sauver les Écossais. C'est pour ça que nous sommes ici. J'en suis certain. » Il ne lui laissa même pas l'occasion de répondre, parce qu'il ne voulait pas envisager d'autre possibilité.

« Sauf que ça ne viendra peut-être pas des Anglais. La première fois que j'ai reçu l'épée, on m'a demandé d'arrêter une personne en particulier. Peut-être que ce sera la même chose cette fois. »

Frère et sœur se regardèrent pendant un moment, réfléchissant à tout ce qu'il s'était passé, puis Logan secoua la tête.

« Je ferais mieux d'aller réveiller Sorcha. » Sa fille aimait dormir le matin dès qu'elle en avait l'occasion. « As-tu d'autres suggestions avant que je retourne dans la grotte pour affronter la bête ? » Il rit de sa propre blague.

« Ta fille est loin d'être une bête. C'est l'une des plus belles femmes que je connaisse. »

« Hummph. Tu ne l'as pas beaucoup vue le matin, pas vrai ? »

Il se dirigea vers la grotte, puis revint quelques instants plus tard, après avoir réveillé sa fille.

« Je vais te dire une chose, Lina. Je n'ai peut-être pas de dons de voyance, ni la moindre connexion avec les fées, mais nous nous rapprochons du mal. Je le sens. » Il baissa la voix tandis qu'il observait l'horizon, comme si une personne maléfique était tapie quelque part, en train de les observer.

« Tu vois, Logan » dit-elle avec un sourire. « Je me suis dit que tu le sentirais, toi aussi. Ou peut-être que nous sommes en train de pratiquer une nouvelle méthode pour effrayer les enfants. »

« C'est vrai » dit-il en s'asseyant avant de se frapper le genou. « Mais ça me plaît tellement d'entendre leurs cris. »

Il leva les yeux vers le ciel gris et légèrement brumeux.

« Ça fera une grande histoire à raconter. Tu verras. »

CHAPITRE 9

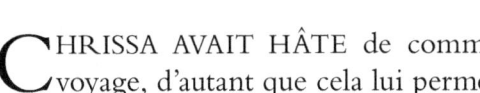

CHRISSA AVAIT HÂTE de commencer le voyage, d'autant que cela lui permettrait de se rapprocher encore plus de Drostan. Mais elle se sentait envahie d'un étrange pressentiment, qui avait commencé lorsqu'elle et les autres s'étaient éloignés à cheval de la forêt de Torwood, où Robert se cachait de l'armée anglaise.

Elle n'était pas triste de quitter le roi Robert, mais elle s'était sentie bouleversée de voir les hommes portant le plaid rouge des Grant s'éloigner à cheval, retourner sur les terres des Grant, et de ne pas aller avec eux. C'était comme si elle avait avalé une énorme pierre, qui prévoyait de rester bien installée dans le creux de son estomac.

Elle était en train de faire exactement ce qu'elle avait espéré, mais une partie d'elle se disait qu'elle aurait dû se diriger vers les terres des Grant, pas s'en éloigner.

Cependant, Chrissa s'efforça d'ignorer cette sensation. Après tout, elle n'avait aucune raison de ressentir une telle chose. Ils s'arrêtèrent dans une clairière pour faire une petite pause – Chrissa,

Drostan, Dyna, Derric et deux gardes Grant que Magnus avait insisté pour qu'ils emmènent avec eux. Dyna ordonna aux gardes de surveiller les environs pendant que Drostan et Chrissa s'asseyaient sur une bûche. Elle lui jeta un rapide coup d'œil, se demandant si le jeune homme ressentait la même chose qu'elle.

« Tout va bien ? » demanda-t-il en lui adressant un regard perplexe.

« Oui, c'est seulement que j'ai ressenti quelque chose de bizarre quand nous ne sommes pas allés vers les terres des Grant. J'imagine que je n'en suis pas partie assez souvent. »

« J'ai ressenti la même chose, comme si nous aurions dû rentrer avec eux » dit-il à voix basse, puisque Derric et Dyna étaient encore en train de fouiller dans leurs sacoches. Lorsqu'ils eurent terminé, ils s'assirent sur une bûche en face de celle de Drostan et Chrissa.

« Où allons-nous exactement ? » demanda Chrissa.

Dyna prit une bouchée d'un morceau de fromage, qu'elle partagea ensuite avec les autres. « Nous recherchons des campements anglais. Nous devons compter tous ceux que nous trouverons, rechercher de grandes garnisons, et toi et moi devrons parler gentiment à tous les hommes un peu soûls pour essayer de leur faire avouer tout ce qu'ils savent. »

« Et vous devrez aussi vous déguiser » ajouta Derric.

Dyna poussa un grognement et répondit :

« D'accord. Pourquoi est-ce que tu dois toujours me le rappeler, mon époux ? »

« Que veux-tu dire ? » s'enquit Chrissa.

« Derric me rappelle toujours que si je veux passer pour une gentille idiote, je dois me déguiser en conséquence. J'ai deux robes fines dans ma sacoche, que nous pourrons porter par-dessus nos pantalons, afin de nous faire passer pour de bonnes épouses des Lowlands. » Elle inclina la tête en direction de Derric. « Mais il faut aussi que toi et Drostan ne portiez pas de couleurs qui permettent de vous identifier comme des Highlanders. »

Derric désigna d'un geste sa tenue – noir sur noir. D'après les histoires que Chrissa avait entendues, il s'habillait ainsi depuis qu'il avait commencé à travailler pour Robert. « Je n'ai jamais eu de couleurs de clan à porter, donc je n'ai aucun problème de ce côté-là. Drostan, tu vas devoir ranger ton plaid dans ta sacoche. »

« Je vais devoir porter une robe, moi aussi ? » demanda Chrissa, légèrement choquée. Bien sûr, il n'était pas inhabituel pour une femme de porter une robe – les seules qui portaient un pantalon étaient celles qui s'entraînaient au tir à l'arc avec Gwyneth Ramsay ou l'un de ses enfants – mais Chrissa n'aimait pas ce genre de vêtement.

« Oui, les hommes préfèrent les femmes qui portent des robes. Elles paraissent plus naïves, et c'est exactement ce que nous voulons. Ils doivent nous sous-estimer et baisser leur garde. » Dyna s'esclaffa brièvement.

Le mot 'naïve' était bien loin de décrire Dyna.

Ni aucun d'entre eux, à vrai dire. « Alors il suffit de parler avec des hommes, et ils nous raconteront tout ? »

Derric inclina la tête d'un côté, puis de l'autre. « En général, ce n'est pas si simple, mais lorsqu'ils sont ivres, c'est plus facile. Edward n'a pas encore quitté Berwick – les Anglais que nous y croiserons ne seront probablement pas ses meilleurs hommes. Ils le rejoindront le moment venu, mais ceux-là n'auront certainement pas encore appris à la fermer. Avec un peu de chance, ils en sauront assez pour se montrer utiles. Ils ont probablement passé la majeure partie de leur vie à marauder et à voler les Anglais, et leur arrivée en Écosse a dû les rendre plus audacieux et enthousiastes. »

« Le soleil est sur le point de se coucher, nous devrions nous séparer et commencer à chercher » déclara Dyna. « Nous n'avons pas encore vu beaucoup d'Anglais, mais ils doivent trainer dans le coin, à la recherche d'informations, exactement comme nous. Garde toujours ta dague à portée de main, Chrissa. Cache ton arc sous la couverture de ton cheval, mais ne t'en éloigne pas. Tu en auras peut-être besoin. »

Ils se mirent en selle et chevauchèrent pendant environ une demi-heure. Au moment où Chrissa commençait à croire qu'ils ne trouveraient rien, ils repérèrent une piste fraîche. Quand elle finit par bifurquer, Dyna décida que Chrissa et elle se rendraient dans une direction, tandis que Derric et Drostan iraient dans l'autre.

Alors qu'elles enfilaient leurs robes derrière un arbre, Chrissa entendit Drostan demander :

« Ne devrions-nous pas aller chacune avec une femme ? Pour les protéger ? »

Curieuse, Chrissa attendit la réponse de Derric.

« Non » dit celui-ci. « Elles peuvent se protéger toutes seules. Il vaut mieux qu'elles soient seules lorsqu'elles trouveront les Anglais. Ainsi, la confrontation sera moins sanglante. »

Drostan ne répondit rien, mais il adressa à la jeune femme un regard empreint d'inquiétude tandis qu'elle émergeait de derrière les arbres. Mais son regard prit bientôt une lueur de désir. Elle lui adressa un sourire d'encouragement, tout en brûlant d'envie de l'embrasser. Puis les femmes s'en allèrent à cheval, s'éloignant de Drostan et Derric.

Peu après, Dyna leva une main, en indiquant aux deux gardes qui les accompagnaient de rester en retrait, puis elle ordonna à Chrissa de descendre de sa monture. Elles entendirent des voix masculines, bruyantes et visiblement éméchées. Des Anglais. Elles se faufilèrent lentement et stratégiquement vers le groupe.

Elles ajustèrent leurs robes avant de quitter la clairière, et Dyna s'approcha du ruisseau, laissant Chrissa la suivre. Dyna se mouilla alors les mains en gloussant et en invitant la jeune femme à faire de même.

Rapidement, quatre hommes les entourèrent.

« Bonsoir » dit l'un d'entre eux. « Que faites-vous ici toutes seules, mes jolies ? »

« Mon grand-père n'est pas loin derrière nous. Nous avons couru jusqu'ici parce que nous avions très chaud. » Elle agita une feuille devant son visage, puis s'essuya l'eau qui venait de lui éclabousser le front.

L'un des hommes donna un coup de coude à l'autre en murmurant : « Leur grand-père. On vient de se trouver un beau cadeau pour ce soir. »

Un troisième homme haussa les épaules. « T'as envie d'une Écossaise, toi ? Pas moi. » Il s'éloigna à grands pas. « Il me faut plus de vin. » Son pas chancelant indiquant clairement qu'il avait déjà eu bien assez d'alcool.

Dyna se dirigea vers eux et trébucha habilement, tombant en avant, et l'un des hommes la rattrapa avant qu'elle ne touche le sol. « Oh, mon Dieu. Merci beaucoup. Ne devez-vous pas partir pour la grande bataille dont nous avons entendu parler ? »

« Si. Nous allons tuer ces sauvages d'Écossais avant même qu'ils nous voient arriver. »

Elle se figea pour le regarder, les yeux écarquillés, les lèvres ouvertes pour feindre la surprise. « Il faudrait beaucoup d'hommes pour tuer tous les Écossais, et vous n'êtes que quatre. »

L'expression de terreur qu'elle leur adressa, avec ses lèvres formant un cercle parfait, était si convaincante que Chrissa faillit éclater de rire. Puis Dyna sortit sa langue et se lécha les lèvres. L'un des hommes toussa en trébuchant. « Laissez-la-moi. »

« Non, c'est moi qui vais la prendre. »

Le premier homme dit : « Je te dirai tout ce que tu as envie de savoir, jolie jeune fille. »

Elle recula et feignit de trébucher une nouvelle fois, avant de s'effondrer vers le troisième homme.

Il la rattrapa de justesse, mais elle dit : « Combien êtes-vous… Vous êtes tous si grands et forts… »

Il sourit en gonflant un peu la poitrine et dit : « Je n'avais encore jamais vu des yeux comme les tiens, et des cheveux aussi clairs. Je me demande d'où tu viens, jeune fille. Es-tu Écossaise ? »

« Je suis Nordique, comme ma mère. »

« Alors tu ne risques rien. Mais je ne peux pas en dire de même pour tes amis. Notre roi va lancer vingt mille hommes contre les Écossais. Nous allons les massacrer jusqu'à ce qu'il n'y ait plus aucun survivant. »

« Je ne vois pas autant d'hommes derrière vous. »

Chrissa réprima un autre éclat de rire. Ils étaient en train de tomber dans tous les pièges tendus par Dyna. Elle n'aurait jamais imaginé que l'espionnage serait aussi facile.

« Ils seront à Edinburgh dans une semaine, puis se rendront au château de Stirling. »

Dyna frotta le bras du bavard et répondit : « J'ai entendu dire que le roi Edward était très fort. »

Derric et Drostan sortirent de derrière les arbres avec un sifflement, puis foncèrent vers les Anglais. Les deux hommes qui étaient encore là tournèrent les talons, mais l'un d'eux trébucha, et le bavard retira immédiatement ses mains de Dyna.

« Grand-père » déclara Dyna en souriant.

Le premier homme revint voir ce qu'il se passait, puis se figea, bouche bée, lorsqu'il aperçut les deux nouveaux arrivants.

Chrissa luttait de plus en plus contre son envie

de rire. Et un seul coup d'œil à Drostan lui fit comprendre que le jeune homme était en proie à la même lutte intérieure.

« Vous n'êtes pas assez vieux pour être son grand-père » déclara l'un des hommes, appelé Edwin, avec un ton accusateur.

Derric le saisit par le col et le jeta dans les airs. « Je suis son grand-père, et vous allez ôter vos sales pattes d'elle. »

« Vous êtes l'un de ces sauvages Écossais dont on nous a parlé » reprit le premier homme.

Derric le prit par ses vêtements et lui donna un coup de poing dans le ventre avant de le jeter sur le côté. Puis il se dirigea vers le deuxième homme, qu'il prit par le coup en disant : « Vous l'avez touchée, vous aussi ? »

« Non, seulement Edwin. Je ne toucherais jamais une jeune femme de cette façon. »

Derric lui asséna un coup de poing au visage, et l'homme s'effondra au sol avant de s'éloigner de Derric à quatre pattes, comme un chien battu. « Pourquoi m'avez-vous frappé ? J'ai dit que je ne l'avais pas touchée. »

« Parce que j'en avais envie. Maintenant, fichez-moi le camp d'ici. Tous les quatre. » Derric avait dans les yeux une lueur de furie que Chrissa n'avait encore jamais vue. Non, elle l'avait *déjà* vue. Drostan avait arboré la même expression le jour où il avait attaqué le chef Ramsay sur le champ de tir à l'arc.

Les quatre Anglais récupérèrent leurs montures et s'éloignèrent à la hâte, sans leur adresser un seul regard en arrière.

Enfin, Drostan éclata de rire. « C'est le truc le plus drôle que j'ai jamais vu. »

« Un combat facile » répondit Derric d'une voix traînante. « Ce ne sont que des crétins de ferme. Tu m'avais promis de ne pas les laisser te toucher, mon épouse. Tu sais que ça ne me plaît pas. »

Celle-ci haussa les épaules. « Ils étaient tellement ivres que Chrissa et moi aurions pu les vaincre tous les quatre en deux minutes. Pourquoi les as-tu chassés ? Ils étaient en train de nous donner des informations intéressantes. »

Derric s'avança à grands pas pour passer un bras autour de Dyna et l'attirer contre lui. « Pourquoi gâcher une si belle clairière ? Nous avons un ruisseau, un petit affleurement rocheux s'il pleut, et une pinède juste à côté de la grotte. Que demander de plus ? » Puis il se pencha pour l'embrasser passionnément sur la bouche. « Désolé, c'est difficile pour moi de voir un autre homme te toucher. »

« Il m'a à peine effleurée, Derric. Il m'a rattrapée quand je suis tombée. Es-tu vraiment sûr que tu veux rester ici ? Ils pourraient revenir avec des renforts. »

« Je m'en fiche. Je devais le faire payer. Et nous ne bougerons pas d'ici. Ces idiots étaient bien trop soûls pour guider d'autres gardes jusqu'ici. Ils ne feront que quelques pas avant de s'endormir, et même s'ils essayaient de revenir, ils n'y parviendraient pas. Et que t'a-t-il donc raconté dont tu es si fière ? »

« Edward a rassemblé vingt mille hommes, et il sera à Edinburgh dans une semaine. »

Drostan la regarda, choqué. « Vingt mille ? Pourrons-nous en vaincre autant ? » Son regard se tourna alors vers Chrissa, et elle vit une lueur d'inquiétude dans ses yeux. « Je sais que certains ont évoqué cette éventualité, mais je ne pensais pas que c'était vraiment possible. »

« Combien d'Écossais avons-nous ? » lâcha Chrissa. « Moins de la moitié, pas vrai ? »

« Nous aurons de la chance si nous en avons cinq mille » répondit Dyna. « Le combat sera rude. »

L'expression de Derric se durcit de colère. « Enfin, vous avez bien vu ce crétin de lâche s'éloigner à quatre pattes plutôt que de me donner un coup de poing ? On ne fera qu'une bouchée d'eux, bon sang. Un Écossais vaut facilement trois Anglais. »

Chrissa pressa ses mains l'une contre l'autre en disant : « Moi, je ne peux pas battre trois hommes en même temps. »

« Et n'oubliez pas que nous pouvons nous servir des Épées spectrales » rappela Dyna. « Mes cousins seront tous présents à ce combat – enfin, en supposant que Branwen n'accouche pas en avance. Si nous avons ce pouvoir, nous pouvons les vaincre. Le tonnerre dans le ciel suffira à en faire fuir la moitié. »

« Mais de quand date la dernière fois où vous avez combattu ensemble ? » demanda Chrissa.

Dyna poussa un soupir. « Ça fait longtemps, mais je pense que nous avons toujours ce pouvoir en nous. Grand-père n'en a pas parlé beaucoup ces derniers temps, mais je pense que si nous sommes tous ensemble, et que Derric me laisse grimper à nouveau sur son dos, alors nous pouvons y arriver. » Elle lui adressa un clin d'œil et un regard éloquent. Tout le monde dans le clan connaissait l'histoire du jour où Dyna avait libéré un incroyable pouvoir en grimpant sur le dos de Derric pendant une bataille. Ç'avait été pour eux le premier signe qu'ils étaient faits l'un pour l'autre.

Derric lui adressa un geste dédaigneux de la main. « Et tu resteras bien cachée dans les arbres avec les autres archers. Tu tueras beaucoup d'Anglais, et ils ne te verront jamais venir. »

Mais Chrissa ne pouvait s'empêcher de repenser à ce nombre affolant. Vingt mille. Quand avait-elle déjà vu autant d'hommes dans sa vie ?

CHAPITRE 10

A LEX GRANT ÉTAIT vieux. Bien trop vieux. Il savait que son heure viendrait bientôt, mais il ne craignait pas la mort. Peut-être parce qu'il croyait que tous les rêves qu'il avait partagés avec sa chère épouse deviendraient réalité. Certains pensaient qu'il ne s'agissait que de créations de son esprit, mais il savait ce qu'étaient ces rêves – des visions du paradis.

Sa chère Maddie était au ciel, mais elle revenait lui donner d'importants conseils lorsqu'il en avait besoin. Quoi que pensent les autres, personne ne pouvait nier le fait que tout ce que lui avait dit Madeline Grant s'était avéré vrai.

Alex se déplaça lentement dans sa chambre tandis qu'il se préparait pour aller au lit, reconnaissant de pouvoir profiter de tous les outils que ses enfants avaient confectionnés pour lui faciliter la vie. Enfin, il se mit au lit et s'allongea sur le dos, reposant sa tête sur l'oreiller, les yeux levés sur les poutres au plafond. Il n'avait pas vu Maddie depuis un moment, et il se demanda si elle viendrait lui rendre visite ce soir. La situation était de plus en plus tendue en Écosse, à mesure qu'ils se préparaient pour le massacre promis par les Anglais et le roi Edward II.

Soudain, comme si son esprit venait de l'invoquer – un talent qu'il aurait aimé avoir – il la vit qui se tenait devant lui dans une robe blanche transparente. Son apparence était identique à celle du jour de leur mariage. « N'est-ce pas la robe que tu as portée pour notre nuit de noces ? » Il haussa les sourcils dans sa direction, surpris de la voir aussi séduisante, avec sa peau dévoilée et ses courbes voluptueuses sous le tissu.

Maddie jeta un coup d'œil à sa robe et lui adressa un geste de la main. « Oh, Alex, ce que je porte n'est que le fruit de tes souvenirs. Il doit s'agir de l'un des moments préférés de ta vie, mais tu dois savoir que cela n'a rien à voir avec ma visite. »

« Oui. J'ai toujours adoré cette chemise de nuit. » Il lui adressa un petit sourire. « Raconte-moi. Je connais ce regard. Qui est en danger cette fois ? Je suis certain que c'est le cas, alors dis-moi qui veut nous causer des ennuis. »

Maddie soupira et se pencha vers lui en lui prenant la main. « Je n'en suis pas certaine. Tu dois garder un œil sur Chrissa. Quelque chose est en train de se produire, mais j'ignore quoi. Elle ressemble tellement à sa mère, et à toi aussi. Tu ne crois pas ? Et elle est aussi entêtée que Kyla. Ton sang coule dans leurs veines, aucun doute là-dessus. »

« Le tien aussi » lui rappela-t-il. « Ce sont les Anglais qui sont à sa poursuite ou quelqu'un d'autre ? Celui qui veut prendre le contrôle de notre château ? »

Elle porta une main à ses lèvres, pensive. « J'aimerais beaucoup le savoir. Il y a une force maléfique dans les environs, je le sens. J'ai entendu dire que c'était un mal aussi puissant que celui que nous avons affronté il y a de nombreuses années. Je suis heureuse que Logan soit en chemin. Peut-être qu'il pourra t'aider à découvrir qui cherche à semer le trouble entre nos clans. »

« Logan et Lina ont-ils déjà récupéré l'épée ? »

« Oui, Lina va te l'apporter, et tu dois l'aider à décider qui devra la protéger. Je ne peux pas en dire plus à ce sujet, et j'ignore qui en deviendra le propriétaire. Mais je sais une chose. Chrissa est en danger, et la bataille du solstice d'été sera décisive. Les garçons devront envoyer autant de gardes que possible à Stirling. »

« Mais ? » lui murmura-t-il à l'oreille, profitant de leur proximité.

« L'autre force, celle qui cherche à semer la discorde entre les Grant et les Ramsay, sera très inattendue. Tu dois les aider à la découvrir. »

« M'emmèneras-tu avec toi lorsque tout sera terminé ? » demanda-t-il, son cœur battant la chamade dans l'attente de sa réponse. Il était tellement prêt à retourner auprès d'elle.

« Alex » dit-elle en se penchant vers lui pour que leurs corps se fondent l'un contre l'autre. « J'aimerais beaucoup te le dire, mais tu sais que je ne peux pas. Oh, non. » Elle regarda sa main, s'apercevant que la vision disparaissait. « Je t'aime, Alexander Grant. Merci d'avoir pris si bien soin de nos enfants, petits-enfants et arrière-petits-enfants. Les filles sont particulièrement féroces. »

Il ouvrit la bouche pour lui dire à quel point elle avait raison, mais il n'en eut pas l'occasion.

Elle avait déjà disparu.

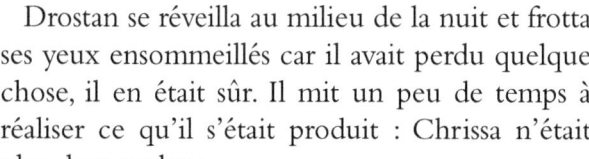

Drostan se réveilla au milieu de la nuit et frotta ses yeux ensommeillés car il avait perdu quelque chose, il en était sûr. Il mit un peu de temps à réaliser ce qu'il s'était produit : Chrissa n'était plus dans ses bras.

Elle croisa son regard aux abords de leur campement, en train de se faufiler dans le noir, à la lumière du croissant de lune. Il se dit qu'elle devait aller faire ses besoins et décida de guetter son retour.

Ils avaient installé leur campement peu de temps après que ces idiots d'Anglais soient partis, laissant les gardes faire le guet pendant qu'ils dormaient. Ils avaient alors dû prendre une décision : comment allaient-ils dormir ?

Dyna avait rapidement tranché : « Chrissa, tu serais idiote de ne pas dormir dans les bras de Drostan, parce que les hommes réchauffent autant qu'un grand feu de cheminée. Et Drostan, si je te vois en train de balader tes mains à des endroits inappropriés, je te couperai les couilles en deux. »

Le jeune homme avait pris une teinte verdâtre à la pensée de voir ses couilles coupées en deux, mais Derric lui avait donné une accolade dans le dos. « Cette image dans ta tête est plus utile que tu ne le penses. Je te garantis que tu n'auras pas la moindre érection, ce qui est l'effet voulu. Je m'en suis servie une fois ou deux, moi aussi. » Il lui sourit tout en adressant un regard en coin à sa femme, qui lui tapa immédiatement le bras.

« Et à qui pensais-tu quand tu en as eu besoin ? »

« À toi, bien sûr. »

Ils avaient partagé la bière qu'ils avaient emmenée et s'étaient installés dans la clairière. Chrissa s'était montrée étrangement silencieuse, mais elle avait insisté sur le fait que tout allait bien. Elle était allée se coucher la première, enveloppée dans un plaid, et il s'était placé à ses côtés en tirant son plaid par-dessus les épaules de la jeune femme.

Un sourire s'était étiré sur ses lèvres, simplement parce qu'il appréciait la sensation de se trouver auprès d'elle. Elle lui avait adressé un regard d'avertissement, mais s'était ensuite rapidement endormie, lui laissant alors le temps d'apprécier la jolie forme de son cul.

Il ne la toucha pas, se contentant de la regarder. Il tenait à avoir encore ses couilles le lendemain.

Lorsqu'elle ne revint pas dans la clairière au bout d'un certain temps, il se leva et se dirigea vers la forêt, en veillant à ne pas lui faire peur. Il la trouva appuyée contre un arbre, et bien réveillée.

« Quelque chose ne va pas, jeune fille ? »

L'expression de son visage suffit à lui répondre. Il n'avait jamais vu Chrissa ainsi.

« Je n'arrive pas à dormir. C'est tellement différent d'être dehors avec toi, entourés de maraudeurs. Et de sangliers, de serpents, de chauves-souris… Il y a quelque chose qui cloche.

Je le sens. Nous allons dans la mauvaise direction, ou bien quelque chose de grave est sur le point de se produire. Je n'arrive pas à savoir quoi. »

« N'y pense pas. »

Elle leva une main pour le faire taire, toujours appuyée contre un arbre. « J'ai entendu quelque chose. Pas toi ? »

Il s'approcha devant elle, et elle eut beau poser sa main sur son épaule pour le repousser, il n'en fit rien. L'oreille tendue, il crut entendre des chevaux au loin. Le son était ténu, mais il n'y avait aucune place au doute.

« Peut-être qu'ils passeront sans nous remarquer » murmura-t-il par-dessus son épaule.

« J'en doute » dit Derric en passant sa main sur son visage tandis qu'il s'approchait d'eux. « Bon sang, pourquoi vous ne pouviez pas nous laisser dormir ? »

« Ce n'est pas nous qui vous avons réveillé » répondit Chrissa.

« Drostan, si. »

Les deux gardes les rejoignirent en compagnie de Dyna. « Que devrions-nous faire, Derric ? » demanda-t-elle. « Est-ce qu'ils se sont arrêtés ? »

« Je reviens » dit Drostan en effleurant le bras de la jeune femme. Il se hâta de rejoindre un meilleur point d'observation, puis jeta un coup d'œil vers le ravin en contrebas avant de pousser un juron. « Au moins, ce ne sont pas des reivers ivres morts qui viennent par ici » marmonna-t-il en faisant demi-tour.

« Des shérifs écossais » expliqua-t-il lorsqu'il fut à portée de voix. « Ils sont deux, et ils se dirigent par ici avec quelques gardes. On dirait des Lowlanders, bien que ce soit difficile à dire dans le noir. »

Les shérifs apparurent quelques minutes plus tard. « Corbett ? C'est vous ? » appela l'un d'eux.

Les shérifs descendirent de leurs montures tandis que leurs gardes restaient à cheval, assez en retrait pour surveiller les environs.

« Qu'est-ce qui vous amène par ici, DeFry ? » demanda Derric.

« Nous sommes à la recherche d'Anglais qui vagabondent dans le coin. Certains sont déjà arrivés ici avant le roi, en pensant qu'ils pourraient piller les environs avant son arrivée. Est-ce que vous en avez vu ? »

« Un groupe de quatre Anglais » répondit Dyna. « Ils étaient ivres, ils ne feront de mal à personne. Je suis surprise que vous ne les ayez pas vus. Ils sont partis d'ici il y a deux heures. »

« Ils doivent se diriger vers le nord. »

« Ils sont allés au sud. »

Ce fut l'autre shérif qui répondit, et non celui que Derric avait appelé DeFry. Drostan ne sut qu'il était shérif que grâce à ses vêtements. « Qui sait ce qu'ils seront en train de faire. Mais ce qui m'intéresse pour le moment, c'est de savoir pourquoi vous avez emmené avec vous des jeunes femmes en cette période troublée. On ne sait jamais sur qui vous pourriez tomber, et vous n'êtes pas assez nombreux pour vous protéger. »

« Et qui diable êtes-vous ? » demanda Derric.

« C'est le shérif Henry Percy, un Écossais » répondit DeFry. « Vous ne le connaissez pas ? »

Tous secouèrent la tête, et DeFry poursuivit :
« C'est un shérif de renom, il est digne de
confiance. Et Percy, ceci est un groupe de guerrier
Grant. Leurs femmes font partie des meilleures
archères de toute l'Écosse. »

L'homme ne parut pas impressionné le moins
du monde, mais il prit le temps d'examiner
chacun des membres de leur groupe, comme
pour les imprimer dans sa mémoire. « Que faites-
vous ici ? Vous ne devriez pas être là. »

Dyna s'esclaffa. « Je ferai bien ce que je veux.
Ce n'est pas vous qui allez m'arrêter. »

« Vous osez parler à un shérif écossais de cette
façon ? Je vous ferai attacher à un poteau de
flagellation pour avoir enfreint la loi. »

DeFry toussa et intervint : « Permets-moi de
te présenter deux des petites-filles d'Alexander
Grant, entraînées par Gwyneth Ramsay. »

Percy pâlit, mais sans tressaillir ni tenter de
s'excuser. « Reprenez la route à l'aube. » Puis il
fit claquer les rênes de son cheval et s'élança vers
la route.

« Ne faites pas attention à lui » dit DeFry. « Il
a toujours été un peu jaloux de la réputation
d'Alex dans les Highlands. »

Sur ces mots, il s'éloigna au galop, suivant Percy
dans la nuit.

Personne ne prononça le moindre mot pendant
un long moment, jusqu'à ce que Drostan, ne
pouvant plus supporter le silence, déclara : « Ces
deux-là ne m'inspirent aucune confiance. »

CHAPITRE 11

« TU FATIGUES, LINA » déclara Logan tandis qu'il la regardait retourner lentement vers son cheval après être allée faire ses besoins.

« Je n'avais pas chevauché aussi loin depuis bien longtemps, Logan. Drew ne voulait pas que je parte, car il savait que ce serait difficile pour moi, mais je survivrai. »

Il se tourna alors vers Sorcha et Cailean. « Je connais une petite église à environ une heure d'ici. Il va bientôt faire nuit. Le prêtre était un ami du père Rab, qu'il repose en paix. Je suis sûr qu'il acceptera de nous accueillir pour la nuit. Je ne crois pas l'avoir déjà rencontré, mais il s'appelle père Dowall. »

« Ne fais pas ça pour moi, Logan » dit Avelina. « Je m'en sortirai. Demain, nous arriverons sur les terres des Grant. »

« Je t'en prie, tante Lina » déclara Sorcha avec un gémissement. « Je serais ravie de dormir à l'église – je donnerai n'importe quoi pour avoir un bon matelas entre mon cul et le sol. En plus, il fait trop froid pour moi. Je suis d'accord, père, allons à cette église. »

« MacAdam, toi et moi dormirons dehors. C'est une petite église, mais il devrait y avoir bien assez de place pour deux femmes. »

« Ça me va » répondit Cailean tout en soulevant Sorcha pour la remettre en selle.

Environ une heure plus tard, ils arrivèrent devant la petite église, dont la flèche pointait fièrement vers le ciel. « Avant de descendre de nos montures, allons voir si le père Dowall est là » déclara Logan.

Il toqua à la porte, puis entra dans le bâtiment éclairé par une chandelle. Un prêtre, qui se tenait à proximité de l'autel, se dirigea droit vers eux.

« Père Dowall ? »

« Oui » répondit-il, un peu timidement d'après lui. « Qui ai-je l'honneur d'accueillir dans la maison du Seigneur ce soir ? »

« Je suis Logan Ramsay, mon père. Nous recherchons un endroit où reposer nos corps fatigués pour la nuit. J'ai deux femmes dans mon groupe. Si vous pouviez leur offrir un toit pour la nuit, nous autres irons dormir dehors. »

Le père Dowall serra ses mains l'une contre l'autre, les yeux brillants de joie. Il paraissait plus jeune que Logan ne l'aurait cru, mais tous avaient vieilli bien vite, n'est-ce pas ? L'homme avait une silhouette mince, mais une présence imposante. « Mon très cher ami Rab m'a parlé de vous, Logan. Vous êtes marié à sa sœur, je me trompe ? Soyez les bienvenus. Je vous en prie, suivez-moi jusqu'à mes appartements. Je dois avoir assez de place pour vous accueillir, je pense, mais certains de vos gardes devront peut-être dormir dans les allées de la chapelle. »

« Nos gardes dormiront dehors, mais je vous serais extrêmement reconnaissant d'accueillir ma fille et ma sœur. Mon beau-fils et moi irons dormir dans les allées de la chapelle. Je vais aider les autres à s'occuper des chevaux avant de rentrer. Merci infiniment. »

« Le dîner sera léger, mais je serais ravi de le partager avec vous tous. J'ai du ragoût de légumes en train de cuire dans la cheminée – il y en a plus qu'assez pour tout le monde. Je suis toujours heureux d'accueillir des visiteurs, et Dieu a eu la générosité de vous guider jusqu'à moi. Je vous retrouve devant l'entrée à l'arrière du bâtiment. Je suis heureux de cette bénédiction accordée par le père Rab depuis les portes du paradis. »

« Une bénédiction ? »

« Oui, il a dû prendre connaissance de ma faiblesse pour la bataille à venir. »

« Votre faiblesse ? Je ne vois aucune faiblesse chez un Écossais s'il redoute les conséquences d'une bataille déclenchée par un Anglais aussi avide, égoïste et sournois que le roi d'Angleterre. Tout le monde a de bonnes raisons de craindre ce combat. Avant de repartir, nous ferons tout ce qui est en notre pouvoir pour vous aider à apaiser vos inquiétudes à ce sujet. »

« En fait, maintenant que vous êtes ici, j'aurais un autre genre de faveur à vous demander. »

« Dites-moi. Je ferai tout pour un ami de Rab. »

« Bien, je suis heureux que vous le preniez de

cette façon. Je craignais que vous ne rejetiez ma requête. »

Logan se sentit soudain envahi d'un étrange pressentiment. Pourquoi diable auraient-ils refusé d'aider un prêtre ? Il eut bientôt la réponse à sa question.

« Puisque vous allez au nord, j'aimerais vous accompagner. »

Sidéré, Logan réfléchit à une bonne réponse à lui donner, mais comme il n'en trouva aucune, il se contenta de lui demander : « Où comptez-vous aller, mon père ? »

« Au nord. Emmenez-moi à Stirling. Je ne veux pas manquer ce combat. »

Logan faillit en tomber à la renverse.

<hr>

Chrissa et les autres avaient passé toute la journée à la recherche des Anglais, mais ils étaient rentrés bredouilles. Et puisque le soleil était sur le point de se coucher, ils se rassemblèrent avant de décider où ils allaient passer la nuit.

« Je meurs de faim » dit-elle. « Il nous faut quelque chose de plus consistant que les baies et les galettes d'avoine. Je veux manger du canard ou du faisan. » Ce dernier était son préféré, même si un seul aurait largement suffi à les nourrir tous les quatre.

« Va chercher un faisan et nous verrons si nous parvenons à le terminer » dit Drostan. « Je vais essayer de trouver un lapin ou deux. »

À la simple pensée de manger de la viande

rôtie, elle ne put s'empêcher de pousser un soupir. « Même ça, ça me ferait plaisir. »

« C'est comme si c'était fait, jeune fille » répondit-il avec une assurance qu'elle admira… même si elle lui donna envie de rire.

« Et si nous en faisions une compétition ? » proposa Dyna.

Derric, d'ordinaire plutôt décontracté, ne semblait pas aussi ravi que les autres par cette idée. « Ici, il n'est pas difficile de nous tendre une embuscade. Nous devons nous montrer prudents. Drostan et Chrissa, prenez ce chemin. » Il désigna un point devant eux. « Il est plutôt discret – la plupart des embuscades ont lieu sur les grands chemins. »

« Est-ce que c'est loin ? » demanda Chrissa.

« Nous enverrons des gardes avec vous. Les chemins se séparent sur un peu moins de cinq cents mètres. Si vous mettez trop de temps à revenir, nous viendrons vous chercher. » Un sourire s'étira sur ses lèvres. « Nous verrons bien qui se débrouille le mieux au tir à l'arc. Allez-vous trouver du canard ou du faisan ? Je ne sais pas pour toi, Chisholm, mais si j'accompagne ma femme, c'est juste pour la protéger. Je partirai devant, mais elle a de bien meilleures chances de nous ramener à dîner que moi. »

« Je pars devant, Chrissa. Toi, suis-moi, et les gardes resteront près de toi. »

« N'empruntez aucun autre chemin » les avertit Dyna.

Ils prirent la route, chacun arborant un petit sourire à l'idée de leur victoire prochaine. Chrissa avait tellement faim que sa simple envie de manger aurait pu suffire à faire apparaître un canard. Elle suivit Derric le long du chemin sinueux, l'oreille tendue à l'écoute du moindre cri d'oiseau, tout en parcourant les environs à la recherche d'une clairière d'où elle aurait une meilleure vue sur le gibier volant.

Mais elle ne vit rien, jusqu'à ce qu'ils approchent de la fin du chemin. Celui-ci tournait alors vers la droite et menait à une clairière. Elle entendit le bruissement de faisans dans les arbres. « Par ici, Drostan. » Elle emprunta le chemin avec joie, surprise d'entendre la réponse furieuse du jeune homme.

« Nous ne devons pas nous éloigner du chemin, Chrissa ! Reviens. »

Puis elle le vit. Un faisan bien gras était posé sur un haut buisson d'aubépine – seule sa tête était visible. Incapable de quitter sa proie des yeux, elle ralentit son cheval et sortit une flèche, en visant avec précaution avant de tirer. En récompense, elle entendit le bruit satisfaisant d'un oiseau tombant au sol.

« Je l'ai eu, Drostan ! » Elle jeta un coup d'œil par-dessus son épaule pour le regarder. Mais ce qu'elle vit à la place lui fit bondit son cœur jusque dans la gorge.

Son cheval, sans cavalier.

« Drostan ! » appela-t-elle avant de pousser un sifflement, dans l'espoir que Dyna ou Derric l'entende. Elle s'approcha du cheval du jeune homme, mais un bruit lui fit reporter son attention vers la clairière. Deux hommes venaient d'en sortir à cheval, et l'un d'eux portait un homme allongé sur le dos de sa selle, ses cheveux noirs lui couvrant le visage.

« Drostan, non ! » Elle suivit les chevaux, en priant pour qu'il ne soit pas mort, et pour que Dyna ou Derric vienne l'aider. Bon sang, où étaient les gardes ? Elle en croisa un avec une flèche dans son bras d'arme, se tordant de douleur au sol.

« Partez ! » dit-il. « Deux hommes l'ont capturé. »

Elle poursuivit les chevaux sur un autre chemin – décidément, cette région était un labyrinthe de chemins, et elle n'aimait pas ça. Le deuxième garde gisait allongé sur le sol, les yeux fermés, du sang coulant de son front. Elle voulut aller le voir, mais elle ne voulait pas perdre la trace de Drostan.

Idiote, lui dit une voix dans sa tête. *Et que feras-tu une fois que tu l'auras rattrapé ?*

Mais elle ne pouvait pas abandonner, pas maintenant. Pas alors que Drostan avait été fait prisonnier.

Cinq hommes sortirent de nulle part, et l'un d'eux attrapa les rênes de son cheval tandis qu'un autre passait un bras autour de sa taille pour la soulever avant de la mettre sur ses genoux. Elle se débattit de toutes ses forces, assénant coups de pied, morsures et griffures, tout en criant à l'aide pour que Derric et Dyna les entendent.

Elle aurait dû faire demi-tour.

Un coup à l'arrière de son crâne faillit lui faire perdre connaissance, mais elle lutta pour rester éveillée. Quelqu'un la jeta dans les airs, et elle atterrit face vers le sol sur un autre cheval, rattrapée par deux bras puissants qui lui attachèrent les mains dans le dos.

Tout comme Drostan, elle se retrouva allongée sur un cheval avec un sac sur la tête et les mains liées dans le dos. Elle n'avait pas pu bien apercevoir ses assaillants, il lui serait donc difficile de retrouver son chemin lorsqu'elle parviendrait à s'échapper – car oui, elle *allait* s'échapper. Cela dit, elle avait reconnu la voix de l'un de ses agresseurs.

Elle connaissait ce salaud.

CHAPITRE 12

DROSTAN SE RÉVEILLA et faillit pousser un gémissement, mais il tint sa langue, car il se trouvait dans une chambre en pierre sombre et sans fenêtres. Comme il n'y avait personne d'autre dans la pièce, il se redressa pour s'asseoir avant de s'adosser au mur en pierre froide.

La pièce était vide, à l'exception d'un pichet d'eau qui se trouvait à proximité d'une bassine pour pisser contre le mur opposé. Une petite lucarne sculptée dans la porte lui offrait la faible lumière d'une torche dans le couloir.

On venait de le jeter dans un cachot. Au fil des ans, il avait entendu de nombreuses histoires à propos de Grant qui avaient connu un tel destin. Les aventures de Loki avaient toujours été ses préférées. Mais la mère de Chrissa et Branwen avaient également été retenues prisonnières. Il faudrait qu'il soit fort.

Chrissa. Il se leva en se préparant à la douleur, car sa tête le faisait atrocement souffrir, puis se faufila vers la petite lucarne pour observer dehors. Il y avait une autre pièce un peu plus loin, en face de la sienne, et il murmura : « Chrissa ? Dyna ? »

Il espérait que personne d'autre n'avait été capturé, mais il doutait fortement que qui ce que soit en eut après *lui*. Si leurs ennemis avaient ciblé leur groupe, c'était probablement pour enlever l'une des filles Grant. Mais laquelle ?

« Chrissa ? »

Seul le silence lui répondit.

Et il n'aimait pas ça non plus.

───────※───────

Chrissa avait un problème. Elle devait absolument aller uriner, et bien qu'elle ait demandé à faire une pause pour qu'elle puisse se soulager, ils l'avaient tous ignorée. Son envie pressante ne faisait qu'empirer à chaque pas du cheval, surtout lorsque le salaud qui chevauchait avec elle la força à s'asseoir pour la mettre sur ses genoux afin de la peloter. Elle n'aimait pas du tout ses gestes, et elle eut soudain une idée pour le faire cesser.

Elle s'exécuta donc. Pissant dans son pantalon, elle trempa les mains de l'homme tandis que le liquide se répandait sur ses propres vêtements.

Lorsqu'il arrêta son cheval en poussant un rugissement furieux avant de la jeter sur le côté, elle devina qu'il avait dû être un peu mouillé.

Il retira alors le sac de sa tête et la gifla. « Espèce de catin bonne à rien. »

« Essayez encore une fois de me toucher, espèce de pauvre crétin. »

Il la tira en avant par ses mains liées, en veillant à s'essuyer ses mains sur sa tunique.

Lorsque l'un de ses compagnons remarqua

l'humidité sur leurs vêtements, il éclata de rire. Comme elle ne connaissait ni l'un ni l'autre, elle se concentra pour mémoriser son environnement. Ils étaient arrivés à hauteur d'un château désert et dilapidé, dont le mur d'enceinte était éventré, mais dont le donjon semblait encore en bon état.

Malheureusement, elle ne le reconnut pas.

Ils la traînèrent dans le hall avant de la pousser dans un escalier sombre et humide, puis dans l'un des quatre couloirs. Lorsqu'ils atteignirent la dernière porte tout au bout, l'un de ses ravisseurs l'ouvrit et la poussa dans la pièce. Le second lui jeta sa sacoche derrière elle.

« Pourquoi t'as fait ça ? » demanda son ami. « On est pas à l'auberge. »

« Parce qu'elle s'est pissée dessus. »

« Alors laisse-la comme ça. » Il verrouilla la porte derrière elle et lui jeta un coup d'œil à travers la petite lucarne découpée dans la porte. « Moi, c'est ce que je ferais avec toi. »

Comme ils lui avaient délié les mains, elle saisit sa sacoche sans rien dire.

« Pourquoi est-ce que tu l'as prise du cheval ? » demanda-t-il à son ami tandis qu'ils s'éloignaient dans le couloir.

« Je voulais vérifier qu'elle avait un plaid Grant. »

« Et alors ? »

« Elle en a un. »

« Je t'avais dit que c'était une Grant. Elle était protégée par des gardes. C'est notre dernière chance. » Puis leurs voix disparurent alors qu'ils montaient les escaliers.

La jeune femme réalisa alors qu'on avait autrefois jeté sa mère dans un cachot, tout comme elle, ce qui lui donna du courage. En parcourant du regard son environnement plongé dans l'obscurité, elle aperçut un pichet d'eau et une bassine. Elle supposa qu'on l'avait laissée dans la pièce pour qu'elle puisse faire ses besoins.

Elle laverait son pantalon dès qu'elle en aurait l'occasion, mais en attendant, elle empestait. Elle se nettoya donc de son mieux avant de se changer, sans cesser de sourire à cause de ce qu'elle venait de faire.

Elle ne savait pas si elle pourrait l'admettre un jour.

Mais cette pensée la ramena à Drostan, la seule personne à qui elle ne le dirait certainement jamais.

Où était-il, bon sang ?

Alex traversa le grand hall, puis s'arrêta à la table à tréteaux en chemin. Ses vieux os le faisaient tellement souffrir qu'il avait du mal à faire le trajet d'une seule traite. Il ne s'était jamais attendu à vivre aussi longtemps – près de huit décennies – mais il avait un objectif à atteindre.

En tout cas, c'était ce que lui avait dit sa femme dans ses rêves. Il y avait encore certaines choses qu'il devait faire avant de pouvoir la rejoindre au ciel. Et chaque jour, il se sentait devenir plus las et prêt à en finir. Il y avait beaucoup de gens qu'il avait aussi envie de revoir, en plus de Maddie – ses parents, son frère, son fils et sa femme, ainsi que les enfants que Maddie et lui n'avaient jamais connus. Et bien d'autres encore. Trop, en fait.

Il s'assit dans le grand fauteuil au coin du feu en posant sa canne en bois, puis prit le temps d'observer le groupe qui se trouvait dans le hall. Il était tellement fier de sa famille, de son clan.

Jamie et Connor se trouvaient près de la cheminée, non loin de leurs femmes et de leurs enfants. Il les soupçonnait de continuer à débattre du nombre d'hommes qu'ils devraient envoyer au roi Robert. Le solstice d'été aurait lieu dans moins de deux semaines, et tous étaient occupés à contribuer d'une manière ou d'une autre à la bataille à venir. Il était temps de mettre un terme à la tyrannie du roi Edward II.

Un bruit près de la porte attira son attention. Des visiteurs. Plus que tout au monde, il adorait recevoir de la visite, car sa grande famille venait parfois de loin pour les voir. À sa grande surprise, il s'agissait de son frère Brodie et de son clan du château Muir. Braden, le fils de Brodie, était là également, ainsi que sa femme, Cairstine. Il vit aussi Roddy, l'autre fils de Robbie, avec sa femme, Rose, et les deux familles avaient emmené leurs enfants.

Steenie, le fils de Cairstine, se précipita vers lui en premier. « Bonjour, oncle Alex. »

« Steenie, quand vas-tu cesser de grandir ? Je crois bien que tu es plus grand que Connor. »

Steenie redressa légèrement les épaules pour paraître encore plus grand. « C'est vrai, mais je veux devenir aussi fort que toi au combat à l'épée. »

Alex parcourut du regard le reste du groupe. « Ta femme est de nouveau enceinte ? »

« Oui. Elle espère encore un garçon, même si j'adore nos petites filles. »

« Assieds-toi un moment avec moi, Steenie. J'ai une question à te poser. » D'un geste de la main, il indiqua à son frère et à ses neveux de s'éloigner, car il désirait parler en privé avec Steenie.

« Oui ? » Steenie prit place dans un fauteuil.

« C'est au sujet de ton poney. Celui que tout le monde croyait qu'il abritait un ancien esprit. Je me souviens très bien des histoires qu'on racontait à ce propos – comment il est venu à toi, t'a protégé, puis est arrivé tout seul au château Muir. On dit même qu'il t'a aidé à trouver une jeune fille ensevelie dans la neige. Il a aussi mené Braden jusqu'à la grotte où elle vivait avec son jeune frère. Est-ce que tout ça est vrai ? »

« Paddy ? Oui. C'était un animal incroyable, et un véritable ami. Encore aujourd'hui, j'ignore comment il savait certaines choses. Nous l'avons perdu il y a plusieurs années. Étrangement, j'ai parfois l'impression qu'il est toujours là, en train de veiller sur nos filles. Que souhaites-tu savoir à son sujet ? »

« Simple curiosité d'un vieil homme qui essaie d'en savoir plus sur ce monde dans lequel il a vécu pendant si longtemps. Comment as-tu trouvé Paddy ? »

Steenie se frotta le menton, les yeux levés vers les poutres du plafond. « Laisse-moi le temps d'y réfléchir, oncle Alex. Je n'avais que cinq étés, et ma mémoire n'est plus ce qu'elle était. »

« Prends ton temps, mon garçon. J'aimerais connaître toute l'histoire. »

Il avait de bonnes raisons de poser cette question. À mesure qu'il approchait de la fin de sa longue vie, il avait fini par se demander s'il n'avait pas fait fausse route. Et s'il n'allait pas retrouver sa chère Maddie lorsqu'il ne serait plus de ce monde ? Il avait toujours cru en l'au-delà, mais une partie de lui avait besoin de preuves.

Le paradis existait-il ? Y rejoindrait-il ceux qui étaient morts avant lui ?

Steenie tapota son menton du doigt, puis laissa retomber sa main en se radossant dans son fauteuil avec un sourire. « Je me souviens d'avoir quitté le château Muir au milieu de la nuit. Mon véritable père, ce salaud, m'avait forcé à dormir dans le hall, ce que je détestais, et ma mère était au cachot. »

Alex se contenta de hausser un sourcil, car il ne voulait pas interrompre les pensées du jeune homme.

« Je suis sorti faire mes besoins, puis comme j'avais emporté mon épée en bois, je me suis retrouvé devant les portes. Je ne faisais pas vraiment attention à ce que je faisais, pour être honnête, et tout à coup, Paddy était là, en train de me donner des coups de museau. »

« Alors c'est lui qui t'a trouvé, et pas l'inverse ? »

« Oui. Je me souviens que j'étais en train de regarder les étoiles lorsqu'il m'a poussé le coude. Je ne l'ai ni vu, ni entendu approcher. J'ai essayé de le ramener jusqu'au château Muir, mais il ne faisait qu'agiter sa crinière en piaffant. Il m'a mené jusqu'aux terres des Grant — ce n'est pas moi qui l'ai fait venir jusqu'ici. C'était un long voyage, et je crois avoir dormi pendant la majeure partie du trajet. Sinon, je ne pense pas que j'y serais arrivé tout seul. Tout ce que je peux croire, c'est que c'était une sorte d'intervention divine. »

« Intéressant. » Il marqua une pause, puis reprit : « Je crois me souvenir que Brodie m'avait dit qu'il était capable de communiquer avec toi ? »

« Oui, plus je passais du temps avec lui, plus j'avais l'impression de pouvoir entendre ses pensées. Je ne sais pas si c'était vrai ou s'il s'agissait simplement de l'imagination du jeune garçon en manque d'ami que j'étais, mais c'était comme si ce qu'il voulait me dire apparaissait dans ma tête. Par exemple, combien d'épées il fallait fabriquer pour Noël l'année où nous avons trouvé les enfants dans la grotte. Je ne voulais en faire que deux, mais il m'a donné un coup de museau et sa voix dans ma tête m'a dit : 'Tu dois en faire plus. Et prends aussi plus de rubans.' Certains ont cru que j'étais fou, mais j'aurais pu jurer qu'il était capable de me transmettre ses pensées. »

« Est-ce qu'il l'a fait avec d'autres personnes ? »

« Pas à ma connaissance » répondit-il en repoussant ses mèches brun-roux de son visage. « Il m'était très cher. Notre maître d'écurie disait à tout le monde qu'il abritait un esprit très ancien. Il avait peur de lui. » Ces paroles firent glousser Steenie.

Alex rit avec lui.

« Et toi, qu'en penses-tu ? » Il n'était pas certain

d'apprécier la réponse de Steenie, mais il devait lui poser la question.

« Je pense que je le reverrai un jour. Il me l'a dit juste avant de mourir. Il avait la tête posée sur mes genoux… » Il s'interrompit pour inspirer profondément – ce souvenir lui était visiblement douloureux. « Il a gardé la tête posée sur moi pendant deux heures avant de mourir. Ce petit poney m'a mieux traité que mon propre père. Il a protégé notre aînée dès sa naissance, et veillait sur elle à chaque fois que nous la mettions dans son panier. »

« Et il t'a dit qu'il te reverrait ? » le pressa Alex, son cœur battant fort dans sa poitrine à la pensée de Maddie dans sa chemise de nuit blanche.

« Oui. Je me suis endormi à l'écurie, et j'ai rêvé que j'étais redevenu enfant. Je lui adressais un signe de la main pendant qu'il s'éloignait en trottant. Il a alors dit que nous allions nous revoir. C'est ainsi que je me souviendrai toujours de lui. Lorsque ma mère m'a réveillé, il avait déjà quitté ce monde. »

Alex croisa les bras devant la poitrine. « Est-ce que tes filles ont un poney comme animal de compagnie ? »

« Non, seulement des chiens. Plus de poneys. Paddy était trop entêté et imprévisible. Pourquoi me poses-tu toutes ces questions, oncle Alex ? »

« Plus je vieillis, plus mon esprit se tourne vers l'au-delà, et je me suis toujours posé des questions sur ta relation avec cet animal. Parfois, le voile entre notre monde et celui d'après semble devenir de plus en plus ténu. »

« Oui » répondit Steenie. « Te souviens-tu du hibou de Rose ? Elle pensait que cet oiseau abritait l'esprit de son père. Et que penses-tu de cette femme en blanc qui est apparue pendant la tempête à l'abbaye de Sona ? »

« De qui tiens-tu cette histoire ? »

« Connor et Roddy disent avoir vu un esprit au milieu d'une tempête. »

« Dis à Connor de venir, s'il te plaît » demanda Alex, perdu dans ses pensées. Mais ce ne fut pas nécessaire. En entendant son nom, son fils lui jeta un bref coup d'œil, et d'un geste, il s'approcha de lui. « Merci beaucoup, Steenie. Profite bien de ton séjour avec nous. Tu es toujours le bienvenu ici. »

Connor s'assit aux côtés d'Alex. « Qu'y a-t-il, père ? Tout va bien ? »

« Oui, ça va. Je ne vais nulle part pour le moment, mais Steenie vient de me parler de quelque chose que je n'avais encore jamais entendu. Ou peut-être que je suis tellement vieux que je l'ai oublié. As-tu vu un fantôme à l'abbaye de Sona ? »

Connor haussa les épaules après avoir jeté un coup d'œil en arrière.

Alex surprit sa réaction et demanda immédiatement : « Pourquoi as-tu fait ça ? »

« Fait quoi ? »

« Tu as regardé par-dessus ton épaule. Qui as-tu regardé ? »

« Personne… C'est juste qu'elle était… Je n'avais pas repensé à elle depuis très longtemps. Pendant de nombreuses lunes, je regardais toujours par-dessus mon épaule à cause d'elle.

Et non, tu n'as rien oublié. Nous ne t'en avons jamais parlé, parce que nous pensions que nous étions en train de devenir fous. »

« Nous ? »

« Roddy et moi, la première fois. Daniel l'a vue ensuite. Puis Sela. »

« Aucun d'entre vous ne me l'a dit ? » Alex fut choqué d'apprendre que quelque chose de si inhabituel était arrivé à des membres de son clan sans qu'on lui en parle.

« Parce que ce n'est pas arrivé sur les terres des Grant, père. Tu étais très occupé, à l'époque. » Son père plissa les yeux, attendant son explication. Connor poursuivit : « La première fois, c'était à l'abbaye de Sona au beau milieu d'un orage. Nous étions seuls dans un cottage réservé aux invités. À l'époque, j'ai eu du mal à croire ce qu'il s'était passé. »

« Continue. »

« Le fantôme d'une femme est apparu devant Roddy et moi. Elle avait des cheveux blonds et une robe blanche avec un bandeau bleu autour de la taille. On pouvait voir à travers son corps. Je sais que ça peut paraître étrange, mais son aspect semble avoir changé. Une fois, elle avait les cheveux roux. »

« Qui l'a vue ainsi ? »

Connor réfléchit pendant un moment. « Daniel et moi. Nous étions à Inverness, je crois. »

« Alors elle avait les cheveux roux à cause de Constance. »

« Oui. Comment l'as-tu su ? À chaque fois qu'elle est apparue, nous avions quelqu'un à sauver. D'abord Rose, puis Constance, et enfin Sela. »

« Vous a-t-elle parlé ? »

« Très peu. Je me souviens seulement qu'elle a dit : 'Vous devez la sauver.' C'est ce qui s'est gravé dans mon esprit. C'était il y a très longtemps. » Connor observa son père dans l'attente de sa réponse, mais il ne dit rien.

« Qu'est-ce qui te préoccupe, père ? Pourquoi me parles-tu de ça ? »

Alex haussa les épaules. « Simple curiosité. J'ai beaucoup pensé à l'au-delà, ces derniers temps. Aux choses inexplicables. J'ai posé des questions à Steenie à propos de Paddy – c'est lui qui m'a parlé de ton fantôme et du hibou de Rose. »

Connor croisa les bras. « Pour le hibou, il faudra poser la question à Rose. Tout ce que je sais, c'est que cet oiseau a veillé sur elle. » Il adressa un geste de la main à Rose, qui se trouvait de l'autre côté de la pièce, et appela son nom. La jeune femme et Roddy s'approchèrent ensemble pour les saluer.

« Père était en train de me poser des questions sur les phénomènes inexpliqués que nous avons vécu ou dont nous avons entendu parler » déclara Connor. Avec un petit sourire, il se tourna vers Roddy. « Je lui ai dit tout ce dont je me souvenais à propos de notre fantôme de l'abbaye. Je me suis dit que ça ne te dérangerait pas, après toutes ces années. De toute façon, Steenie était au courant, et ce n'est pas *moi* qui lui en ai parlé. »

« J'ai entendu tout ce que j'avais besoin de savoir à ce sujet » dit Alex. « Mais j'aimerais en savoir plus sur ce hibou, Rose. »

La jeune femme poussa un soupir. « Je pensais que ce hibou était habité par l'esprit de mon père, parce qu'il veillait sur moi. Il savait que ma mère était malveillante, et il m'a aidé sans relâche à lui échapper. Lorsqu'on a découvert le véritable visage de ma mère, je ne l'ai presque plus revu. »

« Est-ce qu'il a communiqué avec toi d'une façon ou d'une autre ? »

« Pas directement. J'aurais bien aimé. »

« Moi, il me mettait mal à l'aise » intervint Roddy. « J'ai essayé d'embrasser Rose dans la cour un jour, et le hibou n'arrêtait pas de me fixer. Il a même poussé un cri. Je n'ai jamais osé le refaire. »

Lorsque Roddy et Rose s'en allèrent pour rejoindre les autres, Connor reprit : « Je n'arrive pas à croire que tu poses toutes ces questions après que tu aies été témoin de la puissance des épées spectrales. Si ce n'est pas la preuve que le surnaturel existe, je ne sais pas ce qu'il te faut. Cet orage, ces éclairs. Les garçons disent qu'ils peuvent manier leurs épées avec bien plus de facilité lorsqu'ils sont ensemble, et nous savons tous les deux que ma Dyna sait des choses qu'elle ne devrait pas savoir. Qu'est-ce qui a attisé ta curiosité, père ? »

Leur conversation fut interrompue lorsque la porte menant à l'extérieur s'ouvrit à la volée. Alasdair, Emmalin, Els et Joya venaient d'arriver avec leurs enfants, observa-t-il avec satisfaction. Voilà longtemps qu'il attendait ce moment.

Connor bondit de son fauteuil. « Je vais aller les accueillir. »

« Dis à John et Alasdair de venir me voir, s'il te plaît. »

Son fils répondit à sa demande par un hochement de tête avant de se diriger vers la porte. Mais alors qu'il approchait des nouveaux arrivants, un couple se précipita à l'intérieur derrière le groupe d'Alasdair.

Derric et Dyna. Et Dyna semblait inconsolable. Elle posa les yeux sur son père et s'écria : « Ils ont enlevé Chrissa et Drostan ! »

« Et c'est reparti » marmonna Alex pour lui-même.

CHAPITRE 13

D ROSTAN ENTENDIT LA clé dans la serrure avant que la porte ne s'ouvre, surpris de voir deux personnes entrer dans la pièce : les shérifs Percy et DeFry. Ce dernier lui lança un morceau de pain rassis. Comme il avait les mains liées, il lui serait difficile de les attaquer, mais il ne trouva aucun autre moyen de se défendre en cas de besoin. D'abord, il devait en savoir plus sur la situation, notamment si Derric et Dyna avaient eux aussi été capturés.

« Est-ce mon repas de la journée ? » marmonna-t-il. « Comme vous me nourrissez bien. Où est ma partenaire ? » Il ignorait s'ils se souviendraient du nom de Chrissa, aussi décida-t-il de se montrer prudent. Il valait mieux qu'ils ne sachent pas qu'elle était une Grant.

« Chrissa se trouve dans une autre cellule, dans la chambre de la tour. Vous, vous êtes dans le cachot du donjon. Vous êtes donc très loin l'un de l'autre – inutile d'essayer de l'appeler. Je vous ai entendu la nuit dernière. Ne gâchez pas votre temps et votre énergie » dit DeFry.

« En voilà deux fiers et loyaux Écossais qui

se tiennent devant moi » commenta platement Drostan. « J'imagine que vos clans sont fiers de vous ? J'aurais pourtant juré avoir entendu dire que DeFry était un shérif de confiance. J'essayerai de me souvenir du nom de l'idiot qui m'a raconté ça. »

« Je parie que c'était Alasdair, le cousin de Chrissa, ou peut-être Dyna » répondit DeFry. « C'est bien simple : l'argent l'emporte sur tout le reste, et Edward me paie plus que Robert. Vous comprendrez sûrement un jour, mais vous êtes encore jeune et naïf. Vous étiez parti à la conquête du monde, pas vrai ? »

« Non » dit Drostan d'une voix traînante. « Seulement de l'Angleterre. »

Percy croisa les bras et s'appuya contre le mur. « Et maintenant, qu'allons-nous faire de vous ? Il est encore trop tôt pour nous servir de vous comme monnaie d'échange. Mais lorsque nous approcherons du solstice d'été, votre jolie petite dame deviendra un sacré avantage pour nous. »

« Est-ce tout ce que nous sommes pour vous ? Vous pensez pouvoir négocier avec les Grant ? J'en doute. »

« Oui, parce que nous ne demanderons pas beaucoup. Nous voulons simplement savoir quand les Grant prévoient de partir pour Stirling, et avec combien d'hommes. »

« Je ne suis qu'un guerrier Grant. Je ne participe pas aux réunions qu'ils organisent dans leur solarium, et je ne suis en charge de rien du tout. Ils ne vous donneront jamais ces informations pour me récupérer. » Il cracha grossièrement sur le côté, pour leur faire comprendre ce qu'il pensait d'eux.

« Et pourtant, vous avez voyagé avec leurs espions, Corbett et sa femme, alors vous devez bien valoir quelque chose » répondit DeFry. « Je suis sûr que nous parviendrons à convaincre les Ramsay de ne pas se rallier à Bruce s'ils savent que nous vous retenons prisonniers, tous les deux… même si vous n'êtes plus en notre possession à ce moment-là. »

« Vous pensez qu'il ne s'agit que d'une bataille entre rois, n'est-ce pas ? » demanda Percy. « Ah ces jeunes, tellement idiots. Le roi Edward est riche, et il prévoit de distribuer sa richesse avec ceux qu'il estime dignes. Et je ne suis pas le seul homme à vouloir ma part du gâteau. Où et quand les Grant comptent-ils retrouver les Ramsay ? »

« Je n'en ai aucune idée. »

Percy se précipita vers Drostan et lui asséna un coup de pied dans les côtes. « Je pense que vous le savez. Avec ou sans votre aide, nous *allons* mettre un terme à cette alliance entre les Ramsay et les Grant. Si nous parvenons à écarter ces deux groupes de la bataille, Robert perdra des milliers de guerriers. »

« Je ne sais pas du tout comment vous comptez accomplir une tâche aussi impossible, mais peu importe. Quoi que vous fassiez, vous n'y arriverez pas. Le chef Ramsay vient de quitter les terres des Grant, et les deux clans sont plus proches que jamais. »

Il décida de ne pas partager le fait qu'il avait essayé de donner un coup de poing au chef.

« Où vont-ils se retrouver ? » gronda Percy, la mâchoire étroitement serrée.

« Je ne sais pas. »

Percy leva la jambe pour lui donner un autre coup de pied, mais Drostan fut plus rapide. À l'aide de ses mains liées, il attrapa la jambe de son adversaire et le fit tomber sur le dos. Il était sur le point de le clouer au sol lorsqu'une dague trouva son chemin jusqu'à sa gorge, et il s'immobilisa.

« Reculez » dit DeFry. « Contre le mur. »

Drostan obéit. Ils retenaient toujours Chrissa — il devait donc se montrer patient et essayer de découvrir où elle était emprisonnée… et où diable ils se trouvaient.

Percy se remit sur ses pieds en frottant ses mains sales d'un air agressif. « Vous allez nous aider. Les deux groupes prévoient de se retrouver avant de voyager jusqu'à Stirling. Nous avons besoin de connaître leur emplacement exact. Nous avons autre chose à faire pour le moment, mais nous reviendrons, et vous répondrez à notre question. »

« Vous ne pouvez pas soutirer des informations à quelqu'un qui ne les connaît pas. »

« Vous le savez. Nous emmènerons votre douce jeune femme avec nous, et nous jouerons avec elle… » Percy marqua une pause pour se lécher les lèvres d'un air satisfait. « … jusqu'à ce que l'un de vous deux nous dise ce que nous voulons savoir. »

« Qu'est-ce que c'est censé vouloir dire ? » En les imaginant blesser Chrissa ou la toucher de manière inappropriée, il eut envie de hurler de rage. De libérer ses mains liées et de les étrangler.

Chrissa allait bien. C'était une battante, mais il n'aimait pas la savoir seule dans une cellule. Blessée.

« Vous ne lui avez pas fait de mal, j'espère ? »

« Rien d'autre qu'une bosse à la tête. Ça ne la gênera pas bien longtemps. »

« Des salauds qui battent des femmes. Ça vous fait vous sentir forts, c'est ça ? »

« Voilà ce que nous allons faire de vous deux » déclara DeFry, ignorant son commentaire. Il croisa alors les bras et s'appuya contre le mur en pierre. « Nous allons faire ce qu'il a dit. Vous serez retenus tous les deux dans une pièce, et nous allons vous torturer à tour de rôle jusqu'à ce que l'un d'entre vous avoue. Nous devons savoir où les Grant et les Ramsay comptent se retrouver. Vous ne connaissez vraiment pas la réponse ? Alors vous feriez mieux d'y réfléchir. Nous reviendrons. »

Drostan n'avait qu'une seule pensée en tête.

S'ils osaient faire du mal à Chrissa, il les tuerait tous les deux.

❧

Alex observa le groupe qui se transformait en une scène chaotique. Finlay s'était précipité aux côtés de Kyla et avait passé un bras autour de ses épaules avant de l'attirer contre lui, la laissant s'appuyer sur lui de tout son poids.

« Oh, mon Dieu, je vous en prie, sauvez ma fille. Et Drostan » dit-elle d'une voix à peine audible. Il voyait sa fille prier et prier encore, en bougeant les lèvres avec frénésie à mesure qu'elle récitait des paroles implorantes, comme si cela pouvait augmenter ses chances de revoir sa fille.

Lorsque Kyla se redressa, Finlay s'éloigna. « Elle est aussi forte que toi » déclara-t-il. « Elle ira bien. »

Kyla se contenta de sangloter tandis que Finlay faisait les cent pas, les mains sur les hanches. Alex savait qu'il était déjà en train de réfléchir à un plan pour patrouiller à la recherche des ravisseurs de Chrissa.

À l'aide de son bâton en bois, Alex se dirigea vers la cheminée, où il pourrait s'asseoir dans le grand fauteuil rembourré que Gracie avait confectionné pour lui. « Explique-nous exactement ce qu'il s'est passé, Corbett. Dyna, tu pourras compléter son histoire quand il aura terminé. »

Dyna s'approcha de sa tante Kyla pour la serrer dans ses bras en lui murmurant quelque chose à l'oreille. Puis elle se tourna vers son père, qu'elle étreignit également, sa tête posée sur sa poitrine, pendant que Derric parlait en arpentant la pièce.

« Nous étions en train de chasser dans la zone avec plusieurs chemins juste après les grottes, à une heure au sud d'ici. Bon sang, nous étions presque arrivés sur les terres des Grant. » Il leva les mains en l'air pour accentuer ses propos.

« Tu veux parler de la zone où nous avons déjà subi plusieurs embuscades par le passé ? » demanda Jamie en haussant les sourcils.

« Oui, mais nous avons envoyé des gardes surveiller Chrissa et Drostan. Nous avons été séparés pendant moins de cinq minutes. Nous avons entendu Chrissa crier, mais lorsque nous sommes arrivés, elle était déjà sur leur cheval. Ils ont pris leurs chevaux, et les deux gardes gisaient au sol. Nous avons essayé de les suivre, bien sûr, mais nous avons rapidement perdu leur trace. »

« Comment avez-vous pu les laisser seuls ? » demanda Kyla.

« Nous ne cherchons à accuser personne, ma fille » intervint Alex. « Cela ne nous aidera pas à les retrouver. Et tout est de la faute des ravisseurs, pas de notre clan. »

« Comme tu veux, père. » Ses paroles se voulaient conciliantes, mais elle lui adressa un regard noir. Puis elle reporta son attention sur Derric et Dyna. « Dans quelle direction sont-ils partis ? Connor et Jamie, préparez quatre patrouilles pendant que nous attendons l'offre de rançon que nous recevrons probablement bientôt. »

« Je doute qu'ils demandent une rançon. Nous sommes trop près du solstice d'été » dit Alex en pianotant des doigts, les coudes posés sur les accoudoirs de son fauteuil. « Ce sera dans moins de deux semaines, maintenant. »

« Alors que fait-on, père ? Que pourraient-ils bien vouloir de nous ? Cela fait deux fois qu'ils essaient de nous forcer à rallier nos guerriers à la cause de l'Angleterre. Ils ont aussi tenté de te tuer. Est-ce ce qu'ils comptent faire de Chrissa ? La tuer ? Que veulent-ils, enfin ? »

« Je pense qu'ils veulent nous convaincre de ne pas participer à la bataille, ou bien… »

« Ou bien quoi ? » répondit Kyla d'un ton de plus en plus agressif.

« Ou bien nous occuper ailleurs. Si nous devons envoyer tout un groupe de guerriers chercher Chrissa, alors nous ne pouvons plus aider le roi Robert, pas vrai ? »

« Dis-moi juste où tu penses qu'elle se trouve, père. J'irai la chercher moi-même. » Les joues de Kyla étaient trempées de larmes. C'était une femme forte et puissante, mais elle n'avait jamais eu peur de montrer ses émotions. Et c'était l'une des nombreuses choses qu'il appréciait chez elle.

« Nous avons besoin de toi ici, Kyla. Au cas où elle revienne. Ou qu'ils l'amènent ici. »

« Nous la retrouverons, mère » dit Alick en jetant un coup d'œil à ses cousins. « Si nous y allons ensemble, nous pourrions utiliser les épées spectrales. Nous sommes tous réunis maintenant. Laisse-nous une heure, le temps de préparer un plan. Comme le dit toujours grand-père, il vaut mieux partir avec un plan. »

« Nous n'avons pas une heure. Elle ne survivra jamais dans un cachot. »

« Kyla. » La voix d'Alex était si calme que tout le monde s'interrompit pour l'écouter, ce qui était exactement ce qu'il voulait. S'ils prenaient des décisions sous le coup de l'émotion, ils n'y arriveraient jamais. « Elle ira très bien. C'est ta fille, après tout. Où bien ne te souviens-tu pas du pire moment de ta vie ? »

« Je sais que j'ai été retenue au cachot du château Thane, mais j'étais une adulte. Elle est trop jeune. »

« Quel âge a Chrissa ? » demanda Alex.

« Dix-neuf étés. » Comme il l'espérait, les sanglots de Kyla s'étaient estompés.

« Et quel âge avais-tu lorsque tu as été enfermée dans un cachot, ma fille ? » Pour lui, Kyla serait toujours sa petite fille, car son vieil esprit n'oublierait jamais qu'il l'avait portée en écharpe contre sa poitrine lorsqu'elle était bébé. « Quel âge avais-tu lorsque tu es partie toute seule pour te rendre au château d'un ennemi parce que tu voulais sauver une autre femme ? »

Elle réfléchit en hoquetant, son regard plongé dans le sien, comme s'il était en train de lui remémorer des souvenirs qu'elle aurait voulu oublier.

« Ne te souviens-tu pas d'avoir été enfermée dans un cachot avec Simon de La Porte ? » murmura-t-il tandis que le hall restait aussi silencieux qu'une forêt avant que le chasseur ne relâche sa première flèche.

« J'avais dix-sept étés. » Elle baissa les yeux vers le sol, mais son attitude changea. « Mais j'étais… »

« Es-tu aussi douée que ta fille au tir à l'arc, Kyla ? Peux-tu manier une dague aussi bien que Dyna ? »

Elle secoua la tête, un petit sourire aux lèvres. « Merci, père. Vous avez raison, Finlay et toi. Elle ira bien. Mais nous devons quand même nous dépêcher. »

« En vérité, elle espérait probablement qu'une telle chose se produise. Elle était complètement captivée le jour où ces hommes l'ont retenue avec un couteau avant de t'enlever. Si je me souviens bien, elle était très fière de son implication dans cette histoire. Et Drostan est avec elle. Comme tu avais Finlay avec toi. »

Son froncement de sourire lui indiqua qu'elle venait à peine de réaliser qu'il y avait peut-être quelque chose entre Chrissa et Drostan. Elle détestait que quelqu'un remarque ce genre de chose avant elle.

« Est-ce vraiment une surprise pour toi ? J'ai toujours eu bien conscience de l'attraction qui existait entre toi et Finlay » dit Alex, son regard alternant entre Kyla et son mari.

« Tant mieux pour toi, père, parce que moi, je n'en avais aucune idée, à l'époque. »

Alex sourit, heureux de voir une nouvelle preuve de la férocité de sa fille.

« Je pense que nous avons tous remarqué quelque chose entre Chrissa et Drostan, Kyla » dit Connor. « Elle est plus forte que tu ne le penses, et elle a un solide partenaire avec elle, quelqu'un de confiance. Préparons un plan, et servons-nous de notre tête au lieu de nos émotions. »

Kyla se pencha pour embrasser son père. « Merci, père. Je ne sais pas ce que je ferais sans toi. »

Alex n'avait aucune envie de lui dire la vérité : elle allait bientôt devoir apprendre à faire sans lui.

Et il devrait également remercier Maddie pour lui avoir dit de rester.

On avait *bel et bien* besoin de lui.

Chapitre 14

CHRISSA ÉTAIT SUR le point de perdre son sang-froid. Elle n'avait rien vu ni entendu depuis qu'elle avait été enfermée dans sa cellule. On ne lui avait pas apporté à manger, simplement de l'eau d'un pichet qui était presque vide à présent. Elle avait retourné sa sacoche à la recherche de nourriture d'un objet qui pourrait l'aider à s'échapper, mais ses ravisseurs l'avaient déjà fouillée et lui avaient pris sa dague.

Elle était affamée, fatiguée, et n'avait qu'une envie : rentrer à la maison. Elle n'avait cessé de se réveiller pendant la nuit, s'assoupissant régulièrement sous le coup de l'épuisement, mais des accès de peur finissaient toujours par la réveiller. Ses songes étaient envahis par des hommes malveillants, des araignées et des créatures étranges.

Elle pensa à sa cousine, Dyna. Que ferait-elle à sa place ?

Environ une heure après son réveil, elle entendit des bruits de pas s'approcher dans sa direction. Elle entendit le verrou se tourner, et les deux shérifs de l'autre jour entrèrent dans la pièce. Percy et DeFry.

Surprise, elle réagit d'instinct : « Et voici les traîtres. Que voulez-vous de moi, et où est Drostan ? »

« Votre ami est loin d'ici » répondit Percy. « Il ne vous entendra jamais, alors inutile d'essayer de l'appeler. Ça ne servira à rien. »

DeFry vint se placer devant elle, les mains sur les hanches. « Vos paroles ne me font rien. Quant à votre ami, il a bien réussi à tous vous tromper. »

Chrissa ne comprit pas ce qu'il voulait dire, mais se souvint ensuite de ce que son grand-père lui avait toujours dit au sujet des interrogatoires. *Ils essaieront de s'infiltrer dans ton esprit et de jouer avec toi. Ils tenteront de te convaincre de choses que tu ne croirais jamais dans d'autres circonstances. Ne les laisse pas faire.*

« Je ne vois pas de quoi vous parlez. »

« Drostan travaille pour nous depuis longtemps. »

Plutôt que de répondre à son mensonge, elle demanda : « Qui êtes-vous ? Des Anglais ? Les Écossais qui se retournent contre leur peuple sont les pires de tous. »

Percy s'approcha d'elle, trop près d'elle. « Eh bien, petite garce. Comment osez-vous nous parler comme si nous n'étions pas dignes de vous ? Vous êtes notre prisonnière. Ne le voyez-vous pas ? Nous pourrions vous livrer à nos gardes en cadeau, si nous en avions envie. Nous pourrions vous tabasser jusqu'à ce que même vos proches ne vous reconnaissent plus. Vous devriez nous montrer un peu plus de respect. »

Elle cracha sur ses bottes.

Percy la saisit par sa tresse et la tira à ses pieds. « Vous allez payer pour ça. »

« Laisse-la tranquille » dit DeFry.

L'autre shérif obéit, ce qui surprit Chrissa. Elle recula, tout en espérant qu'ils lui parlent encore de la prétendue trahison de Drostan. Au moins pour savoir s'il était encore en vie.

DeFry s'appuya contre le mur et croisa les bras devant lui. « Drostan est un espion des Anglais. Il espionne le clan Grant pour nous depuis bien longtemps. »

« Vous mentez très mal. Drostan adore le clan Grant, et il est extrêmement loyal envers mes oncles et mon grand-père. Il ne risquerait jamais de déclencher leur colère. Jamais. » Elle savait que c'était un mensonge. Un mensonge éhonté, sans le moindre doute.

DeFry se mit à faire les cent pas dans l'espace limité de la pièce. « Ne vous êtes-vous jamais demandé comment nous sommes parvenus à vous localiser en plein milieu des Highlands ? »

« Non, ce n'est pas la première fois que nous croisons la route de maraudeurs dans les Highlands. » Elle croisa les bras à son tour, refusant de croire le moindre mot qu'ils disaient à propos de Drostan.

« Il a reçu l'ordre de nous retrouver ici. Puis nous lui avons ordonné de nous dire où vous trouver. Nous vous avons enlevé très facilement, tous les deux, mais pour Drostan, ce n'était qu'une supercherie. »

Elle faillit éclater de rire. En voilà, une bonne histoire. Ils l'avaient pourtant assommé.

« Des mensonges. Rien que des mensonges. Je n'en crois pas un mot. »

« Alors peut-être que vous croirez cette personne. » DeFry s'approcha alors de la porte et l'ouvrit avant d'appeler quelqu'un.

« Je ne croirai personne » dit-elle avec colère. S'il croyait que quoi que ce soit pourrait la convaincre de sa culpabilité, il se trompait lourdement.

Une magnifique femme aux cheveux sombres entra dans la cellule. Elle baissa les yeux vers Chrissa et prononça les seules paroles qui auraient pu lui faire remettre en question tout ce qu'elle savait.

« Je suis la mère de Drostan. Et je suis espionne pour les Anglais depuis des années. »

Astra sortit en courant, les bras levés au-dessus de la tête et les joues mouillées de larmes. « Non, non, non ! »

Elle n'alla pas bien loin avant de trébucher à moitié sur un petit chiot gris. S'arrêtant net, elle se pencha pour prendre le petit chien dans ses bras. « Qu'est-ce que tu fais là, toi ? »

Quelqu'un cria derrière elle et elle tourna alors les talons, peu surprise de voir un garçon se précipiter vers elle. Hendrie. Elle connaissait son nom pour la même raison qu'elle savait tout le reste : elle écoutait, voilà tout. Les autres ne faisaient pas attention à la moitié de ce qu'il se passait autour d'eux, mais Astra enregistrait tout.

Le garçon courait le plus vite possible, le visage figé dans une expression de peur. « Elle est à moi. Donne-la-moi, s'il te plaît. Elle est perdue. »

« Et pourquoi ça ? » demanda-t-elle en lui rendant la chienne. Elle était très mignonne, mais ses yeux étaient remplis de tristesse.

« Parce que Drostan n'est pas revenu. » Hendrie prit la chienne dans ses bras et se mit à la caresser en lui murmurant de douces paroles.

« Il ne reviendra pas de sitôt, alors ne lui donne pas trop d'espoirs. » Avait-elle rêvé ou la chienne venait-elle d'écarquiller les yeux en l'entendant ?

« Quoi ? Pourquoi ? De quoi parles-tu ? » Hendrie s'approcha d'elle. De si près, elle fut fascinée par le vert de ses yeux, comme les pinèdes en hiver. Ses longs cheveux roux étaient soigneusement attachés dans son dos.

« Il a été enlevé par les Anglais. Lui et Chrissa aussi. Tu ne le savais pas ? »

« Non. Je ne suis pas de sang noble, on ne m'inclut pas dans ce genre de conversation. Mais je suis son écuyer. Je suis censé voyager avec lui pour le combat au château de Stirling. »

Elle inclina la tête. « Si tu es son écuyer, pourquoi est-ce qu'il ne t'a pas emmené avec les quatre autres ? »

« Il ne porte pas encore d'armure. Ils sont partis des terres du roi Robert pour patrouiller et rassembler des informations. »

« Tu veux dire qu'ils ont été envoyés espionner les Anglais. »

Confrontée à son air innocent de surprise, elle ressentit une pointe de culpabilité. Peut-être n'aurait-elle pas dû se montrer aussi directe. Elle l'examina, envieuse de ses yeux verts, qu'elle aurait voulu avoir au lieu des yeux bleus de sa famille.

« Et ta sœur ? Elle n'était pas avec eux ? » Hendrie serra le chiot tout près de son visage. Quelque chose lui disait qu'il avait besoin du réconfort de cet animal si doux et gentil.

« Dyna et Derric sont revenus. Chrissa et Drostan ont été enlevés. Ils ne savent pas où ils ont été emmenés. »

« Est-ce que tu peux m'aider ? » demanda Hendrie d'un air implorant. « Va les écouter pour savoir où ils ont été vus pour la dernière fois, puis reviens me le dire. Je t'attendrai ici. »

« Pas avant que tu me dises pourquoi tu veux le savoir » répondit Astra. Il était de son devoir de tout savoir sur ce qu'il se passait sur les terres des Grant. « Et quel âge as-tu ? »

« Onze étés. Et toi ? »

« Treize. Tu n'as pas répondu à ma question. » Elle attendit en tapant du pied dans la poussière.

« Tu es plus grande que moi » dit-il.

« Je suis plus âgée que toi, et mes parents sont grands. Tu ne l'avais pas remarqué ? Tu n'as toujours pas répondu à ma question. »

Il poussa un soupir et se pencha vers elle. « Tu promets de n'en parler à personne ? »

Astra faillit s'esclaffer. Tout le monde savait qu'elle racontait toujours tout à ceux qui voulaient bien l'écouter. « Bien sûr. »

« Je vais le chercher. Je n'attendrai pas qu'on me le propose. Mes parents sont morts, personne ne s'occupe de moi. Je vis avec mon oncle, et il ne remarquera même pas que je suis parti, puisque je dors avec les guerriers la plupart du temps. J'ai seulement besoin d'un cheval. Sky pourra flairer la piste de Drostan. C'est une chienne de chasse, comme tu le sais. »

« Je vais t'aider » dit-elle, soudain décidée. « Mais je pars avec toi. » Elle avait toujours admiré Chrissa plus que ses autres cousins. Si elle devenait vraiment douée au tir à l'arc, peut-être qu'un jour elle serait autorisée à voyager avec Chrissa, sans aucun garçon.

Enfin, peut-être que cette fois-ci, l'aide de Hendrie lui serait utile, surtout en raison de la chienne. Et Sky était une femelle – ce serait donc un groupe de deux filles et un garçon. Si elle parvenait à le convaincre de la laisser l'accompagner sans faire d'histoires.

« Pas question. J'ai pas besoin d'une fille qui va me ralentir. Je vais aller très vite. »

« Est-ce que tu es aussi bon au tir à l'arc que moi ? Ou avec une dague ? » Elle posa les mains sur les hanches pour accentuer ses propos. Et aussi parce qu'il l'énervait. Peut-être devrait-elle l'impressionner avec son langage cru : « Ne me fais pas chier. »

« Tu es bien grossière pour une fille. » Il marqua une pause, semblant réfléchir, puis reprit : « Si tu arrives à découvrir où ils ont été vus pour la dernière fois, tu peux venir. Et prends-nous un peu de fromage et de viande séchée. Tu peux y accéder plus facilement que moi. »

« D'accord » dit-elle en se retenant de bondir

de joie. Quand lui était-il arrivé quelque chose comme ça ? « On se retrouve devant l'écurie dans deux heures. On pourra partir juste après. »

« D'accord. Et n'en parle à personne. » Hendrie hocha alors la tête et se dirigea vers l'écurie.

« Promis. » Ces paroles firent glousser Astra. Pour une fois, elle s'était montrée honnête.

Hors de question de raconter à quiconque ce qu'elle était sur le point de faire.

CHAPITRE 15

LA DERNIÈRE PATROUILLE partie à la recherche de Chrissa et Drostan ne devait pas encore rentrer avant une heure, mais quelqu'un se mit à tambouriner à la porte du donjon, assez fort pour réveiller la moitié du château. Alex était à peu près certain de l'identité de la personne qui faisait tout ce bruit. Alors que la porte s'ouvrait à la volée, il se tourna en disant : « Tu te fais vieux, Ramsay, tu commences à perdre la main. »

Son vieil ami passa la porte, un petit sourire aux lèvres. « N'est-ce pas moi que vous attendiez ? » demanda-t-il en haussant les sourcils.

« Pas exactement, oncle Logan » répondit Jamie. « Mais nous sommes ravis de te voir. Nous aurions bien besoin de ton aide, si tu n'es pas trop fatigué par le voyage. »

« Je suis tout à fait prêt à vous aider. Que s'est-il passé, cette fois ? Je le vois dans vos yeux – il n'y a pas que cette bataille du solstice d'été qui préoccupe les Écossais. »

Logan tint la porte pour laisser entrer sa sœur, suivie de Sorcha. « Vous vous souvenez tous de ma sœur, Avelina, et de ma fille Sorcha, n'est-ce pas ? Cailean est en train de s'occuper des chevaux. » Un homme qu'Alex ne reconnut pas entra derrière Logan. Il portait des vêtements de prêtre. Des gardes se rassemblèrent derrière lui, affairés avec leurs petits sacs et leurs vêtements d'extérieur, pendant que Connor entrait dans la pièce afin de les mettre au courant de l'enlèvement du couple.

« Chrissa et l'un de nos guerriers, Drostan, ont disparu » déclara-t-il. « Ils ont été enlevés sur leurs montures. Robert Bruce les avait envoyés en mission avec Dyna et Derric. Ils étaient en route vers Berwick. »

Kyla, le teint pâle, salua Avelina et Sorcha, puis se dirigea vers les cuisines afin de préparer des assiettes pour les voyageurs.

« Vous avez des suspects ? » demanda Logan, visiblement peu choqué par la nouvelle.

« À part les Anglais ? Personne pour le moment. »

« Et que comptez-vous faire ? »

« Nous avons envoyé des patrouilles dans la moitié des Highlands » intervint Jamie. « Mais nous n'avons pas encore trouvé le moindre signe d'eux. »

« Aucune demande de rançon ? Edward est un salaud cupide, comme vous le savez. »

« Rien du tout » répondit Alex. « Ce qui rend l'attente plus difficile. Mais j'aimerais en savoir plus sur votre venue ici. Je t'attendais, Ramsay. Comment s'est passé le voyage ? » Il se surprit à sourire, parce qu'encore une fois, Maddie ne s'était pas trompée. Certes, Torrian leur avait aussi parlé de Logan, mais c'était Maddie qui lui avait apporté la nouvelle en premier.

Logan invita son groupe à entrer à l'intérieur, puis installa Avelina près de la cheminée pendant que les autres échangeaient accolades et salutations. L'étranger d'âge mûr attendait près de la porte.

« Venez, mon père » lui dit Logan. « Venez vous réchauffer les os. Voici le père Dowall, un ami du père Rab. Nous nous sommes arrêtés dans son église en chemin, et il nous a demandé de se joindre à nous. »

« Bienvenue, mon père. Venez vous installer au coin du feu, nous allons vous apporter une assiette de ragoût » dit Connor. L'homme hocha la tête et retira son manteau, qu'il laissa près de la porte.

Logan se retourna lorsque la porte se rouvrit. « Et vous vous souvenez tous de MacAdam, le mari de Sorcha, n'est-ce pas ? Vous ne l'aurez peut-être pas reconnu avec tous ses cheveux gris, mais c'est celui qui vient d'entrer. »

« Je me souviens de Cailean » dit Alex avec un sourire. Les pitreries de Logan lui avaient manqué. « En tout cas, c'est ainsi que nous l'appelons. Ne l'as-tu pas encore accepté comme ton beau-fils ? Je pense qu'il a accompli bien assez pour mériter ton respect, Ramsay. »

Logan fit la grimace. « Tu as gagné mon respect, n'est-ce pas, MacAdam ? »

Cailean semblait avoir envie de courir de l'autre côté de la pièce. « Oui, j'imagine que oui. » Son regard alterna entre sa femme et son père, pour voir si l'un d'eux allait contester sa réponse. Mais ils n'en firent rien.

« Que puis-je faire pour vous aider ? » demanda Logan lorsqu'ils eurent échangé une étreinte. « J'imagine que j'ai manqué l'autre groupe de mon clan ? Mes filles et Torrian sont déjà repartis ? »

« Oui » répondit Connor. « Ils sont rentrés chez eux afin de se préparer à leur voyage vers Stirling. »

« Dites-nous ce que vous avez appris en chemin » dit Alex. « Avez-vous croisé beaucoup d'Anglais ? »

« Nous avons appris qu'Edward allait envoyer des troupes à Edinburgh une semaine avant la bataille » intervint Dyna. « Vingt mille hommes, d'après ce que nous avons entendu. »

Logan s'esclaffa. « Edward pense pouvoir rassembler un tel nombre, mais il se trompe. Il semble oublier que les Écossais sont de plus en plus nombreux à soutenir leur souverain légitime. Il en obtiendra peut-être dix mille, mais deux fois plus ? Il rêve. Ne croyez pas toutes les rumeurs. Et n'importe quel Écossais est capable d'affronter trois Anglais à lui tout seul, alors il pourrait bien avoir quinze mille hommes, il ne fera pas le poids contre nos cinq mille. Je meurs de faim, par contre. Peut-on manger d'abord et parler stratégie ensuite ? »

Lorsque le repas leur fut apporté et que tout le monde fut installé, Alex se dirigea vers le solarium, en invitant Logan à le suivre.

« Tu te fais vieux, Grant » déclara Logan en

prenant place en face du siège que prit d'Alex derrière son bureau.

« C'est vrai, mais je n'ai que deux ans de plus que toi, le vieux. »

Les deux hommes gloussèrent, et Alex laissa le temps à Logan de s'installer confortablement. Puis il demanda : « Pourquoi êtes-vous réellement venus, Ramsay ? J'ai l'impression que vous n'êtes pas arrivés les mains vides. Que vous apportez avec vous un précieux objet de l'histoire d'Écosse. » Leurs sourires s'effacèrent. Les deux hommes avaient un jour été à la tête de deux des plus grands clans de leur pays. Bien que Logan n'ait jamais eu le titre de chef, tout le monde savait qu'il avait eu une très forte influence sur les décisions de son clan, d'autant que lui et sa femme avaient été espions pour la couronne écossaise.

Logan se radossa sur sa chaise en passant ses mains dans ses longs cheveux ondulés, d'une couleur brun clair parsemée de blanc. « Tu as toujours une très bonne intuition, Grant. J'ai emmené Avelina avec moi. La reine des fées lui a demandé de t'apporter l'épée de saphirs. »

« Tu as vu cette fée ? »

« Oui, elle m'est apparue à moi aussi, cette fois. Elle était entourée de papillons, mais elle n'est restée que quelques instants. Elle a disparu juste après avoir donné ses instructions à Lina. » Il posa ses coudes sur ses genoux, penché en avant cette fois. « Je sais ce que tu vas me dire, Grant, mais je l'ai vue de mes propres yeux. »

« Si tes yeux se font aussi vieux que les miens, alors tu as eu de la chance de voir quelque chose. »

Logan s'esclaffa avant de répondre : « C'est vrai. Je n'ai pas vu clairement son visage, mais seul un aveugle aurait manqué l'attroupement de papillons qui l'a entourée pendant un instant avant de disparaître. Et sa voix était aussi claire que le hululement d'un hibou dans le silence de l'aube. »

« Peut-être que tu as cligné des yeux ? » suggéra Alex, un petit sourire aux lèvres.

« Tu as toujours été un petit malin. » Mais son hilarité s'effaça bien vite de son visage. « En fait, cette rencontre m'a quelque peu convaincu qu'il existe une vie après la mort. Il y a plus de choses en ce monde que nous ne le croyons. »

« Admettons que je te crois. Quelles étaient ses instructions exactes ? »

« Lina devait t'amener l'épée de saphirs. Ce sera ensuite à toi de décider qui en sera le nouveau propriétaire. »

« Et comment pourrais-je le savoir ? » Alex repensa aux paroles de Maddie dans sa vision. Elle lui avait expliqué que ce choix lui appartenait. C'était le genre de décision qu'il n'avait pas prise depuis qu'il était laird de son clan – un choix qui pourrait sauver ou ruiner des vies.

Logan haussa les épaules. « Elle a dit que tu saurais. »

Alex observa son vieil ami de l'autre côté du bureau, toujours aussi séduisant et bien plus en forme qu'il n'aurait dû l'être à son âge. Rien ne semblait avoir pu l'arrêter dans sa vie, à part quelques coups de poing dans sa jeunesse. Son esprit était aussi affûté que jamais, et il plaignait celui qui oserait sous-estimer Logan Ramsay, quel que soit son âge.

« Voilà donc ma mission. »

On toqua à la porte, et Alex l'invita à entrer. Avelina jeta un coup d'œil dans le coin où ils se trouvaient. « Je pense que je devrais participer à cette réunion, n'est-ce pas, Logan ? »

Il plissa les lèvres en hochant la tête, puis lui fit signe de les rejoindre. Une fois qu'elle eut refermé la porte derrière elle, il dit : « La reine des fées ne semble faire confiance qu'à *toi*, Lina. »

Les yeux de sa sœur pétillaient. « Es-tu contrarié qu'une femme ait le contrôle de quelque chose à ta place ? »

Alex gloussa. « Cette reine a choisi une Ramsay intelligente et déterminée. Elle n'aurait pas pu faire un meilleur choix, sauf peut-être si elle avait confié l'épée à un Grant. »

Logan lui adressa un regard noir accompagné d'un soupir exaspéré, probablement audible jusque dans le hall. « Il est évident que cette mission revenait à un Ramsay, et je dois admettre qu'elle a fait de l'excellent travail. Elle a veillé sur l'épée sans faire d'histoires, et nous avons connu de nombreuses années de paix. Mais tout de même, j'aurais très bien pu le faire aussi. »

« Logan, tu n'as cessé de parcourir l'Écosse à cheval avec une cible dans le dos. Je ne pense pas que ce soit de cela dont les fées avaient besoin. »

Il lui jeta un autre regard noir, teinté d'une pointe d'humour. Secouant doucement la tête,

Avelina sortit de son sac un paquet enveloppé dans un plaid. Elle le défit avec précaution et présenta l'épée à Alex, qu'elle lui tendit par-dessus le bureau. « Erena, reine des fées, a déclaré que tu saurais à qui la confier. »

Tous les trois observèrent la petite épée, magnifique avec ses pierres précieuses incrustées et son éclat étrange, visible sous n'importe quel éclairage. C'était comme si elle n'était jamais sortie de son étui.

« Elle ne semble pas du tout s'être émoussée au fil des ans » commenta Alex.

« Oui, elle me paraît identique à autrefois » dit Lina en se penchant pour faire courir sa main sur la poignée. « Et je pense que son pouvoir de repousser le mal sera toujours aussi puissant. »

« Peut-on l'utiliser contre un roi ? » demanda Alex.

« Je dirais que oui, si ce roi a un cœur maléfique. C'est une épée écossaise, censée sauver le peuple de ses terres de tout le mal qui voudrait nous attaquer. »

« As-tu le moindre conseil à me donner, en tant qu'ancienne gardienne de l'épée ? »

« Il doit y avoir une personne spéciale dans ton clan. Je pense avoir été choisie pour ma retenue, et je crois que cette épée doit revenir à une personne de la jeune génération – moins de quarante étés. Quelqu'un qui saura la garder avec sagesse et l'utiliser pour le bien du peuple écossais. »

« Voilà qui devrait m'aider » dit Alex. « Aucun de mes enfants ne semble remplir ces critères. »

« Oui, ils sont trop vieux désormais. »

Il tendit l'épée pour la regarder. « Ma mère aurait adoré la voir. Elle y croyait dur comme fer, contrairement à mon père, je pense. Erena vous a-t-elle donné le moindre conseil ? »

« Non, pas un seul mot » lâcha Logan.

Avelina secoua doucement la tête une nouvelle fois, en retroussant les lèvres face à la réponse hâtive de son frère. « La personne à qui elle revient devra se marier moins de deux lunes plus tard pour la garder. Sinon, sa famille ou son clan en souffrira. »

« Alors il s'agit de quelqu'un qui n'est pas encore marié. »

« Oui. Je lui ai demandé si je devais te parler de cette légende, et elle m'a dit que celui ou celle qui recevra l'épée est encore trop jeune pour se marier, mais a déjà choisi son ou sa partenaire. Ainsi, la règle ne s'applique pas cette fois. »

Logan claqua des doigts. « Comment ai-je pu oublier ça ? »

« Je te l'ai dit, tu te fais vieux » dit Alex. « Voilà une autre raison pour laquelle Erena a choisi la bonne personne pour garder l'épée. » Il pianota des doigts sur le bureau, perdu dans ses pensées. « Une personne trop jeune pour se marier. Mais qui a déjà choisi son ou sa partenaire. »

Logan grommela quelque chose, mais il ignora son ami, toujours en pleine réflexion. La réponse lui vint en un éclair – c'était si évident qu'il se demandait pourquoi il avait mis aussi longtemps à la trouver.

Parce que tu te fais vieux, lui dit une voix dans sa tête.

Mais peu importait. Il savait désormais qui serait le nouveau gardien de l'épée de saphirs.

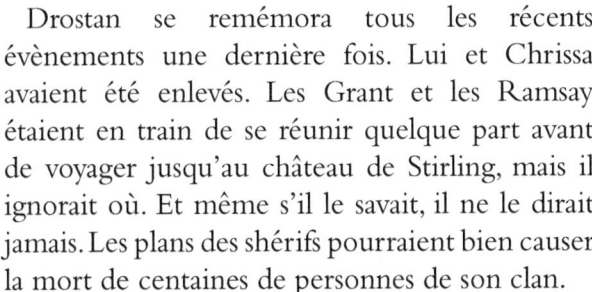

Drostan se remémora tous les récents évènements une dernière fois. Lui et Chrissa avaient été enlevés. Les Grant et les Ramsay étaient en train de se réunir quelque part avant de voyager jusqu'au château de Stirling, mais il ignorait où. Et même s'il le savait, il ne le dirait jamais. Les plans des shérifs pourraient bien causer la mort de centaines de personnes de son clan.

Mais il pensa ensuite à Chrissa. S'ils la torturaient sous ses yeux alors qu'il était attaché et désarmé, il risquait de perdre l'esprit. Il devait trouver un plan.

Ce fut assez facile. Il pourrait mentir. Inventer un endroit où pourraient se retrouver les Ramsay et les Grant entre leurs deux terres. Ils n'auraient aucun moyen de vérifier s'il disait ou non la vérité. Il n'avait qu'à mentir, et ils les libéreraient.

Enfin, le feraient-ils ?

Non, idiot. Ils ne vous laisseront jamais partir en vie.

Mais il devait croire qu'ils avaient envoyé des patrouilles à leur recherche. Les shérifs n'avaient rien dit au sujet de Dyna et Derric, aussi devaient-ils être libres. Ils savaient exactement où Chrissa et Drostan avaient été enlevés, et après avoir fouillé les environs, ils avaient dû retourner au château. Les Grant les chercheraient sans relâche jusqu'à les retrouver.

Cela lui donna l'idée d'une deuxième stratégie. Se montrer patient. Et gagner du temps, parce que les Grant viendraient les chercher. Chrissa avait une famille qui l'adorait. Sa mère serait morte d'inquiétude, et son père serait prêt à retourner tous les rochers des Highlands pour la trouver.

Non pas qu'il s'attende à la même chose de la part de son père. Selon toute vraisemblance, il était probablement trop ivre pour intégrer le fait que Drostan avait été fait prisonnier. Tout de même, Drostan était avec Chrissa, et il était un guerrier Grant. Ils méritaient tous les deux d'être secourus.

Mais s'ils attendaient trop longtemps, les shérifs risquaient de leur faire du mal. Ils pourraient même tuer l'un d'entre eux. Drostan parviendrait-il à s'échapper et à les libérer tous les deux ? Ne serait-ce pas la meilleure chose à faire ?

Il fit les cent pas pendant un long moment, mais aucune autre idée ne lui vint à l'esprit. Il devait sauver Chrissa.

D'une manière ou d'une autre.

CHAPITRE 16

ASTRA ET HENDRIE suivirent la piste menant à d'épais buissons du côté du ravin.

« Je n'aime pas ça, Astra. »

« Je le sais bien. Arrête de te comporter comme un bébé. J'ai trouvé le ruban à cheveux de Chrissa, son préféré. Elle a dû le perdre lorsqu'ils l'ont emmenée. Tu sais ce que ça veut dire, pas vrai ? »

« Qu'elle a les cheveux détachés ? » demanda Hendrie en enfonçant sa main dans la poche cousue sur le devant de sa tunique chaude pour caresser Sky. Lui et Astra avaient travaillé dur à la fabriquer pour que la petite chienne puisse les accompagner. À cause de cela, et des autres préparations nécessaires à leur voyage, il leur avait été impossible de partir aussi rapidement qu'ils l'avaient espéré. Alors ils avaient décidé de prendre la route le lendemain matin. Puis ils avaient rassemblé des vêtements, avaient demandé à Dyna où se trouvait l'endroit où les prisonniers avaient été vus pour la dernière fois, puis s'étaient faufilés hors de l'écurie un peu avant l'aube. Hendrie lui avait dit que Dyna avait sûrement compris ce qu'ils préparaient, mais Astra savait que Dyna ne la prenait jamais au sérieux. Elle était tellement plus jeune que Dyna ne la voyait que comme sa petite sœur.

« C'est tout ce que tu as pu trouver ? Qu'elle a les cheveux détachés ? » Astra leva les yeux au ciel en se disant que le voyage s'annonçait difficile si Hendrie continuait à se montrer aussi peu perspicace. Il n'était pas très bon pour interpréter une situation, qualité pour laquelle, d'après son père, elle était bien trop douée pour son âge. Heureusement pour eux, elle avait également un très bon sens de l'orientation. Elle pouvait voir une zone dans sa tête aussi clairement que si elle était en train de l'observer depuis les nuages. Son père lui avait déjà demandé de dessiner plusieurs cartes pour lui. Elle avait d'ailleurs commencé à tracer une carte de tous les Highlands, mais elle n'avait pas encore voyagé assez loin pour la compléter entièrement.

Son objectif était de parcourir toute l'Écosse afin d'en faire une carte complète pour son clan. Une carte qu'ils pourraient utiliser pour toujours. Lorsqu'elle avait donné sa dernière carte à grand-père, il avait froncé les sourcils, les yeux rivés sur tous les petits détails qu'elle avait dessinés pour représenter les ponts et ravins, ainsi que les symboles pour les prairies et les vallées. Elle avait même indiqué où se trouvaient les meilleures grottes.

Grand-père l'avait regardée pendant un long moment avant de déclarer : « Eh bien, c'est la plus belle carte que j'ai jamais vue, Astra. Tu as un talent très spécial. » Grand-père n'avait pas

pour habitude de donner des compliments à
la légère. Sa mère lui avait tapoté l'épaule, rare
démonstration de sa part également, et elle
s'était sentie extrêmement fière de son talent si
particulier.

Elle reporta son attention sur la réponse
simpliste de Hendrie. « Non, ça veut dire qu'elle
s'est débattue contre ses ravisseurs. Nous allons
devoir trouver d'autres indices, comme des bouts
de vêtements déchirés ou… Attends ! Là ! Tu ne
l'as pas vu ? » Elle tira sur les rênes de son cheval
pour le mener jusqu'à un arbre, sur les branches
duquel pendait quelque chose. Hendrie la
devança et prit le morceau de tissu de la branche
avant de l'inspecter en détail.

« C'est un morceau de plaid Grant sans le
moindre doute, mais ça pourrait être celui de
n'importe qui. » À cet instant précis, Sky sortit
sa tête de sa poche, renifla le tissu et poussa un
glapissement enthousiaste. Hendrie et Astra
échangèrent un regard, puis elle dit : « Et le
chemin se scinde en deux un peu plus loin. Par
où devrions-nous aller ? »

« Voyons voir si tu avais raison à propos de ses
qualités de chienne de chasse » déclara Astra, un
grand sourire aux lèvres. Ils venaient de trouver
l'aide dont ils avaient besoin. Elle descendit de
sa monture, puis tendit la main vers Sky et le
morceau de tissu. Il semblait dubitatif, mais il les
lui confia.

Le tissu faisait environ la moitié de la taille de
la paume d'un homme, mais elle espérait que ce
serait suffisant. Si la chienne avait déjà mémorisé

l'odeur de son maître, elle pourrait peut-être les mener jusqu'aux prisonniers.

Elle posa le chiot au sol, puis leva le morceau de tissu à hauteur de son museau et attendit. Sky renifla une nouvelle fois le plaid, puis aboya en direction d'Astra, sa queue remuant si fort qu'elle devait lui faire mal.

Sky se dirigea vers le chemin qui se scindait en deux un peu plus loin. Elle en emprunta un, reniflant tout au long du chemin, mais sa queue ne remuait plus. Elle alla si loin qu'Astra commença à s'inquiéter. Si c'était le bon chemin, l'odeur ne devait plus être très forte. Elle siffla la chienne, qui revint en courant, et elle lui tendit à nouveau le tissu. Elle se roula alors dessus en remuant à nouveau la queue, puis aboya deux fois.

« Trouve-le, Sky. Tu sais où il est. » Elle indiqua à la chienne l'autre chemin et attendit tandis qu'elle s'approchait à pas feutrés, le museau au sol. Rien d'inhabituel ne se produisit, jusqu'à ce qu'elle renifle un endroit, la queue remuant de nouveau furieusement.

Hendrie, qui était descendu de son cheval et se tenait à présent derrière elle, observa la chienne, bouche bée. « Je t'avais dit qu'elle trouverait la piste de Drostan. Bonne fille ! »

Sky s'élança sur le chemin à un rythme effréné pour suivre l'odeur, la queue remuant toujours. Elle s'arrêta une fois, se retourna et aboya dans leur direction, comme pour leur dire de la suivre.

« Tu l'as entendue » dit Astra. « Mets-toi en selle. Nous avons une piste à suivre. »

« Ils sont si bons que ça ? » demanda Hendrie.

« C'est une chienne de chasse. Bien sûr qu'elle est douée pour ça. Maintenant, prends-la, ramasse le tissu, et nous la reposerons à terre au prochain croisement. »

Deux jours plus tard, le solarium des Grant était plein à craquer. Tout le monde voulait donner son opinion. Il ne restait plus qu'une semaine avant le solstice d'été, et le roi Robert désirait positionner tous ses guerriers et archers quelques jours auparavant, au cas où les Anglais décident de faire appel à la ruse.

Le clan Grant avait également un autre problème. Astra et l'un des jeunes garçons avaient disparu. Connor déclara qu'il savait exactement ce qu'elle était en train de faire – elle était partie à la recherche de sa cousine. Dyna acquiesça.

« Oui, elle m'a demandé où Chrissa avait disparu exactement » marmonna Dyna.

« Et tu n'as rien dit, à moi ou à ta mère ? » demanda son père, les mains sur les hanches et le regard noir.

« Mais Astra raconte toujours qu'elle va faire des choses et ne les fait jamais. »

Alex avait écouté leur conversation et devait leur donner son opinion. « Elle a raison, Connor. Astra a la langue bien pendue, mais Dyna, au vu de la gravité de la situation, tu aurais dû en parler à quelqu'un. »

Dyna leva les mains en l'air. « Mais nous savons exactement où elle se trouve. »

« Et j'imagine que nous savons où tu comptes te rendre » dit son père.

Alex n'aimait pas beaucoup le fait qu'ils n'avaient pas encore eu de nouvelles de Chrissa. Ils n'avaient reçu aucune demande de rançon, et aucune des patrouilles n'avait trouvé la moindre preuve de la présence de Chrissa ou Drostan. Kyla était morte d'inquiétude, et Alex craignait qu'elle ne finisse par aller chercher sa fille par ses propres moyens. Ces deux-là se ressemblaient bien plus qu'elles ne voulaient bien l'admettre.

Alex s'éclaircit la gorge pour demander le silence dans le solarium. Jamie et Connor étaient présents en qualité de co-lairds du clan Grant, et Logan représentait le clan Ramsay. Les cousins étaient là également : Alasdair, Alick, Els et Dyna, ainsi que leurs conjoints. Alex avait invité John à les rejoindre, et le garçon était assis en silence aux côtés de son père. D'ordinaire, on ne l'impliquait pas dans ce genre de réunion, mais Alex savait que l'heure était venue de le faire, même si le garçon n'avait que dix étés.

Finlay et Kyla étaient aussi présents, bien sûr, ainsi qu'Avelina.

« Nous avons deux missions très importantes à accomplir » déclara Alex. « Mes fils m'ont demandé de prendre la parole aujourd'hui car les problèmes auxquels nous sommes actuellement confrontés sont de la plus haute importance. D'abord, nous avons un groupe de guerriers que nous souhaitons envoyer au roi Robert. Ce groupe prendra la route dans deux jours. Ils seront menés par Magnus et Jamie, tandis qu'Ashlyn et Isbeil s'occuperont des archers. Torrian sera à la tête des guerriers Ramsay qui rejoindront le roi Robert. Les guerriers Grant et Ramsay se retrouveront à Gallow Hill, où ils établiront un campement commun. Maggie s'occupera de mener les archers Ramsay avec Gavin, Merewen et Gregor. Tu es d'accord, Logan ? »

« Oui, Molly ne se battra pas. Elle s'entraîne. Torrian prendra la tête avec son fils, Lachlan. Kyle Maule les accompagnera. »

Connor hocha la tête, puis poursuivit : « L'armée rassemblée par le roi Robert est si grande – entre six et huit mille guerriers – que nous devons garder un œil sur nos guerriers pour ne pas les perdre de vue. Bonne chance à vous.

« Le deuxième groupe se lancera à la recherche de Chrissa, Drostan, Astra et Hendrie. Nous ne connaissons toujours pas leur emplacement exact, mais je pense que si ce groupe rassemble les talents particuliers de chacun, il parviendra à déterminer où ils sont détenus. Avec un peu de chance, ils retrouveront Astra en train de chercher Chrissa. Le groupe de cousins – Alasdair, Emmalin, Els, Alick, Dyna et Derric – voyagera ensemble. »

« À ton avis, qu'est-ce que ça signifie que nous n'ayons pas encore eu de nouvelles ? » demanda Alasdair. « Les autres fois où les Anglais ont enlevé des Grant, ils avaient un but. Quel est-il cette fois ? »

Alex secoua la tête, incertain de la réponse à lui donner. « J'imagine qu'ils veulent obtenir des informations, et ils pensent pouvoir la leur soutirer. Cela dit, j'ignore quelle information ils recherchent. Les Anglais savent où et quand aura lieu la bataille, et ils savent qui ils combattront. Que peuvent-ils bien vouloir savoir d'autre ? Et je pense que leur nombre de guerriers et si grand qu'ils sous-estiment notre capacité à les vaincre, mais je peux me tromper. »

« Et aucun de leurs captifs ne possède la réponse à cette question » dit Alasdair. Puis, remarquant l'inquiétude d'Alex, il ajouta : « Ne t'en fais pas, grand-père. Nous allons les retrouver. »

« Et moi, *Seanair*[2] ? » demanda John. Déjà grand, le garçon ressemblait énormément à son père et à son grand-père. De longues boucles sombres encadraient sa mâchoire puissante, bien qu'il n'ait pas encore de barbe. Ses yeux bleus observaient tout ce qui se trouvait autour de lui, et il avait une mémoire la plus impressionnante qu'Alex ait jamais connue.

« Je ne l'ai pas encore décidé, mon garçon. J'attends le retour des patrouilles. Lorsqu'ils auront découvert cette information, je déciderai où tu devras aller, John. Probablement avec ton père. »

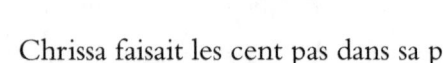

Chrissa faisait les cent pas dans sa petite cellule, toujours furieuse. La mère de Drostan avait confirmé l'histoire du shérif : il était espion pour le compte des Anglais. À l'entendre, il espionnait pour eux depuis deux ans.

Chrissa avait eu du mal à le croire, et pourtant, la femme était extrêmement convaincante. Elle

2   « Grand-père » en gaélique écossais.

savait que le père de Drostan était alcoolique, et elle correspondait au souvenir qu'elle avait de la mère de Drostan – de plus, elle portait la même bague. Elle était ornée d'un saphir avec une perle de chaque côté, une très belle pièce. Drostan avait espéré pouvoir un jour l'offrir à sa fiancée, mais sa mère avait disparu en l'emportant avec elle.

« S'il était vraiment espion comme vous le prétendez, il n'aurait pas la moindre envie de faire la fierté de son père, mais c'est pourtant sa principale motivation » avait contesté Chrissa. « Admettez-le, vous avez abandonné votre fils sans un seul regard en arrière, et maintenant, vous êtes rongée par la culpabilité. Parce que si vous l'aviez emmené avec vous, il aurait abandonné son père pour vous plutôt que l'inverse. »

Sa mère s'était esclaffée avec un regard de dérision qui lui contracta l'estomac. « Il se fiche complètement de cet idiot d'ivrogne. C'est *moi* qu'il veut rendre fière. Et DeFry. Il n'en a rien à faire du clan Grant, de son père ou de vous. Si vous avez eu la bêtise de croire qu'il pouvait y avoir une relation romantique entre vous deux, vous vous êtes lourdement trompée. Il est amoureux d'une superbe blonde avec une généreuse dot. Il n'a pas besoin d'une fille autoritaire qui se comporte comme un homme. »

Sur ces mots, cette garce avait tourné les talons avant de se diriger vers la porte sans un seul regard en arrière. Percy avait éclaté de rire, mais DeFry avait fait semblant de se montrer plus compréhensif.

« Désolé, jeune fille. Ça n'a pas dû être agréable

à entendre. » Mais elle avait remarqué le sourire sur son visage lorsqu'il était sorti avant de verrouiller la porte derrière lui, la laissant seule avec ses pensées.

Ainsi, Drostan était un espion.

Non, souviens-toi de ce que t'a dit grand-père. Ils jouent avec ton esprit !

S'agissait-il d'une ruse visant à ébranler sa loyauté envers Drostan ? À l'embrouiller et à l'amener à accomplir leur sinistre objectif ?

Mais une petite partie d'elle craignait le pire. Était-il possible que Drostan, qui avait toujours eu tellement hâte de devenir espion pour les Écossais, se soit en fait retourné contre son clan et ait fraternisé avec l'ennemi ? Allongée sur la pierre froide depuis des heures, elle avait fini par remettre en question tout ce en quoi elle croyait.

C'est exactement ce qu'ils veulent, jeune fille.

C'était comme si son grand-père lui parlait dans sa tête, la sermonnant de ne pas faire confiance aux personnes qui lui étaient les plus proches, celles qu'elle aimait le plus.

Une clé tourna dans la serrure, attirant l'attention de la jeune femme, et elle cessa de ruminer pour attendre de voir si la porte allait s'ouvrir. Elle avait perdu toute notion du temps et ne savait plus si c'était le jour ou la nuit, ni depuis combien de temps elle était retenue prisonnière.

DeFry entra dans la cellule et déclara : « Je vous emmène voir votre ami. Vous ne prononcerez pas un mot quand nous serons dans le couloir. Nous avons besoin d'informations de votre part, et l'un de vous deux finira par nous dire tout ce que vous savez. Tournez-vous. Je ne vous laisserai pas sortir si vous n'avez pas les mains attachées. »

Elle obéit, impatiente de voir Drostan et de lui faire part de ce qu'elle venait d'apprendre. Sa réaction à la nouvelle lui indiquerait s'il était innocent ou non.

DeFry la poussa devant lui, puis la mena dans trois couloirs différents avant de la faire entrer brusquement dans une petite pièce où Drostan se tenait contre le mur, les mains liées. Il n'y avait personne d'autre dans la cellule.

Drostan se précipita vers elle et demanda : « Est-ce qu'ils t'ont fait du mal ? »

Le shérif DeFry la suivit à l'intérieur, son expression indéchiffrable, mais un autre homme l'appela dans le couloir. Une lueur tressaillit alors dans ses yeux et il quitta la pièce en leur disant : « Je reviendrai pour avoir la réponse à ma question, Chisholm. Ne doutez pas un instant que j'y arriverai. »

Il verrouilla ensuite la porte derrière lui tout en criant : « J'arrive tout de suite » à la personne qui l'appelait.

Dès qu'ils furent seuls, Drostan répéta sa question. « Est-ce qu'ils t'ont fait du mal ? »

« Non, mais je suis tellement confuse que je ne sais plus quoi penser. »

« Que veux-tu dire ? » murmura-t-il. « Ils veulent savoir où les Grant et les Ramsay comptent se retrouver avant la bataille. Ils disent qu'ils nous libéreront si nous le leur disons, mais

je pense que ce sont des mensonges. Au fait… »
ajouta-t-il à voix basse. « Moi, je ne sais pas où les
clans vont se retrouver. Et toi ? »

« De quoi parles-tu ? » Chrissa écarquilla les
yeux en regardant Drostan. Personne ne lui avait
parlé de ce lieu de rendez-vous.

Il tendit les mains vers elle. « Détache-moi. »
Ils se mirent dos à dos, pressés l'un contre l'autre,
se touchèrent et se frottèrent d'une façon que
Chrissa n'aurait jamais imaginée, et ils parvinrent
enfin à se libérer. Même prisonniers, le toucher
avait allumé un feu en elle.

Chrissa observa l'apparence de Drostan – ses
cheveux en bataille, sa barbe de trois jours –
puis se jeta sur lui. Il avait dû penser la même
chose car il la saisit par les épaules et l'attira vers
lui, ses lèvres trouvant les siennes, leurs langues
s'entrelaçant comme si elles pouvaient les
consumer tous les deux. Ses mains descendirent
le long de son corps, trouvèrent sa poitrine, et elle
l'attira encore plus près d'elle. Elle voulait sentir
son corps musclé contre le sien, pour lui rappeler
à quel point ils étaient absolument fabuleux
ensemble. Elle poussa un gémissement lorsque
ses pouces trouvèrent ses mamelons à travers le
tissu, puis elle mit fin au baiser pour incliner la
tête en arrière, l'invitant à l'embrasser dans le cou.
Il ne se fit pas prier, traçant un sillon de baisers
enflammés dans son cou et sur le devant de sa
tunique.

« Attends » dit Drostan en la tenant à bout de
bras. « Même si j'aime beaucoup ce que nous

sommes en train de faire, nous sommes tous les deux détachés. Peut-être que nous pourrions trouver le moyen de nous échapper avant le retour de DeFry. »

« Tu as raison » marmonna-t-elle, s'efforçant de lisser ses vêtements. « Je n'ai aucune idée de ce lieu de rendez-vous entre les clans dont tu m'as parlé. Il ne m'a rien dit à ce sujet. »

« Alors que t'a-t-il dit ? » demanda-t-il en jetant un œil dans le couloir pour vérifier que personne ne s'approchait.

« Il a fait venir ta mère… »

« Ma mère ? » Il la saisit et la retourna.

Elle n'avait encore jamais vu une telle expression sur son visage. Il semblait… sidéré. Mais toute la colère et la confusion qu'elle avait ressenties lui revinrent en mémoire. « Oui, ta mère. Elle a dit que tu avais trahi le clan Grant, et que vous étiez tous les deux espions pour les Anglais. »

« Quoi ? » Il fit un pas en arrière, passa ses mains dans ses cheveux, puis les tira. « Ma mère ? Elle est ici ? » Mais dès qu'il prononça ces paroles, il secoua la tête. « Je ne peux pas croire que ce soit vraiment elle. Je ne l'ai pas revue depuis qu'elle nous a abandonnés. Ils essaient de nous duper. »

« Je la connais suffisamment pour la reconnaître, Drostan. Et puis, elle m'a raconté des choses que seule une mère pourrait savoir. Elle m'a parlé de ton père, et de son mauvais caractère dès qu'il se mettait à boire. »

« Ça n'a rien de spécial. À quoi ressemble-t-elle ? »

« Je me souviens de ta mère. C'était elle. Elle a un peu changé, mais il n'y a aucun doute, c'est bien elle. Je t'assure. »

« Et moi, je te dis que ce n'est pas possible. »

Chrissa baissa la voix pour que personne ne puisse les entendre. « Drostan, si tu n'as pas confiance en ma capacité à reconnaître quelqu'un que j'ai rencontré plusieurs fois, alors peut-être que tu croiras ceci : elle portait ta bague familiale. Ton héritage ! »

« À quoi ressemblait-il ? »

« C'était une grande pierre bleue avec une perle de chaque côté. N'est-ce pas à ça qu'elle ressemblait ? »

« Si. Mais ça n'empêche pas qu'il s'agit peut-être de quelqu'un qui se fait passer pour ma mère. » Il tira une nouvelle fois ses cheveux, assez fort cette fois pour qu'elle craigne qu'il ne finisse par s'en arracher une poignée. « Ou peut-être que c'est elle. J'imagine que c'est possible. Mais tout ce qu'elle a raconté sur moi n'était qu'un mensonge. Un mensonge éhonté. »

« Alors tu jures que tu n'es pas un espion ? »

« Oui. » Son expression se durcit. « Et si tu crois le moindre mot prononcé par cette femme, alors c'est que tu ne me connais pas vraiment, non ? »

Quelque chose bouillonna en elle. Que ce soit à cause de sa captivité, de la faim, de la peur ou de son incertitude à propos de la mère de Drostan, ses émotions finirent par prendre le dessus. Dans un soudain accès de rage, elle le poussa à la poitrine, le renvoyant violemment en arrière. Il perdit pied, s'effondra contre la porte, et là, une chose inattendue se produisit.

La porte s'ouvrit, et il n'y avait personne dans le couloir.

DeFry avait oublié de la verrouiller.

CHAPITRE 17

A STRA ET HENDRIE continuèrent sur cette route pendant une heure, se servant du flair de Sky dès qu'ils ne savaient plus par où aller. La chienne se mit à japper doucement tandis qu'ils grimpaient une colline, et ils aperçurent de la fumée entre les buissons qui se trouvaient un peu plus loin devant eux.

« Hendrie, si nous retrouvons Chrissa et Drostan, nous recevrons peut-être une grosse récompense. »

« Je préférerais avoir une reconnaissance plutôt qu'une récompense. »

« Quelle différence ? »

« Ce serait plus spécial. » Hendrie désigna un endroit discret et ajouta : « Sky a besoin de se reposer. Nous devrions nous asseoir un petit peu pour que je puisse la nourrir. Elle est fatiguée, et nous pourrions encore avoir besoin d'elle. »

« Je ne vois pas pourquoi une reconnaissance vaut mieux qu'une récompense. » Elle s'assit dans les buissons, tout en réfléchissant à leur situation. Ce dont elle avait vraiment besoin, c'était que quelqu'un lui dise si oui ou non elle deviendrait un jour aussi forte – voire plus – que Dyna. Sa sœur faisait partie du groupe des Épées des Highlands, et tout le monde la trouvait tellement spéciale. Magique, même. Et voilà que Tora, la petite fille de Dyna, se comportait comme si elle était Thor en personne. Pourquoi est-ce que personne ne faisait jamais attention à Astra ? Elle était aussi maligne que les autres. Pourquoi, au lieu de la voir pour ce qu'elle était, la considéraient-ils simplement une jeune fille qui avait besoin de grandir un peu ?

Elle était fatiguée de ce rôle qu'on lui avait attribué.

Hendrie s'assit, prit Sky dans ses bras, puis lui donna une pomme et de l'avoine qu'il avait volées à l'écurie. « Tout ce que je sais, c'est que mes parents sont morts. Toi au moins, tu as toujours les tiens. Mon oncle n'en a pas grand-chose à faire de moi. Tu as de la chance d'avoir eu les parents que tu as. »

Elle ne pouvait nier le fait qu'il avait raison. Que ferait-elle sans ses parents ? Son père lui cédait beaucoup de choses, et si sa mère était souvent occupée avec ses petits-enfants, elle savait qu'elle était aimée. « Tu as raison. Je suis désolée que tu aies perdu les tiens. »

« Et je n'ai pas de frères et sœurs, ni de cousins, ni personne qui se préoccupe de mon sort. Regarde tous les gens qui font partie de ta vie. J'ai toujours été jaloux de ceux qui vivent dans le donjon. Si tu te mets en colère contre un cousin, tu en as bien d'autres avec qui jouer. Mais tu devrais arrêter de parler sur tout le monde. J'ai déjà tout entendu là-dessus. Ce n'est pas le genre de chose pour lequel on a envie d'être connu. »

Elle fronça les sourcils, car elle n'aimait pas qu'on critique son mauvais comportement. « Si tu es si malin, alors pour quoi veux-tu être connu ? »

Il réfléchit pendant un moment et pinça les lèvres avant de répondre : « Tu vas peut-être te moquer de moi, mais il y a quelqu'un que je voudrais impressionner... quelqu'un à qui j'aimerais bien ressembler. »

« Non, je ne me moquerai pas de toi. Je te le promets. » Elle ignorait totalement à qui il faisait référence. S'agissait-il de l'un de ses proches – peut-être son père ? Son grand-père ? Ou l'un des cousins du groupe des Épées des Highlands ?

« Je voudrais devenir comme Loki Grant. »

« Loki ? Pourquoi ça ? » Comme tout le monde, elle adorait oncle Loki, mais elle n'avait pas beaucoup de souvenirs de sa vie, à part le fait qu'il avait été adopté par Brodie Grant.

« Tu ne te rappelles pas de toutes ces vieilles histoires ? Il n'était qu'un jeune garçon, un orphelin comme moi, mais il a protégé Celestina pour Brodie Grant. Il a suivi les méchants qui lui voulaient du mal, et il a même mis des cailloux dans les chaussures de l'un d'entre eux pour le faire hurler. Puis il a utilisé sa fronde à la bataille de Largs pour tuer le Nordique, et il a emmené Brodie auprès d'un guérisseur après qu'il ait été blessé. Ton grand-père l'a appelé devant tout le clan et a raconté ses exploits à tout le monde, puis il lui a donné sa propre épée avant de demander à tous les guerriers de l'encercler afin de déposer leurs épées devant lui. » Hendrie leva les yeux vers le ciel et poussa un soupir. « Ils ont juré de le protéger de leurs vies. »

« Parce qu'il est devenu un Grant. »

« Non, parce qu'il a fait acte de courage. C'est ce que je veux, moi aussi − faire quelque chose d'assez noble pour être reconnu. Viens, nous devons continuer. Ça ne sert à rien de rêvasser. »

Astra hocha la tête, tout en réfléchissant aux paroles de Hendrie. Peut-être avait-il raison de préférer une reconnaissance à une récompense.

Hendrie posa un doigt sur ses lèvres et dit : « Chut. J'entends quelque chose. »

Ils se faufilèrent le plus doucement possible.

Lorsqu'ils furent un peu plus près, Astra jeta un coup d'œil entre les branches et vit un vieux château décrépi au loin, sombre et lugubre, avec des murs semblant sur le point de s'effondrer. Ce devait être l'endroit où Drostan et Chrissa étaient retenus. Puis elle aperçut exactement ce qu'elle avait espéré.

Le cheval de Chrissa était attaché à un arbre sur le côté, en compagnie d'une autre monture qu'elle ne reconnut pas.

Ils les avaient trouvés. Et maintenant, qu'allaient-ils faire ?

« Nous devons y entrer, Hendrie » murmura Astra.

« Non, pas moi. Et tes flèches ne te serviront à rien dans un château. Nous devons rentrer chercher de l'aide. »

« Et s'ils s'en vont ? »

« Nous ne sommes pas si loin. À moins d'une demi-journée à cheval. Nous irons chercher de l'aide, et les autres viendront les chercher. Tu pourras les mener jusqu'ici, maintenant que Sky nous a montré la voie. »

Un bruit de sabots de chevaux les interrompit, et ils trouvèrent un bosquet d'arbres derrière lequel se cacher, à l'écart du sentier principal. Puis ils observèrent tandis que près d'une quarantaine d'Anglais arrivèrent au château, portant des haches et épées de guerre, vêtus d'armures et de casques.

Hendrie pâlit et se tourna pour regarder Astra.

« D'accord » dit-elle – elle était peut-être courageuse, mais pas stupide. « Allons chercher de l'aide. »

Sky poussa un jappement.

« Prends-la » siffla Astra. « Et prends ton cheval. Nous devons ficher le camp d'ici, et vite. S'ils l'entendent, on aura des ennuis. »

« Oui, allons-y » dit Hendrie. « Je te suis. »

Ils s'en allèrent dans la direction opposée, poussant leurs chevaux à voyager le plus vite possible, mais ce n'étaient pas de grands étalons. En fait, Hendrie avait pris l'un des plus petits chevaux de l'écurie. À cause de la bataille à venir, ils n'avaient pas osé prendre de montures dont l'absence aurait été remarquée.

Le martèlement de sabots parvint aux oreilles d'Astra et elle tourna la tête avant de pousser un cri strident. « Ils viennent nous chercher, Hendrie ! Dépêche-toi ! Plus vite ! »

Ils fouettèrent les rênes de leurs chevaux, mais ceux-ci n'avancèrent pas plus vite. Pire, ils commencèrent à ralentir sous le coup de la peur, alors que les grands chevaux de leurs ennemis s'approchaient et que des hommes en armure leur criaient dessus. Mais Astra était tellement terrifiée qu'elle n'entendit pas le moindre mot qu'ils prononcèrent.

« Tu ne t'arrêtes pas, Astra ? » s'écria Hendrie.

« Pas question ! » hurla-t-elle en poursuivant son chemin. L'un des Anglais fit un geste pour lui ordonner de ralentir.

« Je ne m'arrêterai pas pour vous, vieux bâtard ! »

« Ne les mets pas encore plus en colère, Astra. Tais-toi ! » cria Hendrie, mais elle parvint à peine à l'entendre. Le bruit des sabots était assourdissant, et les battements de son cœur semblaient atténuer tous les autres sons.

L'Anglais qui se trouvait à côté d'elle tendit la main pour la saisir, puis la souleva de son cheval aussi facilement que si elle n'était qu'une sacoche, avant de la poser sur sa monture avec un bruit sourd.

Un éclair fendit le ciel, suivi d'un autre, et encore un autre. L'homme qui l'avait capturée souleva son casque et le jeta sur le côté, les yeux levés vers le ciel menaçant tandis que le tonnerre grondait dans un bruit assourdissant, qui força les chevaux à ralentir alors que le sol vibrait furieusement sous leurs pieds.

Elle donna un coup de poing à son ravisseur et il éclata de rire. Puis elle lui cracha au visage et le griffa, ce qui mit fin à son hilarité mais lui valut une gifle cuisante.

« Espèce de salaud ! » cria-t-elle en se tenant la joue à l'endroit où il l'avait frappée. Puis, à son grand soulagement, elle entendit le cri de guerre de plusieurs guerriers Grant. Le fracas du tonnerre était plus puissant que jamais à présent, mais lorsqu'elle jeta un coup d'œil en arrière pour regarder l'imbécile qui l'avait capturée, elle comprit enfin l'origine de tout ce bruit. La plus belle chose qu'elle eut jamais vue était en train de se diriger vers eux.

Dyna chevauchait derrière Derric, ses genoux serrés contre le cheval, son arc levé au-dessus de sa tête. Els, Alick et Alasdair étaient en train de combattre plusieurs hommes avec leurs épées, désarçonnant les Anglais en armure. L'éclair continuait de zébrer le ciel, faisant tomber d'autres Anglais au sol. Ashlyn et Dyna tirèrent leurs flèches avec grâce et sans discontinuer, bien qu'elles ne parvinrent à toucher que les cavaliers qui se trouvaient derrière elle et qui ne portaient pas d'armures.

Puis Alasdair s'approcha de son ravisseur, dont la poigne de fer sur sa jambe allait forcément lui laisser un bleu.

« Descends, Astra ! » cria Alasdair tandis qu'il galopait vers eux.

Elle s'efforça de se jeter du cheval, mais le salaud enfonça ses doigts si fort dans sa chair qu'elle se mit à saigner. Elle se cogna la tête contre le flanc de l'animal alors qu'elle se retrouvait la tête en bas.

Elle allait sûrement mourir à présent — si la chute ne la tuait pas, alors ce serait le martèlement constant de son corps contre le cheval au galop.

À l'envers sur le cheval, les larmes lui montèrent aux yeux, mais elle refusa d'abandonner. Elle griffa l'Anglais à l'endroit où il lui tenait toujours la jambe, pestant contre le fait qu'elle n'avait pas de dague pour couper son pantalon. Alasdair frappa le salaud du plat de son épée, et l'homme tressaillit sur sa selle. Comme il ne la lâchait toujours pas, Derric se mit à les charger, puis lui donna un coup de dague dans le biceps. Dyna saisit Astra par les bras et l'attira vers elle. Astra parvint enfin à avoir assez de recul pour lui donner un coup de pied, qui le toucha entre les jambes, et il la relâcha — Alasdair pouvait enfin l'achever.

Derric ralentit son cheval et Astra parvint à se redresser et à s'agripper à sa sœur, qu'elle serra contre elle comme si elle ne voulait plus jamais la lâcher, les joues inondées de larmes. « Et Hendrie ? »

« Il va bien. Il est avec Els. »

Une fois la bataille terminée, ils se rassemblèrent en un petit groupe dans une clairière déserte. Tous restèrent silencieux un moment, puis Dyna lui adressa enfin un regard noir et dit : « Oh, espèce de petite idiote. À quoi pensais-tu, Astra ? »

La jeune fille parvint à cesser de sangloter pour répondre : « Nous avons trouvé Chrissa. Elle est dans un château abandonné. J'ai vu son cheval. »

« À bien y réfléchir, bravo, petite » dit Alick. « Montre-nous le chemin. »

Drostan porta ses doigts à ses lèvres tandis qu'il se redressait pour se relever, sans même se soucier du fait que Chrissa venait de le pousser contre la porte.

Parce que si elle ne l'avait pas fait, ils n'auraient jamais réalisé qu'elle était ouverte.

Il jeta un coup d'œil d'un côté, puis de l'autre, mais ne vit personne. Chrissa passa la tête dans le couloir en murmurant : « Désolée, Drostan. »

« Ne le sois pas. » Il tendit la main vers elle. « Par là. C'est peut-être notre seule chance de nous échapper. »

Un éclair passa dans ses yeux lorsqu'elle regarda sa main. « Je sais que tu n'es pas un menteur. Je suis désolée. Pardonne-moi. »

Il s'arrêta et pivota face à elle. « Écoute, on ne peut pas discuter de ça maintenant. On doit s'unir pour s'échapper. D'accord ? Même si tu es tentée de croire ma mère, ne te retourne pas contre moi maintenant » dit-il, la mâchoire si serrée qu'il en avait mal. Il était si près d'elle qu'il sentit son parfum fleuri.

Personne d'autre ne sentait aussi bon qu'elle. Et peu importait qu'elle ait douté de lui.

« Tu es sûr de ne pas vouloir me laisser derrière ? » murmura-t-elle.

Ils se tenaient nez à nez, presque en contact, et il eut soudain envie de l'embrasser. Pour lui rappeler – à elle, et à lui-même – qu'ils étaient faits l'un pour l'autre et que leurs ennemis avaient joué avec leur esprit.

Elle essaya de se dégager, mais il serra fermement sa main dans la sienne.

« Non » répondit-il. « Même si nous n'arrivons pas à régler ça, tu restes la nièce de mes lairds, alors je te raccompagnerai au moins sur les terres des Grant. D'accord ? Je t'en prie, Chrissa. Il faut qu'on sorte d'ici, prudemment mais vite. »

« Oui. »

Il ne se faisait aucune illusion – elle était encore en colère – mais elle le suivit dans le couloir. Une légère brise soufflait d'un autre chemin, et Chrissa lui désigna cette direction. Ils se retournèrent, surpris de trouver toutes les pièces vides le long du chemin. Lorsqu'ils passèrent devant la dernière pièce avant la porte donnant sur l'extérieur, il aperçut une lueur du coin de l'œil.

Son épée était appuyée contre un mur, tandis que l'arc et le carquois de la jeune femme étaient posés sur l'étagère à côté. Il n'y avait personne aux alentours, et la chambre était déserte.

Presque comme si les armes avaient été laissées là pour eux.

Mais il n'allait pas envisager cette possibilité, sachant que leur meilleure chance était de filer. Et à présent, ils étaient armés, ce qui leur donna un nouvel élan.

Il rengaina son épée, attendant qu'elle prépare son arc et son carquois, puis ils quittèrent la pièce et se dirigèrent vers la porte, s'arrêtant pour tendre l'oreille avant de monter les escaliers.

Tout cela semblait d'une chance inouïe. Leur seul inconvénient était leur faiblesse physique : ils avaient été enfermés dans des cellules ces deux derniers jours, nourris uniquement de pain rassis. Chrissa avait les yeux cernés, sa peau était blême et tiraillée, ce qu'il détestait voir. Arrivés sur la plus haute marche, il jeta un coup d'œil aux alentours, à la recherche de gardes dans les environs.

L'endroit était calme et désert. Un silence étrange. Il n'y avait pas de mur d'enceinte, autre avantage. Leur environnement lui était inconnu. Le château semblait abandonné, mais il demanda : « Tu connais cet endroit ? »

Elle secoua la tête, se blottissant contre lui pour se réchauffer. Ils scrutèrent les environs à la recherche de la meilleure issue, mais remarquèrent deux chevaux attachés sur le côté, dont l'un était celui de Chrissa.

Un autre cadeau. Que se passait-il ? Était-ce un piège ?

Pas le temps d'y réfléchir. Ils emmenèrent les chevaux à pied, ne voulant pas attirer l'attention sur eux par des mouvements brusques, mais ils n'allèrent pas très loin lorsqu'ils entendirent des bruits de poursuite. Un groupe de chevaux se dirigeait vers eux. Cachés dans un bosquet, ils aperçurent une petite cavalerie anglaise.

Mais la plupart les dépassèrent en allant dans la direction opposée.

C'était parfait, car l'arrivée des Anglais distraya les gardes postés à l'avant du château. Comme ils se trouvaient à l'arrière, à l'écart des autres, ils se mirent en selle et partirent sans faire de bruit.

En fait, il fallut près d'une demi-heure avant qu'ils n'entendent des chevaux derrière eux. Quatre hommes les poursuivaient, dont le shérif Percy. « Arrêtez, je vous dis ! »

Drostan jeta un coup d'œil à Chrissa et sourit.

Ils lancèrent leurs chevaux au galop dans le pré.

Ils étaient libres. S'ils parvenaient à semer ce groupe de quatre Anglais, dont aucun ne savait monter aussi bien que lui et Chrissa, il était sûr qu'ils seraient en sécurité.

N'est-ce pas ?

CHAPITRE 18

A LEX SE PENCHA sur les parapets, le sourire aux lèvres, admirant la beauté de la journée. La porte s'ouvrit alors à la volée, interrompant son moment de tranquillité.

« Ramsay » salua-t-il. Il n'eut même pas besoin de le regarder pour savoir qui venait de le rejoindre.

« Comment as-tu su que c'était moi ? »

Alex haussa un sourcil en direction de son ami et répondit : « Tu me poses vraiment la question ? Personne n'a sorti autant de portes de leurs gonds pendant toutes ces années. »

Logan rit de bon cœur. « J'ai cru comprendre que tu avais appris qu'on avait retrouvé Astra et son ami. »

« Oui, et cette petite fauteuse de troubles a réussi à trouver le château où étaient retenus Chrissa et Drostan. Les Épées des Highlands les ont retrouvés, mais lorsqu'ils se sont rendus au château en question, Chrissa et Drostan avaient déjà disparu. Mais tout indique qu'ils sont encore en vie. »

« Bonne nouvelle. J'espère que tes petits-enfants parviendront à les localiser. »

« Astra et Hendrie devraient bientôt rentrer. Connor aura deux mots à leur dire. »

« Je n'en doute pas » dit Logan. Il se pencha sur les parapets à ses côtés et ajouta : « Est-ce que tu te souviens du jour où j'ai enlevé ta sœur bien-aimée pour qu'elle soigne mon frère malade ? Je repense souvent à cette histoire, ces derniers temps. »

Alex gloussa, les yeux posés sur lui. « Tu veux parler du jour où je t'ai autorisé à *croire* que tu l'avais enlevée ? Mes hommes étaient venus me dire que tu étais en train de la chercher, et je savais que tu avais besoin de son aide au plus vite, alors je t'ai laissé faire. »

« Bon sang, tu oses me sortir ce genre de conneries après toutes ces années ? Tu n'as été mis au courant qu'après son enlèvement. Tu n'aurais jamais laissé quiconque – ni moi, ni personne – enlever ta sœur. Je ne suis pas encore devenu sénile, Grant. »

« Je ne te contredirai pas là-dessus. Vous avez réussi à passer nos défenses, mais ça ne s'est plus jamais reproduit. Et regarde tout le bien qu'elle a fait à ton frère. C'est vrai, j'ai eu vent de la situation le lendemain matin, et lorsque j'ai appris les circonstances exactes de son enlèvement, j'ai décidé de vous laisser faire. Mais j'ai envoyé dix hommes pour vous surveiller dans les bois. » Il lui adressa un regard des plus sérieux. « Et je ne le regrette pas. »

Logan hocha la tête. « Brenna n'a pas soigné

que Quade dans notre clan. » Il plongea son regard dans les arbres au loin, ignorant les gens qui s'affairaient dans la cour en dessous d'eux.

« Oui, elle a également aidé Lily et Torrian. »

« Elle n'a pas soigné que ces trois-là, mais tu le sais déjà, mon vieux. »

Alex se tourna vers Logan et hocha la tête. « C'est vrai. » Logan avait eu beaucoup de difficultés à supporter la maladie de son neveu et de sa nièce. « J'étais là quand tu as posé un genou à terre pour jurer que tu échangerais ta vie contre la sienne. D'autres n'ont pas compris les implications de ton serment, mais moi si. Ce jour-là, nous avons formé la meilleure des alliances pour le clan Grant. »

Logan lui jeta un coup d'œil, un petit sourire aux lèvres. « Je suis d'accord. Dommage que nous vous ayons toujours battus au festival annuel des Ramsay. » À la lueur qui brilla dans ses yeux, Alex comprit exactement ce qu'il cherchait, mais il ignora sa demande de joute amicale.

« Penses-tu que les festivals se poursuivront quand nous ne serons plus là ? »

Logan acquiesça. « Moi, je crois que mes parents et Quade y sont toujours présents chaque année. Ils continueront pendant les siècles à venir. »

Ils demeurèrent silencieux pendant un moment, profitant simplement de la vue et de la compagnie de l'autre. Puis Logan demanda : « Est-ce que tu rêves encore de Maddie ? »

« Oui. Environ deux fois par lune. Elle descend du paradis pour me transmettre des messages. Elle ne peut jamais rester très longtemps, mais j'en chéris chaque moment. Chaque souvenir. Pourquoi cette question ? »

« Ma Gwynie s'affaiblit. Elle n'est plus ce qu'elle était autrefois. »

« Ni aucun d'entre nous, vieille chèvre. Elle est toujours plus belle que toi. »

« Oui » dit-il en souriant. « Sur ce point, je ne te contredirai pas. » Il continua d'observer la vue pendant un moment, le temps de rassembler ses pensées, puis il ajouta : « Mais je crois que sa fin approche... »

Alex tendit la main pour saisir Logan par l'épaule. « N'aie crainte. Lorsque ça arrivera, tu la reverras un jour. » Logan sembla sur le point de répondre quelque chose, mais il fut interrompu par des cris en provenance des portes. « Viens » dit Alex. « Nous devons voir de quoi il s'agit. »

Les deux hommes se dirigèrent vers l'escalier, Alex juste derrière Logan afin de s'appuyer sur son épaule pour descendre. Leur progression fut lente, mais ils arrivèrent jusqu'au balcon.

« Que se passe-t-il ? » s'écria Alex.

La porte du grand hall s'ouvrit avant de se refermer, et Claray lui lança : « Astra et Hendrie sont de retour. »

Lorsqu'il avait découvert qu'Astra et Hendrie avaient disparu, Connor avait eu l'intention d'envoyer cinq cents gardes à leur recherche. Alex, qui n'était pas d'accord avec lui sur le sujet, l'avait convaincu du fait que les deux enfants ne devaient pas se trouver bien loin de l'endroit où étaient retenus Drostan et Chrissa. Ils n'avaient donc pas besoin de deux patrouilles.

Après leur départ, son fils était venu le voir afin de lui expliquer son raisonnement. « Je refuse de laisser ma fille toute seule dans la nature, surtout à son âge » avait dit Connor.

« Rappelle-toi quel âge avait Dyna quand elle commençait à s'aventurer dehors. Et n'oublie pas qu'Astra a une manière exceptionnelle de comprendre le monde et tout ce qui l'entoure. Laisse-la se débrouiller seule un moment. Laisse-la mener la voie, et voyons où elle nous guidera. Nos patrouilles n'ont rien trouvé, et nous n'avons reçu aucun message de rançon. Peut-être qu'elle trouvera quelque chose que les autres ont manqué. Peut-être que c'est elle qui retrouvera Chrissa. »

« Avec tout le respect que je te dois, père, tu n'es pas sérieux. Es-tu en train de faire du favoritisme ? »

« Ma petite-fille est aussi importante que les autres, Connor. Je n'accorde pas moins de valeur à Astra qu'a Chrissa, mais lorsqu'on laisse à une personne la liberté de se servir de sa tête, le résultat pourrait bien te surprendre. Si nos gardes perçoivent le moindre danger, nous leur dirons de mettre fin à leur voyage et de les ramener à la maison. »

« Il ne serait pas sage d'envoyer cinq cents guerriers. Ils sont en plein entraînement pour la bataille du solstice d'été. » À la vue de la mâchoire contractée de Connor, Alex comprit à quel point son fils cadet était contrarié.

« Les Épées des Highlands retrouveront Astra, et

on verra bien ce qu'elle aura trouvé. N'oublie pas qu'ils n'ont pas été enlevés. Je suis sûr que Dyna parviendra à la retrouver. »

Connor avait juré dans sa barbe, mais il avait fini par accepter. « Seulement si ce sont les Épées des Highlands qui vont la chercher. »

« Je suis sûr qu'ils seront ravis de t'accorder cette faveur. »

Et ce fut le cas.

« Parle-moi d'Astra » dit Logan, ramenant Alex à l'instant présent. « Je comprends bien que tu voulais lui donner une chance de faire ses preuves, Grant, mais elle est encore très jeune, même pour une guerrière Grant. Alors pourquoi ? »

« Astra est la plus jeune fille de Connor. Mais cette petite connaît nos terres mieux que quiconque. Les cartes qu'elle dessine sont incroyables. J'avais bon espoir qu'elle découvre quelque chose que les autres avaient manqué. »

La porte s'ouvrit une nouvelle fois et Connor entra dans le grand hall, la main agrippée au bras d'Astra. La jeune fille se débattit sur tout le chemin.

« Mais père, écoute-moi ! Nous les avons trouvés. »

« Et pourquoi diable es-tu partie toute seule, avec seulement Hendrie pour t'aider ? Combien de fois t'avons-nous dit de ne pas passer les portes sans emmener une escorte ? »

Logan se tourna vers Alex et hocha la tête dans sa direction. « Si tu ne le fais pas, je le ferai. »

Alex poussa le plus bruyant de tous les cris de guerre des Grant. Logan se couvrit alors les oreilles et marmonna : « Tu l'as fait exprès, vieux crétin. »

Alex lui adressa un petit sourire, puis s'écria : « Silence ! » Lorsque tout le monde se tut, il reprit : « Je veux entendre tout ce qu'elle a à raconter, Connor. Tu pourras t'occuper de la punir plus tard. »

Kyla sortit de sa chambre, le regard posé sur le hall. « Qu'y a-t-il ? Qu'avez-vous trouvé ? »

Astra s'éloigna de son père et se précipita dans les escaliers pour se tenir aux côtés de son grand-père, poussant Logan au passage. « J'ai vu son cheval. Mais lorsque nous y sommes retournés avec Dyna, ils étaient déjà partis. Mais ils étaient là. Drostan et Chrissa. »

Alex lui tapota le dos et dit : « Beau travail. Peut-être qu'un jour, c'est toi qui mèneras une patrouille. Et où est ce Hendrie ? J'aimerais le remercier, lui aussi. »

« Il est à l'écurie. »

Kyla s'appuya contre le mur pour se stabiliser. « Dieu soit loué. » Puis elle se tourna vers sa nièce et ajouta : « Bien joué, Astra. »

La jeune fille arborait un immense sourire.

CHAPITRE 19

CHRISSA POUSSA SON cheval à avancer, mais l'animal n'arrivait pas à tenir le rythme de celui de Drostan. Ce dernier ralentit en lui criant : « Allez, bouge-la ! Ils vont nous rattraper. »

« Je sais, mais je n'arrive pas à la faire aller plus vite. Crois-tu qu'ils ont nourri nos chevaux aussi mal que nous ? Ça ne me surprendrait pas. » Ils chevauchèrent encore pendant un moment, sa jument ralentissant de plus en plus, avant qu'elle ne finisse par lâcher : « Continue sans moi. Toi au moins, tu pourras aller chercher de l'aide, parce que tu sais où ils me retiendront prisonnière s'ils me capturent à nouveau. Vas-y, je t'en prie. »

« Non, je ne t'abandonnerai jamais. »

« Moi ou ta mère ? » Elle ne voulait pas croire qu'il avait conspiré avec sa mère, mais à chaque fois qu'un obstacle se plantait sur leur chemin vers la maison, cette garce lui revenait en tête.

Mais une fois encore, elle ne pouvait imaginer que l'homme dont elle était en train de tomber amoureuse ait envie d'avoir la moindre relation avec une telle femme. Ils partageaient peut-être le même sang, mais il ne lui ressemblait pas du tout.

Voilà. Cette pensée venait de chasser tous ses doutes. Elle l'aimait. L'amour était le genre de sentiment qui vous faisait croire en la bonté innée de l'autre personne – et cette conviction était bien plus puissante que le doute que l'ennemi pourrait semer dans son esprit.

Mais elle n'eut pas l'occasion de le lui dire, car Drostan répondit : « Bon sang, Grant. Si la femme que tu as rencontrée est ma mère, sache que je ne l'ai pas vue depuis plus de trois ans, et que je n'ai aucune envie de la voir maintenant. » Il resta à hauteur de son cheval, mais ils étaient sur le point d'atteindre une petite vallée, ce qui allait les forcer à ralentir alors que leurs poursuivants seraient toujours au galop.

En jetant un coup d'œil par-dessus son épaule, Chrissa remarqua que deux gardes menaient le groupe, suivis de Percy. Le quatrième cheval avait quelque peu perdu du terrain.

Elle le croyait – elle le croyait vraiment – alors elle chassa cette pensée de son esprit. « Ils sont en train de nous rattraper, Drostan. Nous devrions nous arrêter pour que je grimpe à un arbre. Toi, occupe-toi de l'un d'entre eux pendant que j'en abats un autre avec mes flèches. »

« Tu ne peux pas simplement te retourner et leur tirer dessus ? »

« Je suis trop faible pour tirer en mouvement sur une cible mobile. J'aurai plus de chances de réussir si je m'arrête. »

Il regarda devant lui et désigna un endroit avec

un gros rocher. « Nous nous arrêterons là-bas. Tu pourras laisser les chevaux derrière le rocher pour qu'ils soient en sécurité. Nous ne pouvons pas prendre le risque de les perdre. »

Elle accepta et ils descendirent de leurs montures le plus vite possible. Drostan l'aida à mettre pied à terre et lui prit son arc. Lorsqu'ils furent en position, Chrissa dans un arbre et Drostan caché de l'autre côté du rocher, ils n'eurent plus qu'à attendre.

Elle avait toujours écouté les histoires de combats avec un intérêt avide. Avec jalousie, même, surtout lorsque c'étaient ses cousins plus âgés qui racontaient l'histoire. Dyna et les garçons vivaient toujours des aventures incroyables. Elle en avait un jour parlé à Joya, la femme d'Els, et Branwen, sa belle-sœur. Joya, qui avait été espionne – ce qu'elle avait toujours considéré comme la vocation la plus exaltante de toutes – avait secoué la tête. « Je sais que ça a l'air très excitant, ma puce, mais ce n'était pas le cas. Lorsque tu es en plein dedans, c'est encore plus effrayant que tout ce que tu peux imaginer. »

« Mais Joya, n'étais-tu pas heureuse de jouer un rôle aussi important dans la quête de liberté du roi Robert ? Si tu n'avais pas fait semblant d'être une espionne anglaise à Glen Trool, la bataille ne se serait pas aussi bien passé de notre côté. N'était-ce pas excitant ? »

Joya secoua doucement la tête et répondit : « Oh, non. J'avais tellement peur de me faire toucher par une flèche que j'ai failli me pisser dessus. »

« Un jour, tu comprendras » avait ajouté Branwen. « Et tu souhaiteras ne jamais avoir à le faire. »

Ce jour dont Branwen avait parlé était enfin arrivé. À présent, elle comprenait très clairement tout ce qu'elles lui avaient dit.

Ses genoux cognèrent l'un contre l'autre tandis qu'elle attendait, sa flèche encochée, prête à voler.

Enfin, ils furent à portée. Elle tira une première flèche, qui toucha le cavalier de tête. Il ne s'arrêta pas pour autant, la flèche plantée dans son épaule, mais elle devait continuer.

Elle encocha une autre flèche et tira sur le deuxième homme, mais elle le manqua. Elle prit une troisième flèche et visa, mais elle fut interrompue par le cri de Drostan.

« Il faut que tu les touches, Chrissa, sinon ils vont nous tuer ! »

« Arrête de me crier dessus ! Tu ne m'aides pas. »

« Tu es sur le point de voir le sang couler. Tu voulais aller au combat ? Te voilà servie. »

« Peut-être que j'ai changé d'avis à propos de devenir espionne. » Elle tira une autre flèche et toucha le deuxième homme à la cuisse. « Cette idée ne me plaît plus trop. »

« Tire ! Et je ne suis pas un espion. Ma mère l'est peut-être, ou bien alors il ne s'agit même pas de ma mère. Sors-toi ça de la tête. Ce qui est important pour le moment, c'est nous. C'est *toi* ! Tire ! Ils vont nous rattraper. »

Encochant une autre flèche d'une main

tremblante, elle tira sur le premier homme et le toucha en plein dans le ventre, ce qui le fit tomber de son cheval. Elle tira une nouvelle fois sur le deuxième homme et le blessa au flanc, mais il resta en selle. Elle essaya de toucher Percy, le troisième cavalier, mais il chevauchait sur le côté dans une large courbe, avant de bondir de sa monture pour se précipiter vers Drostan, son épée levée au-dessus de sa tête.

Tout en essayant de les surveiller tous les deux, elle prépara un autre tir. Elle toucha le deuxième cavalier, l'atteignant à la gorge. Le sang gicla de partout tandis qu'il s'écroulait, probablement mort. Elle se tourna alors vers Percy. Drostan et le shérif étaient maintenant face à face, Drostan bloquant les parades de l'autre homme.

Elle jeta un coup d'œil en arrière pour voir si d'autres arrivaient, mais le quatrième homme était reparti et avait disparu. Reportant son attention sur Percy, elle encocha sa flèche et visa, observant les hommes qui se battaient, guettant une occasion.

Quand elle en vit une, elle décocha une flèche dans le bras de Percy. La blessure ne l'arrêta pas pour autant – elle n'avait pas paralysé son bras – mais la vue de la flèche l'avait visiblement déconcentré. Il sursauta et la regarda en poussant un juron. Ce fut alors que Drostan porta un coup direct à son bras qui tenait l'épée.

Chrissa observa la suite comme au ralenti. L'épée de Percy lui échappa des mains et toucha la jambe de Drostan, faisant couler instantanément du sang sur le devant de son pantalon. Chrissa décocha une autre flèche et atteignit le shérif en pleine poitrine, le tuant sur le coup.

Mais Drostan avait une mine épouvantable.

Elle ne pouvait pas le perdre, pas alors qu'elle venait de réaliser qu'elle l'aimait.

« Drostan ! »

Alex était assis près de la cheminée, entouré par plus de membres de son clan qu'il n'en pouvait identifier. Fatigué de toutes les décisions qu'ils avaient dû prendre, il hocha la tête à l'adresse de Jamie et Connor. Il était de leur devoir de mener à bien cette mission jusqu'au bout. Jamie leva les bras pour demander le silence dans le groupe, composé en majorité d'hommes.

« Nous allons rejoindre le groupe de Dyna et d'Alasdair afin de les aider » déclara Connor. « Nous ignorons à combien de personnes nous devrons nous confronter. Astra a dessiné une carte pour nous indiquer exactement où Chrissa était retenue, nous irons donc là-bas en premier. Jamie, tu vas emmener un autre groupe retrouver les guerriers Ramsay à Gallow Hill. Il est temps de les emmener à Stirling. Les archers voyageront avec vous. Nous laisserons un troisième groupe ici pour protéger nos terres. Oncle Logan, comptes-tu partir avant ? »

« Oui, je retrouverai les Ramsay avant qu'ils ne rejoignent le groupe des Grant, mais Lina restera ici. »

« En cas de changement, n'hésite pas à envoyer un messager » dit Jamie.

« Vous avez ma parole, et je vous donnerai les instructions de voyage. Bonne chance à tous, surtout le groupe qui part chercher les siens. »

Alex n'aimait pas du tout voir autant de ses guerriers partir pour la bataille, mais ils n'avaient pas d'autre alternative que se battre. En voyant ses fils, son clan et ses alliés collaborer, il ressentit également un profond sentiment de fierté. Lui et Maddie les avaient bien élevés, et ils avaient forgé une puissante alliance avec les Ramsay et d'autres clans proches du leur. Ils étaient assez forts pour vaincre leurs ennemis, Angleterre comprise. Ils devaient protéger leur peuple, leur pays, leur terre.

Le père Dowall se leva et déclara : « Puis-je ? J'aimerais adresser une prière de bénédiction en ces temps difficiles. »

Alex se tourna vers Logan, qui acquiesça, et il donna son consentement pour la prière.

Le père Dowall prononça une prière simple mais éloquente, ce qui leur conféra à tous une nouvelle vague de confiance. Lorsqu'il eut terminé, il jeta un coup d'œil à Logan, puis s'approcha de lui tandis que les autres s'affairaient autour d'eux.

« Je me demandais si je pouvais voyager avec le groupe qui part rechercher les épées spectrales » dit le prêtre. « J'aimerais voir leurs épées en action, si cela ne vous dérange pas. »

Les paroles du prêtre surprirent Alex, mais lorsque Logan se tourna vers lui pour lui demander son avis, il lui fit un geste de la main afin de lui indiquer que l'homme pouvait aller voir les épées spectrales.

« Je pars avec l'autre groupe » lui rappela Logan.

« Je ne peux pas vous promettre qu'ils vous raccompagneront jusqu'à votre chapelle, mais vous n'en serez pas très loin, si les estimations d'Astra sont justes. »

Alex n'en doutait pas une seconde – la jeune fille pourrait trouver son chemin sur ses terres les yeux fermés.

« Merci beaucoup, milord. Je suis sûr que je retrouverai la chapelle. Bonne chance à votre groupe. » Puis il hocha la tête et s'éloigna, en prenant un morceau de pain à la table à tréteaux encore chargée de nourriture.

« Bonne chance à tous » dit Alex, en priant pour qu'on lui retrouve rapidement sa petite-fille. Peut-être aurait-il dû confier l'épée à Dyna ou Alasdair. Juste la leur prêter, le temps de retrouver Chrissa.

Mais il savait déjà qui était le nouveau propriétaire de l'épée, et ce n'était ni l'un, ni l'autre.

CHAPITRE 20

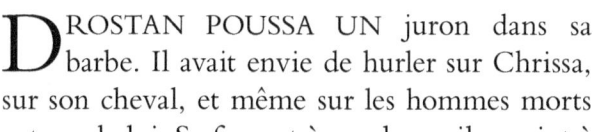

Drostan POUSSA UN juron dans sa barbe. Il avait envie de hurler sur Chrissa, sur son cheval, et même sur les hommes morts autour de lui. Se forçant à se relever, il parvint à se remettre en selle sans trop de problèmes.

« Je vais devoir te recoudre, Drostan. Qu'est-ce que tu fais ? »

« Grimpe sur ton cheval, Chrissa. Nous devons nous éloigner très loin d'ici. » Il serra les dents, tout en s'efforçant d'arrêter le saignement.

« Laisse-moi d'abord te recoudre. »

« Non, il y a trois hommes morts ici, ou sur le point de mourir. Les loups et autres créatures vont sentir l'odeur du sang, et ils seront bientôt là. Je n'ai ni l'envie ni la capacité de déplacer les corps. Et si nous restons à découvert, d'autres pourraient nous repérer. Je sais que tu dois me recoudre avant de pouvoir rentrer à la maison, mais nous ne pouvons pas le faire ici. Allons un peu plus loin pour voir ce que nous trouverons de l'autre côté du ravin. J'entends le clapotis d'un ruisseau par là-bas, et avec un peu de chance, nous parviendrons à le trouver. Nous devrions aussi pouvoir localiser une clairière ou une pinède pour nous abriter. Il faut aussi que je nettoie les éclaboussures de sang. »

« D'accord. » Sa réponse était brève, mais elle ne quittait pas sa blessure des yeux. Avant de partir, elle récupéra rapidement toutes les flèches encore utilisables. Elle en aurait probablement encore besoin.

Une fois qu'ils eurent traversé le ravin, il la mena à l'écart de la route principale jusqu'à un endroit bien caché dans une pinède. Il y avait une grande saillie rocheuse qui les garderait au sec s'il venait à pleuvoir. Il se mit à s'affairer dans les environs, en tirant des branches de pin derrière lui.

« Comment savais-tu ce qu'il y avait ici ? » demanda-t-elle, simplement parce que l'endroit était parfait.

« C'était juste un pressentiment, et j'ai entendu le ruisseau. » Il continua de traîner les branches, ignorant la jeune femme. Il savait que ses forces allaient faiblir, c'est pourquoi il avait besoin de tout faire le plus vite possible pour dissimuler leur emplacement. Lorsqu'elle l'aurait recousu, il ne leur serait plus d'aucune utilité.

« Qu'est-ce que tu fais, Drostan ? »

« C'est simple. Tu vois ces arbres ? Je peux tisser ça entre les branches, ce qui bloquera la vue de quiconque sur nous, et nous offrira une protection contre les éléments que l'Écosse choisira de nous envoyer. » Il poursuivit sa tâche jusqu'à la terminer, et il devait bien admettre qu'il avait fait du très bon travail avec ces branches. C'était une bonne nouvelle, parce qu'il commençait à perdre ses forces, même s'il ne le dirait jamais devant elle.

La jeune femme prit sa sacoche et la posa sur un petit rocher sous la saillie, avant de s'asseoir pour rassembler tous les objets dont elle aurait besoin. « Viens. Je dois recoudre ta blessure, sinon tu ne survivras jamais. » Elle saisit une petite bassine, puis se dirigea vers le ruisseau afin de le remplir d'eau.

Il boita jusqu'à elle et retira son pantalon, se servant de son plaid pour cacher son intimité. Quoiqu'à cet instant, il n'en avait plus rien à faire. Il avait très mal, et il ressentait la plus grande peur de toute sa vie, simplement parce qu'il savait qu'il ne pourrait plus la protéger. La pensée de la voir se retrouver seule l'inquiétait bien plus que n'importe quelle blessure.

Il essuya la sueur de son front et s'assit devant elle.

« Je n'ai rien à te donner pour apaiser la douleur. Désolée. »

« Est-ce que tu as un peu du baume de ta tante pour empêcher la fièvre de monter ? »

« Oui, j'en ai une petite jarre qui devrait suffire. »

« C'est tout ce dont j'ai besoin. Ne t'inquiète pas pour la douleur. Occupe-toi de me recoudre le plus vite possible. » On ne l'avait recousu qu'une fois dans sa vie, deux ans auparavant, et son père l'avait forcé à boire tellement de bière qu'il avait failli s'évanouir.

Mais il n'y avait aucune bière pour l'aider cette

fois. Il l'observa pendant qu'elle appuyait sur la blessure avec force.

« Qu'est-ce que tu attends ? » demanda-t-il, surpris par un vertige soudain.

« Tu saignes tellement que je n'arrive pas bien à voir les bords de la blessure. Je dois d'abord ralentir le saignement avant de pouvoir te recoudre. Une trop grande pression sur les points à cause du saignement risquerait de les faire sauter dès que tu te remettras en selle. »

Comme il vit qu'elle avait les larmes aux yeux, il prit son visage dans ses mains et croisa son regard. « Nous allons y arriver. Nous sommes ensemble, et nous sommes tous les deux trop entêtés pour laisser gagner ces salauds qui nous ont emprisonnés. » Puis il se pencha afin de poser un chaste baiser sur ses lèvres, et il fut ravi de voir qu'elle ne se détourna pas.

Il ressentit soudain un nouvel accès de douleur et se recula en hochant la tête pour l'inciter à continuer. Trop confus pour faire quoi que ce soit de plus, il ferma les yeux tandis qu'elle se préparait à le recoudre.

Il dut s'évanouir, car l'instant d'après, il eut l'impression qu'on avait plongé un couteau dans sa blessure ouverte. Il rouvrit brusquement les yeux et faillit pousser un rugissement de douleur, mais il s'immobilisa, fasciné par la beauté de Chrissa en plein travail.

Elle était la plus belle femme qu'il eut jamais vue. Elle était si concentrée que sa langue sortait entre ses dents tandis qu'elle travaillait. L'observer l'aida grandement à apaiser la douleur qui l'envahissant à chaque fois qu'elle enfonçait son aiguille. Sa main trouva le rocher qui le soutenait et il l'agrippa le plus fort possible afin de l'aider à surmonter la douleur. S'il poussait un cri, il risquait de la distraire, et il refusait de l'effrayer à cause de son inconfort.

« Je ne suis pas espion, jeune fille » murmura-t-il en essuyant de sa manche la sueur qui perlait toujours sur son front. « Tu me plais depuis toujours, depuis que nous avons fait notre promesse, mais cette année, c'était comme si tu étais la seule chose que je parvenais à remarquer. Tu es mon univers tout entier. »

Chrissa hocha la tête tout en lui adressant un regard empreint de reconnaissance avant de continuer son ouvrage. « Je te crois. Je me rends compte que ça fait quelque temps que mes sentiments pour toi ont changé. C'est très… confus. Et c'était le moment idéal pour abuser de ma confiance. Ils voulaient nous monter l'un contre l'autre, et ils se sont arrangés pour que ça arrive. »

« Je suis d'accord. » Il marqua une pause, songeant à leur fuite du château. À part la confrontation qui avait donné lieu à sa blessure, tout avait été si facile. « Et il y a autre chose que je trouve étrange. Ça n'aurait pas dû être aussi simple pour nous de nous échapper. La porte n'était pas verrouillée, nos armes se trouvaient juste au bout du couloir, et deux chevaux étaient attachés à l'endroit idéal. Qui était la dernière personne dans la pièce avec nous ? »

« DeFry » murmura-t-elle. « Il n'a pas suivi Percy. »

« C'est vrai, et tes cousins semblaient convaincus qu'il était loyal aux Écossais. Il ne figure pas non plus sur la liste de traîtres de ton grand-père. Peut-être qu'il est espion pour les Écossais ? Est-ce qu'il pourrait faire une chose pareille ? Faire semblant de soutenir le roi Edward ? »

« C'est possible. Au point où nous en sommes, tout semble possible. »

Drostan savait qu'elle avait encore d'autres points à faire, et il appuya sa tête contre la saillie rocheuse, car il était extrêmement fatigué. Peut-être pourrait-il faire une sieste, cela lui éviterait de devoir endurer la douleur.

« Drostan ! » dit-elle en le secouant. « Tu dois rester éveillé. »

« Pourquoi ? » Il garda les yeux ouverts pour lui faire plaisir, mais ne bougea pas la tête.

« Parce que c'est ce que dit toujours ma tante Jennie, la guérisseuse. Je dois vite te ramener à la maison. »

« Je ne sais pas comment te dire ça, jeune fille, mais je ne rentre pas à la maison. Je n'y arriverai jamais. Je ne peux pas me mettre sur mon cheval, et tu ne peux pas m'y aider. Tu vas devoir aller chercher de l'aide. Même si j'arrivais à me mettre en selle, je ne parviendrais pas à rester dessus. » Ses paupières se refermèrent. « Continue de parler. Je t'écoute. »

Il n'entendit pas le moindre mot qu'elle prononça ensuite.

L'homme termina d'écrire sa missive, puis la noua fermement à l'aide d'une ficelle. Il la tendit ensuite au messager qui attendait, et lui donna congé.

Il s'attaqua laborieusement à la deuxième lettre, formulant les mots avec précaution, puis apposa la marque du clan en bas du message avant de la nouer avec une autre ficelle, tout comme la précédente. Elles se ressemblaient comme deux gouttes d'eau.

Un deuxième garçon arriva et il lui donna la lettre accompagnée de l'argent qu'il avait promis pour la livraison du message à la bonne personne. Le garçon demanda : « Je dois la remettre au chef du groupe Ramsay qui se dirige vers le château de Stirling ? »

« Oui. Bonne chance. »

Le deuxième message s'en alla et l'homme se radossa contre son fauteuil, un grand sourire aux lèvres. Il ne pouvait s'en empêcher – son plan était si bien ficelé. Il était brillant.

Il avait envoyé un message au chef des guerriers Ramsay lui expliquant qu'un groupe d'Anglais déguisés en guerriers Grant s'apprêtait à les attaquer. Il leur suggérait de les tuer tous.

Puis il avait envoyé un message au chef des guerriers Grant indiquant qu'un groupe d'Anglais déguisés en guerriers Ramsay avait été envoyé en mission pour les tuer.

Le résultat ? Les Grant allaient tuer les Ramsay,

et les Ramsay allaient tuer les Grant. Il avait signé les deux lettres comme si elles avaient été envoyées par Robert Bruce. Certes, il n'avait vu sa signature que quelques fois, mais puisque la plupart des hommes ne savaient même pas lire, celui qui la recevrait ne reconnaîtrait pas forcément la signature de Bruce.

Il n'avait qu'une envie : se trouver devant le champ de bataille pour les observer.

CHAPITRE 21

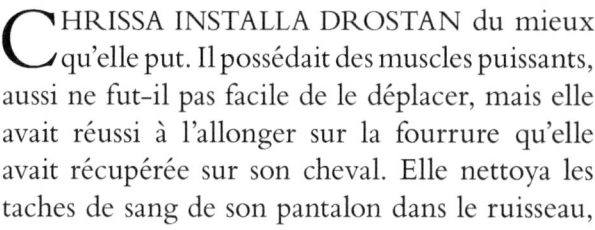

CHRISSA INSTALLA DROSTAN du mieux qu'elle put. Il possédait des muscles puissants, aussi ne fut-il pas facile de le déplacer, mais elle avait réussi à l'allonger sur la fourrure qu'elle avait récupérée sur son cheval. Elle nettoya les taches de sang de son pantalon dans le ruisseau, puis le mit à sécher sur les branches de pin.

Il ne s'était pas réveillé depuis la dernière fois qu'il s'était endormi. Elle avait terminé de le recoudre, même si elle avait eu du mal avec ses yeux pleins de larmes, puis elle avait appliqué le baume avant de le panser.

Elle étendit un plaid sur lui, puis se pencha pour l'embrasser sur la joue. « Je t'aime, Drostan. Je reviens bientôt. Je dois vite aller chercher de l'aide, je le sais. »

Après avoir rempli son outre d'eau fraîche et bu longuement, elle la posa à ses côtés au cas où il se réveillerait. Puis elle grimpa sur sa monture et s'éloigna, un malaise au creux de l'estomac. Elle trouva le chemin qu'elle devait prendre pour retourner sans encombre sur les terres des Grant, mais plus le voyage avançait, plus une petite voix venait la tourmenter dans son esprit.

Il va mourir.

Il va mourir.

Il va mourir.

Tu n'es pas obligée de partir. La patrouille des Grant finira bien par vous retrouver, maintenant que vous vous êtes échappés.

Il ne t'a jamais abandonnée, lui.

Elle repensa à cette journée, il y a tant d'années, lorsqu'elle était âgée d'environ six étés. Elle avait eu tellement mal aux jambes qu'elle ne pouvait plus marcher. Elle savait que ses parents la retrouveraient, mais l'attente était horrible, car elle était toute seule.

Mais Drostan l'avait trouvée, et il était resté avec elle. Il l'avait fait pour elle − et sa réponse avait été d'exiger encore plus de choses de lui. De lui dire qu'il devait devenir le plus fort de tous les soldats des lices s'il voulait l'épouser. Une larme coula sur sa joue.

Et il l'a fait, à peu de choses près. Il l'a fait pour toi.

Tu ne peux pas l'abandonner.

Plus elle chevauchait, plus elle repensait à ce dernier commentaire. Puis une urgence l'envahit, qu'elle ne pouvait plus ignorer.

Elle retourna son cheval et fouetta les rênes pour retourner au plus vite auprès de lui. Elle ne comptait plus fuir ce qu'elle ressentait. Elle et Drostan étaient faits l'un pour l'autre.

S'il vivait, alors peu lui importait qu'elle ait un jour l'occasion de participer à une bataille.

Elle se battrait, bien sûr, si c'était nécessaire,

mais la vie ne signifiait pas seulement rechercher la gloire – mais faire les bonnes choses pour les bonnes raisons. Peut-être en tirerait-elle de la gloire, ou peut-être pas. Elle savait simplement qu'elle voulait être avec Drostan.

À son retour, elle remplit à nouveau l'outre d'eau, fit une rapide prière, puis se blottit contre Drostan, tirant le plaid sur leurs deux corps. À sa grande surprise, il se réveilla.

« Chrissa ? »

« Quoi ? Je suis là. »

« Est-ce que je t'ai déjà dit que je t'aime ? »

« Non. Dis-le encore. » Elle sourit et sentit son cœur exploser de plaisir.

« J'étais tellement en colère quand j'ai eu l'impression que tu croyais ma mère et pas moi. Mais nous étions prisonniers. Ils ont essayé de jouer avec notre esprit et de nous monter l'un contre l'autre. Je comprends pourquoi tu as douté de moi. Je n'aurais pas dû réagir comme je l'ai fait. Je t'aime, Chrissa. » Il dut marquer une pause pour rassembler ses pensées avant de reprendre : « Je t'aime de chaque fibre de mon être. Je suis si heureux que tu sois revenue. »

« Je t'aime aussi, Drostan. Je suis désolée d'avoir douté de toi. » Des larmes coulaient sur ses joues, car elle avait entendu la faiblesse dans sa voix.

Il referma les yeux. « Je suis si fatigué. »

« Tu dois boire » le pressa-t-elle.

« Quoi ? »

« Mère donnait toujours à boire aux personnes blessées. »

« J'ai soif, c'est vrai. »

Elle le redressa, inclinant sa tête contre sa poitrine. Il but de longues gorgées, puis referma les yeux. »

« Encore un peu. S'il te plaît, mon amour ? »

Il ouvrit les yeux et but encore un peu, puis poussa un soupir, mais ne lâcha jamais sa main. Elle parvint ensuite à les rallonger tous les deux, et elle s'endormit contre lui, sa main serrée dans la sienne.

Les nombreux groupes de guerriers quittèrent le hall en préparation de leur voyage. Il n'en restait plus que quelques-uns à l'intérieur, parmi lesquels le père Dowall, en train de lire sa Bible au coin du feu. Logan alla chercher Alex, suivi d'Avelina.

Alex les vit traverser le hall. Lorsque Logan le rejoignit, il lui dit à voix basse, comme s'il voulait que personne ne les entende : « Lina et moi avons quelque chose à te dire. »

Alex savait exactement ce qu'ils voulaient. Il parcourut donc le hall du regard et appela : « John, aide-moi à aller au solarium, s'il te plaît. »

John traversa le hall à la hâte, ravi d'aider son grand-père, comme toujours. « J'aimerais pouvoir partir avec eux, grand-père. Quel âge dois-je avoir pour ça ? Père m'a demandé de rester ici pendant qu'ils cherchent Chrissa, mais il a dit que je pourrais l'accompagner à Stirling à son retour. »

Alex ne dirait pas au garçon que c'était de sa faute s'il était resté ici.

Lorsqu'ils furent installés dans le solarium, Logan déclara : « Avelina a une histoire à te raconter, John. »

Le garçon se tourna vers elle sans prononcer un mot, d'un air ouvert en engageant. John était devenu très bon pour écouter les autres. Il n'était pas du genre à bombarder les gens de questions jusqu'à comprendre ce qu'il se passait autour de lui. Ce qui était inhabituel chez une personne aussi jeune que lui.

Alex hocha la tête. « Vas-y, Avelina. »

« Tu n'en as probablement jamais entendu parler, alors écoute-moi et pose tes questions à la fin. Il y a de nombreuses années, j'ai reçu une visite de la reine des fées. Elle m'a expliqué qu'une force maléfique avait dérobé l'épée de saphirs et prévoyait de l'utiliser pour prendre le contrôle de nos terres. Ma mission consistait à retrouver cette épée et à la reprendre. J'ai réussi, mais une fois l'épée en ma possession, je devais me marier avant deux lunes afin d'en préserver la puissance. » Elle sourit. « Par chance, j'avais déjà rencontré l'homme que je comptais épouser. Après avoir vaincu l'homme qui avait volé l'épée, la reine Erena m'a demandé de la cacher. Elle m'a dit que nous n'en aurions plus besoin pendant des décennies. Mais elle est revenue me voir il y a peu pour m'annoncer que l'heure était venue de confier l'épée à quelqu'un d'autre. »

John était totalement fasciné par son histoire. Il écarquilla les yeux lorsqu'Alex ouvrit un tiroir et en sortit un paquet enveloppé dans un plaid Ramsay avant de le poser sur le bureau. Puis il hocha la tête en direction d'Avelina pour lui indiquer que c'était à elle de révéler le paquet, et elle souleva le plaid afin d'en sortir l'épée aux pierres étincelantes.

Alex et Logan observèrent, médusés, tandis qu'Avelina posait l'épée aux côtés de John. « Erena m'a ordonné de confier l'épée à ton grand-père. Elle a dit qu'il serait en mesure d'en choisir le nouveau propriétaire, et c'est *toi* qu'il a choisi, John. »

John leva l'épée, passa ses doigts sur les fines pierres précieuses, puis leva de grands yeux vers son grand-père. « Elle est magnifique, n'importe qui serait honoré de la manier. Mais pourquoi moi ? »

« Je t'ai choisi parce que tu es jeune et que tu sauras la protéger » répondit Alex. « Tu as la capacité de réfléchir avant d'agir, de toujours penser à ce qu'il y a de mieux pour notre clan, notre peuple. »

Visiblement très touché, John posa l'arme. « J'espère que tu seras fier de moi, *Seanair.* »

« Il y a autre chose dont nous devons te parler » expliqua Avelina. « Si tu étais plus âgé, tu aurais eu deux lunes pour trouver ta partenaire de vie, mais j'ai appris que tu l'avais déjà choisie ? »

« Oui » répondit-il sans la moindre hésitation. « Coira. »

On toqua à la porte. Alex sourit à John. « Je savais que tu dirais ça, c'est pourquoi je l'ai convoquée. » Puis, levant la voix, il ajouta : « Entrez. »

La porte s'ouvrit et Coira entra dans la pièce,

ses boucles blondes tombant jusqu'à la taille, non tressés mais hâtivement noués dans son dos. Elle était devenue une charmante jeune fille de onze étés, mais elle était toujours timide, sauf quand elle était avec John.

« Assieds-toi, s'il te plaît, Coira » dit Alex.

John tendit l'épée à Coira, qui poussa une exclamation étouffée. « Oh, John. Elle est petite, mais elle est très belle. À quoi sert-elle ? »

Avelina lui expliqua brièvement l'histoire, puis termina en disant : « Alex a choisi John pour devenir le nouveau porteur de l'épée de saphirs. D'après la légende, il est censé devoir se marier dans moins de deux lunes, mais puisqu'il est si jeune, ce ne sera pas possible. »

« Mais peut-être que nous pourrions nous fiancer, *Seanair* ? » suggéra John. « Ainsi, nous pourrions respecter les conditions de la légende ? Je ne veux pas d'autre fille que Coira. »

La jeune fille rougit en souriant, visiblement ravie par cette pensée.

Logan bondit sur ses pieds et déclara : « Ça devrait marcher pour toute l'Écosse. Coira, acceptes-tu d'épouser John lorsque tu auras dix-huit étés ? »

John sourit et prit la main de la jeune fille. Elle la serra dans la sienne en hochant la tête. « Bien sûr. Rien ne me rendrait plus heureuse. »

« Alors, c'est fait, Grant » déclara Logan. « John Alexander Grant est le nouveau protecteur de l'épée de saphirs. Tu ne devras jamais la confier à personne d'autre, John. Tu dois l'utiliser pour repousser le mal qui envahit nos terres, et lorsque ton devoir sera accompli, tu devras la cacher et la protéger de ta vie. Acceptes-tu cette responsabilité ? »

« Et tu dois épouser Coira le moment venu » ajouta Avelina.

« Je suis honoré d'accepter. » Il inclina la tête. « Mais comment reconnaîtrai-je la reine des fées si elle décide de venir me parler comme elle l'a fait avec vous ? »

« Tu ne pourras pas te tromper » répondit Logan. « C'est une femme unique, qui apparaît avec un essaim de papillons. » Il tapota John dans le dos. « Maintenant, va chercher Chrissa et Drostan avec ton père et les gardes qui attendent dehors. N'oublie pas de tuer tout le mal que tu rencontreras en chemin. Quelque chose de très mauvais se prépare. Je le sens. »

John jeta un coup d'œil à Alex afin de vérifier s'il devait croire ce que disait Logan.

« Il y a des gardes qui t'attendent. Ils te conduiront jusqu'à ton père. Tu vas chevaucher avec les Épées des Highlands, mon garçon. »

« Tu dois l'utiliser aujourd'hui » dit Avelina d'une voix plus dure et plus empressée que d'habitude. « En fait, je te demanderai de ne pas hésiter une seule seconde. Je sens la rage qui habite l'épée. Elle réagit au mal qui nous entoure. Le moment venu, tu sauras quoi faire, John. J'ai entendu parler de tes exploits passés avec le pouvoir des épées spectrales utilisées par le groupe des Épées des Highlands. Ce pouvoir est en sommeil depuis quelque temps maintenant. N'est-ce pas, Alex ? »

« Pas exactement en sommeil. C'est juste que nous n'en avons pas eu besoin depuis un moment. Dyna pense que quand ce sera nécessaire, il se manifestera. Je dois faire confiance à son instinct. »

« C'est peut-être parce que vous aviez besoin de la dernière pièce – cette épée. J'imagine que tes petits-enfants ont reçu ce pouvoir afin de protéger John et l'épée de saphirs. N'oublie jamais ça, John. Il est probable que ces deux pouvoirs soient connectés. Ils créent le même genre de tempête. Fais bon usage de l'épée, car ensemble, vos pouvoirs pourraient être encore plus puissants. »

Encore secoué par tout ce qu'Avelina venait de lui raconter, John serra la main de Coira dans la sienne et hocha la tête. « Je jure de tout faire pour protéger l'épée de saphirs, la garder et ne l'utiliser que pour protéger nos clans et toute l'Écosse. »

« Une dernière chose » dit Avelina. « John, en tant que porteur de l'épée de saphirs, je te soupçonne de posséder également certains dons de voyance. Tu as peut-être la capacité de détecter le mal lorsqu'il approche, ou de savoir quand quelque chose ne va pas. Fais confiance à ton instinct. Tu apprendras avec le temps à reconnaître le vrai du faux, mais en attendant, fais confiance à tout ce que tu ressens. J'ai également remarqué que plus je me trouve près d'une force maléfique, plus l'épée chauffe. »

« Elle chauffe ? »

« Oui, la poignée devient chaude au toucher, comme pour les épées spectrales. Une autre raison de penser que ces pouvoirs sont connectés. »

« Je ferai de mon mieux » dit John en hochant la tête avec détermination.

Avelina prit brièvement les enfants dans ses bras, puis déclara : « Si jamais vous avez des questions, n'hésitez pas à me rendre visite sur les terres des Menzie. Tous les deux. Et si vous vous sentez perdus, vous pouvez toujours appeler Erena. Elle saura vous aider. »

John hocha la tête avant de quitter la pièce, suivi de Coira, et de refermer la porte derrière eux.

« Je pense que tu as fait le bon choix, Alex » dit Avelina. « Je suis ravie de lui transmettre cette épée. »

« Maintenant, il doit retrouver ce salaud qui veut récupérer la moitié de l'Écosse » dit Logan. J'en aurais des maux d'estomac jusqu'à ce qu'il y parvienne. »

CHAPITRE 22

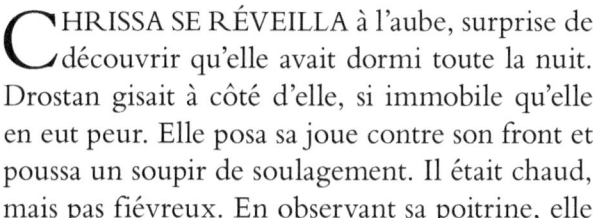

CHRISSA SE RÉVEILLA à l'aube, surprise de découvrir qu'elle avait dormi toute la nuit. Drostan gisait à côté d'elle, si immobile qu'elle en eut peur. Elle posa sa joue contre son front et poussa un soupir de soulagement. Il était chaud, mais pas fiévreux. En observant sa poitrine, elle remarqua le léger mouvement rythmique de sa respiration.

Elle le secoua pour le réveiller, mais il ne réagit pas. Son corps semblait encore avoir besoin de temps pour guérir.

Elle se leva, étira ses muscles endoloris par tout ce qu'elle avait traversé, puis quitta leur refuge pour aller se soulager. Le pépiement des oiseaux lui indiqua qu'il n'y avait pas de grands groupes inhabituels de personnes dans les environs, et elle se sentit en sécurité. Suivant le ruisseau jusqu'à un endroit où se formait une cascade au-dessus d'une pile de rochers, et dont l'eau clapotait d'une façon qu'elle ne pouvait associer qu'à la joie, elle mit ses mains en coupe pour récolter l'eau fraîche et s'en asperger le visage, avant d'en boire un peu et de se rincer la bouche. Depuis sa captivité, elle se sentait sale et pleine de poussière, aussi s'efforça-t-elle de se laver tout en gardant un œil sur le moindre intrus ou mouvement de Drostan. Enfin, elle remplit l'outre et la ramena jusqu'à leur cachette sous les pins, mais un bruit la força à se hâter.

Des sabots de chevaux, et beaucoup. Elle se cacha derrière la pinède, l'oreille tendue pour écouter le groupe qui approchait.

Ce n'était pas une grande armée, mais il y avait assez de gens pour leur causer des ennuis. La première voix qu'elle entendit fut celle d'une femme.

« Bon sang, où sont-ils allés ? » dit un homme.

« Je ne sais pas, mais nous devons les retrouver » répondit la femme. « Ça pourrait ruiner tous nos plans. Je les voulais morts afin de distraire les guerriers. »

« Nous les retrouverons après avoir quitté le grand événement » dit l'homme d'un ton dédaigneux. « Nous ne pouvons pas le manquer. Je dois regarder ce massacre. » Sa voix lui semblait vaguement familière, mais Chrissa ne parvint pas à déterminer avec certitude s'il s'agissait ou non de quelqu'un qu'elle connaissait. « J'ai travaillé dur pour arriver où j'en suis aujourd'hui. Ça faisait partie du plan. Je veillerai à ce qu'il se réalise, et je profiterai de chaque mort qu'il causera. »

« Si ta ruse fonctionne. Dès que les Ramsay seront assez près pour reconnaître les Grant, ils cesseront leur attaque. Et ce sera la même chose de l'autre côté. »

« Peut-être » dit l'homme. « Mais ils sont trop

fiers. À l'idée de voir des Anglais porter leurs plaids, ils n'agiront pas de manière rationnelle. Ils ont des archers talentueux des deux côtés. Et lorsqu'ils se rapprocheront, nous enverrons nos gardes en première ligne. Lorsqu'ils commenceront à tuer, ce sera le chaos. Les clans se retourneront rapidement l'un contre l'autre. »

« Peut-être que tu as raison. Si c'est le cas, ce pourrait être une stratégie brillante. Entre le chaos du champ de bataille et le choc de découvrir que Chrissa et son guerrier sont morts, il n'y aura presque plus de Grants au château. Lorsque le roi Edward prendra le château de Stirling, les Anglais tueront tous ces sauvages écossais, et nous pourrons prendre le contrôle du château Grant et de l'épée. Les pierres précieuses et les richesses des caves du château nous rendront riches. Nous laisserons les corps devant les portes, et lorsqu'ils seront découverts, nous pourrons sortir discrètement et laisser nos hommes passer par-derrière. »

« Parfait » dit l'homme avec satisfaction. « Quelle chance nous avons eue d'entendre parler de l'épée de saphirs. J'ai été ravi de me trouver au bon endroit pour entendre la nouvelle. Maintenant, nous n'avons plus besoin de localiser ces deux ingrats. Ils sont affaiblis, ils n'iront pas bien loin, et je crois que l'un d'eux est blessé. Avec un peu de chance, les loups s'en occuperont pour nous. Pourquoi ne pas observer la bataille et retourner les chercher ensuite ? »

Elle se tourna vers les gardes qui voyageaient avec eux, et Chrissa put voir son visage. L'homme lui tournait toujours le dos. « Nous devons partir maintenant. Vite. »

Les mains de Chrissa tremblaient.

La femme était la mère de Drostan, et de toute évidence, elle avait l'intention de tuer son propre fils, et Chrissa aussi. Elle ne reconnut pas l'homme, mais il était clair que leur cruauté ne connaissait aucune limite. Ils avaient élaboré un plan pour monter les Ramsay contre les Grant.

Ils devaient les en empêcher.

Elle rassembla ses affaires, puis les remit dans les sacoches avant d'essayer de réveiller Drostan. Elle priait pour qu'il se réveille.

« Drostan ? » dit-elle en s'agenouillant. Elle s'allongea ensuite à ses côtés pour pouvoir lui murmurer à l'oreille : « Je t'en prie, mon amour. Réveille-toi. » Puis, en lui secouant légèrement l'épaule, elle l'embrassa deux fois sur la joue.

Il ouvrit doucement les yeux, visiblement très faible, mais il les ouvrit tout de même. Elle lui laissa le temps de se réveiller et il se tourna vers elle en posant sa main sur son visage. « Chrissa ? Où sommes-nous ? Avons-nous été de nouveau capturés ? »

« Non. Nous avons tué Percy et deux gardes, puis nous avons dormi ici. Mais nous devons partir. Je t'expliquerai tout en chemin, mais ils comptent attaquer le château Grant. Je t'en prie. Je vais t'aider à te lever. »

« Est-ce que tu peux aussi m'aider à aller pisser ? Je dois vraiment y aller » dit-il en se redressant sur ses coudes. « Je plaisante. Mais je me sens vraiment faible. » Il essaya de se lever tout seul mais s'arrêta dès qu'il s'appuya sur sa jambe. Il baissa les yeux en poussant un juron. « J'avais oublié, mais ça me revient maintenant. Je vais avoir besoin de toi finalement. Et pas que ton aide. Tu m'as recousu et tu es restée avec moi ? »

« Oui, dépêche-toi. Nous parlerons plus tard. » Elle l'aida à quitter leur refuge jusqu'à un endroit près d'un arbre contre lequel il pourrait se pencher pour se soulager. Ils marchèrent ensuite jusqu'au ruisseau, et elle l'assit sur un rocher. « Tiens. J'avais gardé un morceau de fromage caché dans ma sacoche. Mange. Je vais charger les chevaux, puis nous devons partir. »

Il se passa de l'eau sur le visage tandis qu'elle retournait à leur refuge pour rassembler leurs plaids et leurs fourrures. « Je crois que tu vas devoir chevaucher avec moi. Nous pourrions laisser ton cheval ici. Il y en aura plein là où nous allons. »

Elle s'était dit qu'il serait trop faible pour tenir debout, sans parler de marcher, alors elle fut prise de court lorsqu'il mena le cheval jusqu'à un gros rocher afin qu'ils puissent se mettre en selle. Ce ne pouvait être qu'un bon signe, n'est-ce pas ?

« Est-ce que tu peux monter de là ? » demanda-t-elle après s'être mise en selle.

Drostan eut un peu de mal, mais il parvint à grimper derrière elle sur la monture.

« Tu es sûr que tu tiendras le coup ? »

« Ça ira » répondit-il d'une voix qui semblait très lasse. « Mais j'ignore totalement où nous nous trouvons. Où allons-nous si hâtivement ? »

« Nous allons suivre la femme qui prétend être ta mère. Je t'expliquerai en chemin. »

Peu après, elle entendit des chevaux. Il tira sur les rênes de leur monture, craignant le pire, puis elle entendit le cri d'oiseau d'Alick. Ou en tout cas, elle aurait pu jurer que c'était lui.

Les larmes aux yeux, elle fit avancer le cheval.

« Qu'y a-t-il ? » demanda Drostan.

« C'était l'appel de mon frère. Je pense qu'ils sont juste un peu plus loin. » Elle élança son cheval entre les arbres, priant pour qu'il s'agisse bien de son frère. Lorsqu'ils arrivèrent enfin dans une clairière, elle aperçut la vision la plus plaisante qu'elle aurait pu demander – son frère et ses cousins rassemblés près de leurs chevaux.

« Chrissa ? C'est vraiment toi ? » Alick entreprit de descendre de sa monture, mais elle leva une main et dit : « Oui, c'est moi. Mais nous n'avons pas de temps à perdre. Dites-moi simplement où doivent se rassembler les Grant et les Ramsay. »

« À Gallow Hill. Pourquoi ? »

« Je vais tout vous expliquer rapidement, puis nous devrons y aller. Après nous être échappés, j'ai entendu une conversation entre deux de nos ennemis qui nous poursuivaient. Ils se dirigeaient vers Gallow Hill. » Puis elle réalisa soudain quelque chose. « Où sont Dyna et Alasdair ? Est-ce qu'ils vont bien ? »

« Ils sont retournés chercher John après sa conversation avec grand-père » expliqua Alick. « Nous devons les retrouver à Gallow Hill avec Connor. »

Soulagée de savoir qu'ils allaient bien, elle

poursuivit : « Le groupe a deux motivations : voir les Ramsay et les Grant se massacrer à Gallow Hill, et prendre le contrôle du château Grant. »

« Ce sont des idiots » s'esclaffa Els. « Les Grant et Ramsay ne s'en prendraient jamais les uns aux autres. »

« Et pourquoi vous retenir prisonniers ? » demanda Derric. « Dans quel but ? »

« Ils nous ont enlevés parce qu'ils voulaient des informations à propos de l'endroit où devaient se retrouver les clans. Ils voulaient ensuite nous tuer, puis attirer les guerriers dehors afin de pouvoir récupérer le château Grant. Ils pensaient que c'était possible parce qu'ils croient que les Anglais vont massacrer les Écossais à Stirling. » Chrissa déglutit, son cœur battant si fort dans sa poitrine qu'elle comprit qu'ils devaient partir avant qu'il ne soit trop tard. « Ils ont également envoyé un faux message des deux côtés, dans l'espoir d'inciter les clans à se battre. Ils mettront même leurs hommes dans la bataille pour nous encourager à nous battre. Nous devons y arriver avant que ça ne se produise. »

Derric poussa un sifflement et Els dit : « Merde. C'était malin de leur part, mais ça ne risque pas de marcher. »

« Attendez un peu qu'Alasdair entende celle-là » dit Alick en secouant la tête. « Allons à Gallow Hill. Tu pourras y arriver, Chisholm ? Tu n'as pas l'air bien. »

« Ça ira » répondit Drostan. « Allons-y, jeune fille. Est-ce que c'est loin ? »

« Je n'en suis pas sûre, mais je pense que je sais

exactement où ça arrivera » dit-elle en élançant son cheval au galop pour voir s'il tiendrait le coup.

Alick passa devant elle, prenant la tête du groupe. « Je sais où nous devons aller. » Il jeta un coup d'œil en arrière pour lui adresser un regard plein de sous-entendus. « Tu voulais te trouver au centre de l'action, jeune fille. J'espère que tu es prête. »

Elle l'espérait aussi.

CHAPITRE 23

TOUT BOUGEAIT TROP rapidement pour l'esprit embrumé de Drostan. La dernière chose dont il se souvenait était de s'être retiré dans le bosquet d'arbres après sa blessure. Lui et Chrissa avaient compris qu'ils avaient été piégés. Leurs ravisseurs leur avaient joué un tour bien cruel. Mais pourquoi ?

Et Chrissa n'était-elle pas partie chercher de l'aide ? Il était certain de s'en souvenir.

Se penchant sur son épaule tandis qu'ils chevauchaient, il demanda : « Explique-moi encore une fois pourquoi ils nous ont enlevés ? »

« Oui, ça faisait partie de leur plan. Entre leur confrontation et la bataille au château de Stirling le jour du solstice d'été, ils veulent voir mourir le plus de Grant possible. Nous étions la troisième partie de leur plan. Ils prévoyaient de nous tuer tous les deux et de laisser nos corps à la frontière des terres des Grant afin d'attirer les survivants dehors, ce qui aurait donné l'occasion à leurs hommes de passer le mur d'enceinte et de prendre le contrôle du château. »

« Et ma mère fait partie de leur groupe. »

« Oui, et elle semble connaître l'intérieur du donjon. Est-ce qu'elle y travaillait ? »

« Elle a travaillé aux cuisines pendant des années. » Il en était malade de savoir que sa propre mère était impliquée dans cette tentative de tuer tous les Grant. De toute évidence, elle voulait tout le château pour elle. Que feraient les lairds lorsqu'ils l'apprendraient ? Allaient-ils le punir ? Le bannir »

« Eh bien, ta propre mère veut ta mort, ne l'oublie pas lorsque tu la verras. »

« Qui est son complice ? »

« Je ne sais pas. Je ne connaissais pas sa voix, mais il semblait croire qu'il pourrait entrer facilement dans le château. Il a dit que les gardes ne l'arrêteraient pas. Il prévoit de faire passer ta mère et leurs guerriers par l'arrière du mur d'enceinte. A-t-elle pris un amant avant de quitter ton père ? Peut-être que c'était un guerrier Grant, qui n'éveillerait pas les soupçons à l'intérieur. »

Il secoua la tête. « Pas que je sache. Je ne me souviens pas de l'avoir vu proche de quelqu'un à l'époque. » Il s'interrompit un instant pour réfléchir à ses paroles. Son esprit fonctionnait très lentement, mais il devait se forcer à rester éveillé et alerte. Et à faire ce qu'il pourrait pour les aider. « Et DeFry ? Est-ce qu'il pourrait s'agir de lui ? »

« J'imagine que c'est possible, mais je ne pense pas. Je ne connaissais pas la voix de l'homme, et je pense que j'aurais reconnu celle de DeFry. »

« Et Percy est mort, si j'ai bonne mémoire. »

« Oui, il ne nous tourmentera plus. »

Environ une heure plus tard, Alick et Chrissa

ralentirent leurs montures. Chrissa pointa quelque chose du doigt. « Ils devraient se trouver de l'autre côté de cette colline. Je les ai entendus mentionner cet endroit. Gallow Hill est un lieu de rendez-vous habituel entre les Ramsay et les Grant. »

Drostan désigna un endroit sur le côté. « Peut-être qu'il vaudrait mieux que nous approchions la colline par ces arbres. Je n'entends aucun bruit de bataille, ce qui est une bonne chose, mais nous ne voulons pas non plus nous précipiter sur ces deux personnes qui veulent nous tuer. Tu as dit qu'ils avaient leurs hommes ici, n'est-ce pas ? »

« Passez par là » dit Derric en désignant un col. « C'est le mieux à faire. »

Elle hocha la tête, puis guida doucement son cheval à l'endroit indiqué. Tandis qu'ils passaient entre les arbres, elle poussa une exclamation étouffée face à la vue qui s'étendait devant eux. Le paysage était recouvert d'une mer de guerriers en plaids rouges, certains à pied, d'autres à cheval. Les bannières claquaient à proximité de la ligne de front. Elle vit son oncle Jamie à la tête de son armée.

Les guerriers se mirent à crier en désignant ceux qui portaient des plaids bleus et qui se dirigeaient vers eux. « Regarde, Alick. Les Ramsay arrivent. Et un autre groupe de guerriers va se faufiler entre les deux camps. Nous devons les arrêter. »

Ils continuèrent vers la ligne de front et tombèrent sur oncle Connor. « Tu vas bien, Chrissa ? Ta mère sera ravie de te voir. »

« Nous sommes affaiblis, mais nous allons bien.

J'ai surpris une conversation de nos ennemis. Ils ont avoué avoir envoyé des fausses lettres pour inciter nos clans à se monter l'un contre l'autre. On nous a piégés pour nous faire croire qu'il fallait attaquer les Ramsay. C'est oncle Jamie qui est en charge ? Je dois le lui dire. »

« Oui, Jamie est devant avec Magnus » répondit Connor. Nous mettrons un terme à cette bataille avant qu'elle ne commence. Toi et Derric, allez voir Jamie. Alick, Els, et moi irons voir Torrian et Lachlan. »

« Vas-y » dit Drostan tandis qu'elle fouettait les rênes de leur cheval et se précipitait tout droit vers son oncle.

« Oncle Jamie ! Oncle Jamie ! Arrête ! Écoute-moi, je t'en prie. »

Jamie Grant était en pleine conversation avec Magnus, un de ses hommes, mais ils semblaient se disputer. « Chrissa ? » dit-il, sidéré. « Je n'ai jamais été aussi content de te voir. Tu vas bien ? »

« Oui, mais écoute-moi, *je t'en prie.* »

« Un instant. L'heure est grave. » Il se retourna vers son second et dit : « Nous ne lèverons pas les armes contre eux. Je n'accepterai jamais ça. »

« Tu dois les combattre ou ils nous détruiront » aboya Magnus. « Il pourrait s'agir d'une ruse, mais ne pas nous défendre nous mènera droit au massacre. »

« Ils ne nous attaqueront pas. Je ne lèverai pas les armes contre le clan Ramsay. Quelle que soit la situation. De toute façon, cette lettre est probablement fausse. Je le sais rien qu'en voyant ces hommes, même s'ils sont loin – il n'y a pas d'Anglais parmi eux. »

« Et si c'était un autre clan portant les plaids des Ramsay ? La lettre provient de Robert Bruce. Tu dois le croire. »

« Eh bien, je ne le crois pas » rugit Jamie.

Chrissa descendit de sa monture et se précipita entre les deux hommes en poussant son oncle. « J'ai entendu les conspirateurs de cette histoire. C'est une ruse, mais ils ont une quarantaine d'hommes qui attaqueront les deux clans pour déclencher un combat. Ils sont là pour alimenter la furie des deux clans. »

« Quoi ? » Jamie et Magnus l'observèrent, médusés. « De quoi parles-tu ? »

« Ceux qui nous ont enlevés, Drostan et moi, vont essayer de prendre le contrôle du château Grant. Ils prévoient également d'autres choses, mais ils ont parlé de cette ruse. Ces lettres ne sont que des mensonges. Elles ne viennent pas de Robert Bruce, mais il y a des hommes qui se mettront à tuer les vôtres si vous ne vous défendez pas. J'ignore comment ils sont habillés. »

« Magnus, va chercher ton cheval pour aller voir les guerriers Ramsay. Dis-leur ce que nous avons appris. On dirait que ce sont Torrian, Lachlan et Kyle qui mènent le groupe. »

« Pas besoin » dit Chrissa. « Alick, oncle Connor et Els sont déjà avec eux. »

Magnus s'éloigna sans un seul regard en arrière.

« Trop tard. Peu importe. Que peux-tu me dire d'autre à leur sujet ? » demanda Jamie.

« L'une d'entre eux est la mère de Drostan.

J'ignore l'identité de l'autre homme, mais leur but est de prendre le contrôle du château pendant que nos guerriers se font massacrer ici et au château de Stirling. »

« En d'autres termes, ils comptent sur la victoire des Anglais. C'est leur première erreur. »

« J'espère que tu as raison. Mais tu dois empêcher ces hommes d'attaquer les nôtres. »

« Magnus va s'en occuper. J'ai déjà donné l'ordre à nos hommes de ne pas lever leurs épées contre les Ramsay. Nos guerriers sauront qui attaquer. »

« Et les Ramsay ? » demanda-t-elle. « Torrian leur a-t-il dit la même chose ? »

« Les membres de notre clan sont là-bas » dit oncle Jamie. « S'il y a une chose que tu dois apprendre au combat, c'est de faire confiance aux membres de ton clan. »

Drostan, qui n'avait pas encore osé prendre la parole, dit : « La réponse à vos prières est en chemin. »

« Quoi ? » demanda Jamie. « Où ça ? »

« Alasdair, Dyna et John arrivent. » Il désigna une rangée de cavaliers, tous vêtus de noir, en train de pénétrer la zone entre les deux clans.

Jamie écarquilla les yeux. « Je sais que ma vue n'est plus ce qu'elle était, mais est-ce vraiment John que je vois entre Dyna et Alasdair ? Si c'est le cas, j'imagine que l'épée de saphirs a enfin un nouveau propriétaire. Je savais qu'Avelina était venue avec Logan pour une bonne raison. La voici. »

« John ? »

« Oui » dit Jamie. « Si mes yeux ne me trompent

pas, il porte l'épée de saphirs. Père m'avait plus ou moins expliqué ce qu'il comptait faire, mais sans rien me dire directement, ce qui signifie qu'il ne voulait pas que tout le monde le sache. Mais en voici la preuve. Avelina a amené l'épée à ton grand-père pour qu'il puisse en choisir le prochain porteur, et il a dû prendre sa décision. »

Chrissa hocha la tête, un petit sourire aux lèvres. « Je me souviens des histoires de grand-père à ce sujet, même si je ne les croyais pas vraies, à l'époque. Je pensais que ce n'étaient que des contes, mais tout ça existe vraiment. C'est une taille bien étrange pour une épée, mais elle lui va à merveille. »

« L'épée de saphirs » murmura Jamie.

Dyna, John et Alasdair chevauchèrent vers eux, dans un moment solennel. Alors qu'ils s'approchaient, Alasdair déclara : « Avelina a reçu un message après avoir confié l'épée à grand-père. Il disait que vous auriez besoin de nous ici. Un petit groupe essaie d'attaquer nos deux clans. Chrissa, est-ce que vous allez bien, Drostan et toi ? »

Chrissa hocha furieusement la tête. « Il y a une quarantaine d'hommes cachés ici qui prévoient de tuer les guerriers des deux clans, dans l'espoir de déclencher une guerre entre eux à cause des fausses lettres qu'ils ont reçues. »

« Mais ils ne savaient pas que nous étions de puissants alliés » dit Jamie avec une détermination féroce. « Ils n'ont pas réalisé qu'aucun de nos clans ne pourrait lever ses épées contre l'autre. »

Des cris leur parvinrent aux oreilles, et ils

suivirent l'origine du vacarme. Un groupe d'hommes émergea de l'autre côté de la forêt, derrière la première ligne de guerriers Ramsay. Ils se mirent à attaquer les deux clans. Les plaids qu'ils portaient n'étaient qu'une pâle imitation des couleurs Ramsay et Grant – n'importe quel Écossais pouvait le voir.

John Alexander Grant leva l'épée de saphirs dans le ciel au moment où Dyna faisait de même avec son arc, ce qui poussa les Grant et les Ramsay à pousser leurs cris de guerre avant de se lancer à la poursuite de leurs assaillants. Des éclairs se mirent à zébrer le ciel, frappant des arbres non loin de là ainsi que des ennemis à cheval, dont les montures galopèrent de panique.

Ils combattirent leurs ennemis sans le moindre effort, les flèches de Dyna et Ashlyn touchant plusieurs d'entre eux avant qu'ils n'aient pu causer le moindre problème. Chrissa saisit son arc pour les rejoindre, et se mit à tirer sur les hommes qu'elle n'identifiait pas comme Écossais. Le tonnerre gronda dans les environs à mesure que les éclairs continuaient d'illuminer le ciel, touchant plusieurs cibles humaines ainsi que des objets aux alentours. Mais cela n'avait rien d'une tempête naturelle, car aucun des Ramsay ou des Grant n'était frappé.

Le combat fut terminé en quelques minutes, provoquant des acclamations de la part des clans Grant et Ramsay, dont les guerriers se retrouvèrent au centre du champ de bataille, autour des corps qui gisaient au sol.

Torrian, Lachlan et Kyle se dirigèrent vers le

camp des Grant, et Lachlan s'écria : « Je n'avais encore jamais vu l'éclair se comporter de cette façon. »

« Oui » convint Kyle. « Ce pouvoir est fascinant à observer. »

Connor regarda Jamie, l'air très sérieux, puis demanda : « Est-ce que ça va ? Ces éclairs ne t'ont pas rappelé de mauvais souvenirs ? »

Jamie secoua la tête. « Non, je vais bien. Ça fait longtemps que ça ne m'affecte plus. Je peux le supporter, tant que je ne me trouve pas au sommet d'une montagne. »

Torrian s'approcha et saisit oncle Jamie par l'épaule. « J'ignore qui était derrière cette supercherie, mais sache que mes guerriers avaient reçu l'ordre de ne pas lever leurs armes contre les guerriers Grant. »

« Il en allait de même de notre côté » répondit Jamie. « Magnus s'est montré quelque peu nerveux, car il a cru que nous étions sur le point de nous faire massacrer par un autre clan portant vos plaids, mais Chrissa est arrivée juste à temps. »

« Est-ce que tu sais qui a écrit ces lettres ? » demanda Torrian.

« Non, mais nous le découvrirons. Chrissa, Drostan et toi, vous allez à Stirling avec nous ? »

« C'était ce que nous avions prévu, mais Drostan a été blessé pendant notre captivité. Il a besoin d'un guérisseur plus talentueux que moi. »

« Comment vous êtes-vous échappés ? »

Chrissa jeta un coup d'œil à Drostan et répondit : « Nous ne le savons pas vraiment. Quelqu'un a laissé notre cellule ouverte, et nous nous sommes faufilés dehors. Puis nous avons été suivis par un petit groupe mené par un shérif nommé Percy. Nous les avons tués avant qu'ils ne puissent nous achever, mais Drostan a perdu beaucoup de sang. Il n'a pas assez de forces pour se battre, et je crois que ça vaut aussi pour moi. Nous avons peu dormi, et mangé encore moins. J'aimerais retourner au château Grant pour leur dire à quoi s'attendre. » Elle se tourna une nouvelle fois vers Drostan. « La mère de Drostan est avec eux. »

« Ta mère ? » répéta Jamie. « Depuis quand ne l'as-tu pas vue ? Je croyais qu'elle était partie il y a des années. »

« C'est le cas » répondit Drostan. « Apparemment, elle est de leur côté maintenant, et travaille pour le compte de ces personnes peu recommandables. Nous ignorons qui sont leurs complices, à part Percy, mais il est mort à présent. DeFry était là aussi. Se pourrait-il qu'il s'agisse d'un espion, et que ce soit lui qui ait laissé notre cellule ouverte ? »

« Alasdair a confiance en DeFry. Nous allons devoir rester sur nos gardes. Je suis désolé d'apprendre que ta mère a changé de camp, mais ne laisse pas ses actions t'atteindre. Nous ne te reprocherons jamais ce qu'elle a fait. »

Drostan poussa un bruyant soupir de soulagement. Le laird Jamie ne pouvait pas imaginer à quel point il appréciait ce qu'il venait de dire. « Je la soupçonne de vouloir s'en prendre à mon père. Je dois aller l'avertir. »

« Oui, je comprends. » Jamie se tourna ensuite vers Chrissa. « Tu es l'une de nos meilleures archères. Pars avec Drostan et raconte à notre famille tout ce qu'il s'est passé, mais ensuite, viens nous rejoindre. Bruce a besoin de toi. Mais Drostan, je ne t'obligerai pas à venir avec elle. Tu dois rester tranquille jusqu'à ce que ta blessure soit guérie. Je refuse que des guerriers Grant perdent la vie, quelle qu'en soit la raison. »

Drostan n'aimait pas du tout l'idée de voir Chrissa partir au combat sans lui, mais Jamie avait tout à fait raison. « Oui, je ne pourrai pas mener un cheval dans une bataille. »

Chrissa lui adressa une brève étreinte, puis Jamie la souleva sur son cheval. Alasdair et les autres venaient de les rejoindre.

« Bien joué » dit Jamie au groupe. « Est-ce que vous vous rendez à Stirling ? »

« Oui » répondit Alasdair.

Drostan parvint à se mettre en selle derrière Chrissa. « Nous allons prendre la route. Je ne suis peut-être pas capable de chevaucher au combat, mais je peux certainement me servir de mon épée à pied. Lorsque j'irai mieux, nous aurons un compte à régler avec nos ravisseurs, et je me ferai un plaisir de m'en charger. Mais d'abord, je dois aller voir mon père. »

CHAPITRE 24

CHRISSA NE PUT s'empêcher de sourire face à la réception qu'ils reçurent lorsqu'ils retournèrent au château Grant – celle dont elle avait toujours rêvé, mais elle ne s'était pas attendue à l'avoir arriver si vite. Évidemment, ils avaient manqué à tout le monde. De nombreux gardes surveillaient la porte et le mur d'enceinte, ce qui la ravit également. Une fois qu'ils eurent atteint les portes, la herse se leva et des acclamations s'élevèrent tout autour d'eux. Menant son cheval à l'intérieur de l'enceinte, elle s'arrêta à la porte.

« Avez-vous vu la mère de Drostan ? »

« Non. Et personne n'est entré sans notre accord. »

Cette réponse la rassura quelque peu. Elle mena directement son cheval vers les escaliers, où ses parents les attendaient.

« Tu vas bien, ma fille ? » appela son père.

« Oui, père. Je suis faible, affamée et fatiguée, mais ça ira. Drostan n'a pas eu autant de chance. Il a reçu une blessure et a perdu beaucoup de sang. » Drostan descendit du cheval et faillit s'effondrer au sol, mais son père vint lui prêter main-forte.

Elle fut ravie de voir son père aider Drostan à se redresser. Le teint du jeune homme était devenu pâle et moite. Quiconque le regardait pouvait comprendre qu'il avait du mal à tenir debout.

Sa mère lui adressa une brève étreinte avant de reporter son attention sur Drostan. « Tu as besoin d'aller voir une guérisseuse tout de suite. »

Drostan ne répondit rien. Il se contenta de rester immobile pendant un moment, visiblement en train de reprendre ses esprits. « J'irai dès que ma tête cessera de tourner. »

« Je vais l'accompagner, mère. Suivez-nous, je vous expliquerai tout. »

Sa mère l'étreignit une nouvelle fois, puis Chrissa passa un bras autour de Drostan et dit : « La chambre de soins se trouve au bout du hall. Tu t'en rappelles, n'est-ce pas ? »

Il hocha la tête, mais se tourna d'abord vers le père de la jeune femme. « Surveillez bien ma mère. Elle était l'un de nos ravisseurs, bien que je ne pense pas qu'elle me suive jusqu'ici. »

« Ta mère est restée absente pendant très longtemps » dit son père. « Es-tu certain que c'était elle ? Et pourquoi est-ce qu'elle voudrait vous enlever, tous les deux ? »

« Je l'ai vue, père. C'était sa mère. Je les ai également entendus expliquer pourquoi, mais je te raconterai ça dans quelques instants. »

Fort heureusement, il comprit que sa préoccupation première était Drostan, car il répondit : « Je veillerai à faire part de la situation à tout le monde. Nous la connaissions tous. » Puis il s'éloigna avant que Chrissa ne puisse lui dire qu'elle l'avait déjà fait.

Ils entrèrent dans le hall, les conversations bourdonnant autour d'eux, et les yeux rivés sur les nouveaux arrivants.

« Qui d'autre a osé t'enlever ? » demanda la mère de Chrissa. Elle prononça ces paroles avec des flammes dans les yeux.

Grand-père était assis dans un fauteuil au coin du feu, mais il se leva brusquement lorsqu'ils s'approchèrent. Appuyé sur sa canne en bois, il demanda : « Tu vas bien, Chrissa ? Je vois que Chisholm a été blessé. Si c'est arrivé en protégeant ma petite-fille, tu as toute ma gratitude, mon garçon. »

« Oui, grand-père, je vais bien. Et c'est vrai qu'il m'a protégée. Pour être honnête, je suis trop fatiguée pour vous raconter tout ce qu'il s'est passé » dit-elle en espérant qu'ils ne poseraient pas d'autres questions. Elle sentait ses forces l'abandonner, et ne pouvait même pas imaginer comment Drostan tenait encore debout.

« Qui ? Je veux des noms, Chrissa. Dis-les-moi, puis allez voir la guérisseuse. Tous les deux. »

« Percy et DeFry étaient là, grand-père, ainsi que la mère de Drostan. Il a tué Percy, mais quelqu'un a ouvert notre cellule et nous a libérés. Nos armes et nos chevaux nous attendaient. Peut-être que DeFry est toujours loyal aux Écossais, après tout ? Nous l'ignorons. Mais j'ai entendu la mère de Drostan comploter avec un homme dont je n'ai pas reconnu la voix. Il a dit qu'on le connaissait suffisamment au château Grant pour qu'on le laisse entrer par les portes, mais ce n'était pas DeFry. Voilà le plus important pour le moment. Je vous expliquerai le reste plus tard. Nous avons déjà averti père à propos de l'implication de la mère de Drostan, mais ne baissez pas votre garde. »

Puis elle mena Drostan dans la chambre de soins, où il s'effondra dans un fauteuil. Sa mère et tante Gracie apparurent derrière eux. Après leur avoir adressé un seul coup d'œil, tante Gracie dit : « Chrissa, va te chercher à manger, puis amène quelque chose à Drostan avant que je m'occupe de sa blessure. »

Elle l'embrassa sur le front et quitta la pièce. Alors qu'elle se dirigeait vers les cuisines, elle croisa son père, qui lui dit : « Fais ce que tu as à faire et rejoins-nous au coin du feu. » Bien sûr, il parlait de son grand-père.

Elle entra dans les cuisines, mais bien vite, elle aperçut une chaise et s'y effondra. Pliée en deux au niveau de la taille, la tête entre les mains, elle laissa les larmes couler sur ses joues. Ils étaient rentrés à la maison, Drostan et elle allaient bien, et ils avaient réussi à échapper à leur captivité. Cela semblait trop beau pour être vrai, comme un rêve dont elle ne voudrait jamais se réveiller.

Mais il y avait autre chose.

Elle était amoureuse de Drostan. Se souvenait-il d'avoir échangé ces mots avec elle, ou avait-il oublié, comme elle-même avait oublié la promesse qu'ils avaient faite il y a toutes ces années ? Elle espérait qu'il s'en souvienne — elle savait que ce moment resterait gravé dans sa mémoire pour toujours. Elle repensa à tout ce qu'ils avaient traversé, puis rassembla enfin la motivation nécessaire pour aller chercher à manger et du lait de chèvre. Après avoir demandé à une domestique d'amener la même chose à sa mère dans la chambre de soins, elle s'en retourna vers la cheminée. Les deux hommes qu'elle aimait tendrement lui laissèrent le temps de s'asseoir et de manger avant de lui demander quoi que ce soit.

Enfin, son père murmura : « Tu es amoureuse de lui, pas vrai ? »

Elle se contenta de hocher la tête, surprise qu'il lui pose une telle question, mais soulagée qu'il ait remarqué cette nouvelle proximité entre eux.

« Comptez-vous bientôt vous marier ? » s'enquit grand-père.

Il lui adressa un regard entendu, mais elle secoua la tête. « Non, il ne m'a pas fait sa demande, et nous n'avons pas lié nos mains. »

Son père haussait toujours les sourcils dans sa direction.

« Non, nous ne l'avons pas encore fait. » Elle rougit, mais c'était la bonne réponse à lui donner, car elle vit son père pousser un soupir.

« Raconte-nous tout, jeune fille » dit grand-père.

Elle leur expliqua toute l'histoire du mieux qu'elle put, y compris la partie concernant les fausses lettres adressées aux deux clans. Cela provoqua plusieurs questions de leur part. « Qui pourrait se montrer aussi cruel ? Aussi sournois ? » murmura son père.

« Nous devrions parvenir à le découvrir » dit grand-père.

« Comment ? » demanda-t-elle.

« Tu as dit que cet homme était connu du clan Grant. Peu d'entre nous ici savons écrire. Maddie a enseigné la lecture à nombre de nos gens, mais bien peu ont appris l'écriture. Nous n'avions tout simplement pas les ressources nécessaires. »

Pourquoi n'y avait-elle pas pensé ?

Environ une demi-heure plus tard, sa mère l'appela depuis la chambre de soins. Elle s'y précipita, en espérant qu'elles aient de bonnes nouvelles à lui annoncer.

Drostan portait des vêtements propres et paraissait aller beaucoup mieux. « Tu vas bientôt partir pour Stirling ? » demanda-t-il.

« J'aimerais y aller demain. Il ne reste que deux jours avant le vingt-quatre juin. Ça ne te dérange pas ? Est-ce que tu vas rester ici te reposer ? » Elle s'assit à son chevet pendant que sa mère et sa tante nettoyaient la pièce, puis elles échangèrent un regard avant de s'en aller.

« Je dois d'abord aller voir mon père. »

« Je peux aller l'avertir pour toi, si tu veux. Ça risque d'être un peu difficile pour toi d'aller jusque chez lui. » Cela dit, elle ne savait pas vraiment quel Inan elle allait retrouver – celui de toujours, ou l'ivrogne.

« Je sais, mais je n'arriverai pas à me reposer tant que je ne lui aurais pas parlé de mère. Je dois absolument aller le voir. » Il prit le visage de la jeune femme dans ses mains. « Tu as l'air épuisée. Tu as besoin de dormir. »

Une peur soudaine l'envahit. Il avait été si mal en point... Et s'il ne se souvenait pas de ce qu'il s'était passé entre eux ? Et s'il ne se rappelait que de leur dispute ? Il passa un doigt le long de sa joue. « Moi aussi, je t'aime. Ton inquiétude se lit sur son visage. La façon dont tu t'es occupée de moi... et à quel point je me suis senti mal lorsque nous étions fâchés... Tout cela m'a fait réaliser à quel point je tiens à toi. Avec un peu de chance, lorsque tout sera terminé, je parlerai avec ton père pour lui demander ta main. Je sais que je ne suis pas de sang noble... »

« Ça n'a aucune importance, Drostan. »

Il leva les yeux vers elle et reprit : « Je prie pour que tu aies raison, parce que tu es la seule femme que je désire dans ma vie. Je lui ferai ma demande le moment venu, et j'espère qu'il sera d'accord. » Il passa sa main le long de sa joue.

« Bien sûr que oui. »

« Je ne le croirai que lorsque je l'entendrai. D'abord, tu dois te reposer, puis tu pourras aider les Écossais à remporter cette bataille. Nous devons mettre un terme à toutes les manigances du fils d'Edward. Bouter les Anglais hors d'Écosse, et continuer à vivre nos vies. »

Puis il l'embrassa doucement sur les lèvres et dit : « Va. »

Alors elle se dirigea vers sa chambre et enfila sa chemise de nuit. À sa grande surprise, elle s'endormit instantanément.

Drostan sortit doucement de la chambre de soins tout en remerciant les personnes qui l'avaient aidé. Alex Grant lui désigna un fauteuil au coin du feu, mais le jeune homme lui dit : « Avec tout le respect que je vous dois, je préférerais vous rejoindre un peu plus tard. Je suis sûr que Chrissa vous a déjà expliqué tout ce qu'il s'était passé, et j'aimerais d'abord aller rendre visite à mon père. »

« Compris » répondit Alex. « Est-ce que tu voudrais que quelqu'un t'accompagne, juste au cas où tu rencontres quelque chose d'inattendu ? »

« Non, ça ira. Je vous remercie. »

Il se dirigea vers la porte en titubant, peu surpris d'être salué par Hendrie et Sky.

« J'ai pris bien soin de votre animal, milord. » Le garçon tendit Sky à Drostan, qui la prit brièvement dans ses bras, même s'il savait qu'il ne pourrait pas l'emmener avec lui. La dernière chose dont il avait envie était de la faire tomber par accident. Elle était encore si jeune.

« Petite Sky » gloussa-t-il alors qu'elle lui léchait les joues. « Je vois que je t'ai manqué. Merci beaucoup de t'être si bien occupé d'elle, Hendrie. »

« Vous avez reçu une blessure de guerre, milord ? » Hendrie posa des yeux ronds sur le bandage autour de sa jambe.

« Oui, on dirait bien. » Il pensa à son père, et à sa blessure qui avait mis fin à sa carrière de guerrier. Subirait-il le même sort ? Non, il refusait de croire qu'il laisserait un jour ce genre de circonstance changer qui il était. Même s'il ne pouvait plus se battre, il serait toujours en mesure d'entraîner les autres guerriers. À cette pensée, il se demanda pourquoi son père s'était si facilement résigné à son sort.

La réponse semblait plutôt simple. Il avait toujours associé l'origine des problèmes entre ses parents au penchant de son père pour la boisson, mais peut-être qu'il s'était trompé. En tout cas, il s'était trompé sur *elle*.

« Est-ce que vous savez que c'est Sky qui vous a retrouvé, milord ? » demanda Hendrie, le ramenant à l'instant présent.

« Quoi ? » Il frotta l'oreille de la chienne, qui poussa immédiatement un petit jappement d'approbation. « C'est toi qui m'as trouvé, petite ? »

« Oui, Astra et moi sommes partis à votre recherche, puis nous avons expliqué à ses cousins où vous vous trouviez, et ils sont venus vous chercher. Nous vous avons aidés. J'en suis sûr. » Son grand sourire était rempli de fierté.

« Merci beaucoup. J'ai hâte d'entendre tous les détails à ce sujet, mais ça devra attendre le retour de Chrissa. » Il caressa sa barbe de trois jours tout en parcourant les environs du regard. « Est-ce que tu as vu mon père ? »

« Il est venu au campement des guerriers l'autre jour. Il n'arrêtait pas de parler de votre courage et de vos talents à l'épée. Il disait qu'il n'avait pas peur pour vous. Il était certain que vous alliez vous échapper et sauver Chrissa. »

« Mon père a dit tout ça ? Tu en es sûr ? »

« Oui, il n'arrêtait pas d'en parler. »

Drostan était sidéré. « Je dois aller lui rendre

visite, Hendrie, et il n'aime pas trop les chiens. Est-ce que tu veux bien garder Sky encore un petit peu ? »

« Je prendrai bien soin d'elle, milord. Je serai dans les lices. Elle aime bien être entourée de monde. »

Hendrie s'éloigna et Drostan sourit. C'était vraiment un bon garçon. Il ne lui fut pas facile de tituber jusqu'au cottage de son père. Surpris par la rapidité avec laquelle il fatigua, il essuya la sueur de son front et continua son chemin. Il devait avertir son père au sujet de sa mère. Elle allait venir le voir, Drostan en était certain. Son père l'avait abusée verbalement pendant des années… Et elle n'était pas le genre de personne à oublier si facilement.

Son père n'était pas parfait. Peut-être qu'il n'était même pas un homme bon, mais au moins, il était resté avec Drostan. Sa mère était partie sans lui dire un mot, ce qui l'avait bien plus blessé qu'il ne voulait l'admettre. À présent, il comprenait la vérité : il valait mieux qu'elle soit partie. Son père était un misérable ivrogne, mais il n'avait rien d'un traître. Et il était incapable de parler d'assassiner des innocents comme si de rien n'était.

Il toqua à la porte, mais personne ne répondit. Il l'ouvrit alors et entra dans le cottage, attendant que ses yeux s'habituent à l'obscurité. « Père ? » Comme il ne le trouva pas dans la pièce principale de la hutte, il se tourna vers la zone où était installé le lit, peu surpris de le voir étalé dessus de tout son long.

Il dormait probablement après avoir trop bu.

« Père ? » appela-t-il doucement.

Aucune réponse.

Lorsqu'il s'approcha du lit, il remarqua du sang sur la tunique de son père. Le cœur battant, il posa sa main sur son cou afin de vérifier son pouls. Il sentit un faible battement, pas assez fort pour le rassurer.

« Oh, père » marmonna-t-il à ses côtés, tout en écoutant sa respiration. « Père ? Que s'est-il passé ? »

Sa mère avait-elle cruellement essayé de le tuer ? Si c'était le cas, elle était encore plus monstrueuse que son père.

« Drostan ? Je suis désolé… Tellement désolé… Je suis fier de toi, mon fils. »

« Qui t'a fait ça, père ? Est-ce que c'était mère ? » Son père cligna plusieurs fois des yeux, mais finit par hocher doucement la tête. « Ta mère. Fais attention. » Il désigna quelque chose par-dessus l'épaule de Drostan.

Il tourna les talons si rapidement que le mouvement déclencha une vague de douleur dans sa jambe blessée. La sensation était si fulgurante qu'il s'effondra sur un tabouret, avant de masser ses muscles qui se révoltaient contre les points soigneusement cousus par Chrissa suite à ce mouvement soudain.

Comme il n'y avait personne, il se tourna à nouveau vers son père. « Tiens bon, père. Je vais tout de suite chercher la guérisseuse. Elle va te recoudre. Je t'en prie. »

Mais il vit que toute force était en train de

quitter le corps de son père, et le sang formait une tache de plus en plus grosse sur le lit. « Père ? »

Il vérifia une nouvelle fois le pouls sur sa gorge, mais il ne le sentit plus. Il baissa alors la tête vers son père, luttant contre les larmes qui menaçaient d'inonder son visage.

La porte s'ouvrit et sa mère était là, une dague à la main.

« Est-ce que tu as nettoyé le sang de mon père de la dague avec laquelle tu comptes me tuer ? »

Elle ne ressemblait plus du tout à l'image qu'il avait d'elle. Oh, c'était bien elle, mais quelque chose dans son visage avait changé. Il s'était tordu. Et il ne reconnaissait plus la femme qu'il avait connue. Elle était plus mince qu'avant, et elle avait changé de coiffure – elle portait désormais ses cheveux au sommet de son crâne, et non plus en tresse dans son dos.

« Je savais que tu reviendrais. J'avais encore une chose à faire avant d'accomplir mon objectif de vie : vous tuer tous les deux. » Elle s'avança, sa dague toujours brandie.

« Pourquoi moi, mère ? Je ne t'ai jamais fait de mal. Si quelqu'un a été blessé, c'était moi. Comment as-tu pu abandonner ton propre enfant sans un mot ? » Et ce n'était pas la pire chose qu'elle avait faite. Il était tellement en colère qu'il avait envie de l'étrangler, d'abandonner son corps aux vautours, mais il en était incapable. C'était sa *mère*. N'était-elle pas censée l'aimer et le protéger ?

Est-ce qu'elle a jamais fait ça pour toi ? demanda une petite voix dans sa tête.

Il repensa au souvenir d'Alexander Grant racontant des histoires à ses petits-enfants le soir, au coin du feu. De Kyla Grant qui se battait pour sa fille, l'entraînait, et essayait toujours de faire ce qu'il y avait de mieux pour elle.

Ses parents n'avaient jamais agi de cette manière. Aucun des deux.

« Non » siffla sa mère. « C'est parce que je savais que tu finirais comme lui. Les garçons grandissent à l'image de leur père. Si je te tue, j'épargnerai à ton amie une vie avec un homme qui passe son temps à boire de la bière, ignorant ses souhaits, et la forçant à vivre dans une hutte glaciale dans les montagnes. J'ai une vie bien meilleure désormais. Lorsque je serai devenue riche, j'irai vivre à London. Et je t'assure que j'y arriverai. Les Grant ne méritent pas leur fortune. »

Ses paroles allumèrent un feu en lui, le forçant à se lever. « C'est là que tu te trompes. Je n'ai jamais maltraité une femme, et je ne le ferai jamais. Mais tu n'en as rien à faire de moi, pas vrai ? Tu n'es qu'une garce sans cœur. »

Elle s'avança vers lui, son couteau brandi devant elle. Il craignait qu'elle n'essaie de s'en servir, mais elle n'en fit rien. « Tu ne sais absolument rien sur moi. »

« Je sais que tu es partie sans dire quoi que ce soit à ton unique enfant. »

Elle sautilla vers lui, mais fit ensuite une chose à laquelle elle ne s'attendait pas. « C'est vrai, tu as raison. Tiens… » Elle lui tendit la poignée de la dague. « Frappe-moi pour ce que je t'ai fait. Allez. Vas-y. »

Elle lui offrit son arme, mais il la refusa, car il la voyait comme un symbole de sa famille et de tout ce qu'il voulait laisser dans le passé. « Non, je n'en veux pas. »

« Prends-la. Blesse-moi comme ton père m'a blessée. Allez. Prends-la. »

Il secoua la tête en levant les mains. « Non, je ne suis pas comme toi ou comme père. Je refuse de faire quelque chose que je regretterai pour le reste de ma vie comme tu l'as fait. »

Elle rejeta la tête en arrière et éclata d'un rire dément.

« Tu as tué un ivrogne, mère, mais je suis un guerrier Grant. Tu penses vraiment pouvoir me maintenir au sol pour me poignarder ? »

Elle ferma les yeux et rit de plus belle. S'il avait cherché une occasion de la toucher, il l'avait fait. Il aurait pu lui prendre sa dague, la tuer et mettre fin à cette mascarade, mais il n'en fit rien.

Lorsque son rire s'effaça, elle s'essuya le coin de l'œil. « Tu m'as fait pleurer de rire. Je savais que tu ne pourrais pas le faire. Tu es faible, comme ton père. Tu ne pourras jamais me tuer. » Elle saisit le couteau et le reprit en main avec l'intention de s'en servir.

Il vit alors une silhouette dans l'encadrement de la porte, brandissant une dague.

Chrissa.

Sa mère tourna les talons pour la regarder. « Qui diable es-tu ? Si tu fais encore un pas, je le tue. » Puis elle sembla la reconnaître. « Ah, c'est toi. Tu t'es toujours donnée des grands airs, mais tu ne sers à rien. Tu n'es rien. » Elle cracha aux pieds de Chrissa.

La jeune femme inclina la tête et répondit : « Je suis la femme qu'il aime, et je l'adore exactement comme il est. Je suis heureuse qu'il ne soit pas capable de tuer sa propre mère, son propre sang. »

« Vous vous êtes bien trouvés, tous les deux. Aucun de vous n'a assez de cran pour me faire du mal. » Elle prit sa dague et la fit tourner dans sa main. « Qui veut y passer en premier ? »

« Peut-être qu'il ne peut pas se battre contre vous… » dit Chrissa. « Mais moi, je le peux. » Elle brandit sa dague et l'enfonça dans le cou de la femme, faisant gicler du sang partout.

Elle mourut en l'espace de quelques secondes.

CHAPITRE 25

CHRISSA SE PRÉCIPITA vers Drostan et se jeta dans ses bras. « Pardonne-moi, mais elle voulait nous tuer… Elle allait… »

« Chut » dit-il en posant ses doigts sur les lèvres de la jeune femme. « Elle avait raison. Je ne pouvais pas le faire, sauf si elle essayait de t'attaquer, mais elle m'aurait tué d'abord, puis elle s'en serait prise à toi. Tu as fait ce qu'il fallait. »

Il la serra fort contre lui pendant que Chrissa se retenait de pleurer. « Et ton père ? »

« Elle l'a tué. Elle l'a poignardé alors qu'il était soûl. Il était encore en vie quand je suis arrivé ici. Il… Il m'a dit qu'il était désolé. » Il s'interrompit pour reprendre contenance, tout en poussant un sifflement entre ses lèvres serrées. « Il a dit qu'il était fier de moi. C'est quelque chose que je n'ai pas souvent entendu. »

« Tu dois être dévasté. Tu as perdu tes deux parents le même jour. Je suis vraiment désolée, Drostan. »

Il l'attira vers lui et posa sur ses lèvres un tendre baiser plein d'amour qui faillit la mettre à genoux. Puis il l'embrassa sur le front et dit : « Allons-y. Je te raccompagne au donjon pour informer tout le monde de ce qu'il s'est passé. Demain, tu devras rassembler tes affaires et partir pour Stirling afin d'aider le roi. Si je pouvais y aller avec toi, je le ferais, mais je ne ferais que vous ralentir. »

« Avant que nous ne quittions le campement du roi Robert, tu voulais que je reste à l'abri. Tu as dit que tu étais trop inquiet. Pourquoi ne l'es-tu pas maintenant ? »

« Parce que je crois en toi. J'ai vu comme tu as géré la situation, avec ces idiots qui ont essayé de monter notre clan contre celui des Ramsay, et la façon dont tu m'as protégé quand c'est moi qui aurais dû le faire. »

« Mais tu m'as protégée » dit-elle en prenant son visage dans ses mains. « Tu m'as sauvée du shérif Percy. Nous nous sommes échappés ensemble. Nous sommes capables de tout quand nous sommes ensemble. Enfin, lorsque nous sommes en état. J'aimerais que tu puisses venir avec moi, mais je te remercie de comprendre pourquoi je dois le faire. » Elle lui donna un long et doux baiser, puis se recula. « Je t'aime. Tu vas terriblement me manquer, mais je vais faire ce que tu m'as dit. Je partirai demain, et je devrais arriver à la tombée de la nuit. Je vais aller me coucher, et je me lèverai avant l'aube. Viens, retournons au donjon. »

Ils rebroussèrent chemin vers le château, sans s'attarder pour converser avec les gens. Drostan avançait si lentement qu'il n'aurait pas pu y arriver tout seul, mais elle resta à ses côtés, car elle savait qu'elle aurait voulu ne plus jamais le quitter.

Partir à Stirling sans lui serait difficile, mais elle le ferait. Puis elle se concentrerait sur leur relation. Ils avaient besoin de temps pour se connaître de cette nouvelle manière, et sans l'ombre d'un doute, elle avait vraiment hâte.

Une domestique apporta de l'eau fraîche et des linges dans la chambre du jeune homme, puis Chrissa l'aida à se nettoyer avant de s'installer au lit, en chien de fusil devant lui. Peu lui importait ce que disait sa mère, elle resterait avec lui ce soir-là. Les battements de son cœur l'apaisèrent bien plus que n'importe quel autre remède.

C'était un son qu'elle comptait bien chérir.

Lorsque Chrissa arriva à New Park, elle fut ravie de voir autant de guerriers rassemblés pour soutenir le roi. Comme ils portaient des plaids Grant, personne ne leur posa de questions, et ils se dirigèrent tout droit vers un groupe à l'arrière.

« Les Grant et les Ramsay se battront dans ce groupe avec le roi Robert. »

Elle et la vingtaine de gardes avec qui elle avait voyagé se dirigèrent rapidement vers leur groupe. Ils avaient amené plusieurs sacs de nourriture, et elle en prit un pour l'apporter au groupe où se trouvaient ses cousins.

« Bienvenue, Chrissa ! » appela Maggie. « Nous avons bien besoin d'une autre archère. Demain, nous nous placerons au sommet de cette colline. »

Le groupe était rassemblé en cercle autour

d'un petit feu. Alasdair, Emmalin, John, Els, Alick, Derric et Dyna. Quelques Ramsay étaient là également : Sorcha, Maggie, son mari Will, et Molly.

« Torrian et Jamie sont avec le roi Robert » expliqua Dyna. « Leurs guerriers sont dans la bande de combattants. Loki a aussi fait venir son armée, et il s'entraîne à former le schiltron de lanciers avec Tormod et Cailean. Il y a quatre bandes de combattants. »

« Combien au total ? »

« Environ six mille, aux dernières nouvelles. Il y a quatre groupes de lanciers qui se battront durant l'offensive, puis deux brigades écossaises, et enfin la cavalerie légère. Le roi Robert mènera les Highlanders juste derrière la cavalerie. Quiconque n'a pas reçu l'entraînement nécessaire se battra en dernier, si c'est nécessaire. »

« Alors où se battront les Épées des Highlands ? »

« Tous les Écossais qui ne se sont pas entraînés avec Robert sont dans le groupe derrière la colline. C'est nous qui serons à sa tête. Il nous garde pour la fin. »

« Comment va Drostan ? » s'enquit Molly.

Chrissa distribua les morceaux de pain et de fromage qu'elle avait apportés, puis leur tendit le sac de pommes avant de s'assoir sur une bûche pour leur expliquer ce qu'il s'était passé.

« Alors sa mère faisait partie du groupe de ravisseurs qui vous ont enlevés ? » demanda Alasdair.

« Oui, c'est elle qui avait prévu de laisser nos corps devant le donjon après la bataille. Elle voulait attirer l'attention de tout le monde pour les faire sortir du château afin que leurs hommes puissent passer par l'arrière du mur d'enceinte. J'en ai parlé à grand-père, et avec l'aide de Drostan, je suis sûre qu'ils trouveront une solution pour arrêter ces salauds. »

« Tu ne penses pas que la mort de sa mère a déjà mis un terme à leur plan ? » intervint Els, la bouche pleine, ce qui la fit rire, même si elle avait compris le message.

« Non. J'ai entendu un homme avec elle, un inconnu, mais il pourrait s'agir de n'importe qui. Si vous avez des idées, n'hésitez pas à me les dire. » Elle leur parla de la conversation qu'elle avait entendue, mais ils n'avaient aucune suggestion à faire.

« Alors nous allons nous battre demain ? » demanda-t-elle.

« Oui » répondit Alick. « Tu ferais mieux de rester avec les archers. Il y a trop d'inconnus ici, qui seraient ravis de se trouver une femme. Ils ne verraient pas d'inconvénient à t'enlever et à te ramener chez eux dans les Highlands. »

Elle jeta un coup d'œil à Maggie pour vérifier s'il plaisantait. Sa cousine Ramsay haussa les épaules. « Je ne peux pas le contredire. J'en ai vu beaucoup qui en seraient capables. Reste avec le groupe. Nous tirerons dès que nous aurons une cible. »

« Hier soir, notre roi n'a eu aucun mal à vaincre De Bohun, l'un des meilleurs hommes d'Edward, avec seulement sa hache à une main » ajouta Alick. « Il était le premier à s'avancer, mais le roi

Robert l'a tué d'un seul coup. Nous gagnerons cette bataille. »

Ils poursuivirent leur discussion à propos de la situation et de leurs chances de victoire, mais elle se fatigua rapidement. « Où vas-tu dormir, Dyna ? » demanda-t-elle enfin. « Je dormirai près de toi. »

« Juste ici, lorsque le feu sera éteint. »

Sorcha et Molly hochèrent la tête dans sa direction. « Nous allons nous pelotonner ensemble juste ici » dit Molly. « Moi aussi, j'ai envie de dormir. » Les hommes mettaient fin à leurs conversations.

Alors qu'elle s'endormait, la jeune femme pensa à Drostan.

***

Drostan enterra son père pendant que d'autres hommes du village creusaient une tombe pour sa mère. Il ne pouvait tout simplement pas le faire lui-même. À sa demande, ils l'avaient enterrée au plus profond de la forêt. Elle ne méritait pas de reposer avec le reste du clan.

Il avait toujours mal à la jambe, mais cela ne l'empêcherait pas de faire ce qu'il avait à faire, et il retourna au donjon afin de s'entretenir avec Alex Grant. Il le trouva assis au coin du feu, perdu dans ses pensées. « J'aimerais vous demander votre aide, milord. Ma mère est morte, mais d'autres personnes sont peut-être toujours en train d'élaborer un plan pour prendre le contrôle de votre château. Nous ignorons encore l'issue de la bataille, et nous devrions nous préparer. »

« As-tu la moindre idée de qui pourrait se trouver derrière tout ça ? »

« J'en ai quelques-unes. Mais plus important encore, j'aimerais préparer un dispositif pour garantir leur échec. Est-ce que vous voudriez bien élaborer une stratégie avec moi ? »

Alex Grant sourit et répondit : « Rien ne me ferait plus plaisir. Nous allons nous occuper de lui. Peu importe qui remporte le château de Stirling, nous ne le laisserons pas prendre le contrôle de notre château. »

Le lendemain matin, Chrissa suivit l'équipe d'archers jusqu'à l'endroit qui surplombait Bannock Burn. Une partie du plan du roi Robert consistait à empêcher les Anglais de pouvoir se déplacer dans toutes les directions. Ils voulaient les restreindre à deux directions, ce qui leur faciliterait grandement la tâche pour les vaincre.

Le roi Robert commença la journée par une cérémonie visant à adouber une grande partie des guerriers qui allaient participer à la bataille, puis ordonna à ce qu'on hisse les bannières à la vue de tous les Anglais. Son frère Edward était en charge des schiltrons, et ils se dirigèrent vers Bannock Burn, à une courte distance des Anglais. Après s'être agenouillés pour une prière, ils passèrent à l'offensive, ce qui prit les Anglais par surprise. Robert Bruce avait déjà fait usage de schiltrons de lanciers serrés, mais jamais pour attaquer.

L'équipe des Épées des Highlands resta en retrait avec les archers, derrière les guerriers sans entraînement. Les oncles de Chrissa avaient été appelés à rejoindre les brigades des Highlanders de Bruce, le groupe qui suivait les schiltrons et une autre brigade écossaise.

Ils trouvèrent un point de vue idéal pour observer le combat, dans une partie de la forêt où ils ne pourraient constituer une cible facile. Les schiltrons étaient déjà en train de tuer de nombreux Anglais. D'après ce qu'elle avait entendu, Robert usait principalement de cette tactique pour se défendre, mais elle était tout aussi redoutable comme méthode offensive. « Regardez » dit Maggie. « Edward est en train de placer ses archers contre nos schiltrons. »

Les archers anglais quittèrent l'arrière du champ de bataille et encochèrent leurs flèches avant de les faire pleuvoir sur leurs guerriers. Robert répondit en envoyant sa brigade. Les archers tentèrent de la combattre, mais en vain.

Derric se frotta la paume des mains avec allégresse. « Le roi Robert doit être tous sourires. Il nous dirait que s'il pouvait voir le blanc des yeux des Anglais en ce moment même, ils auraient viré au jaune. Ils sont en train de perdre, et ne savent pas quoi faire ensuite. »

Des cris d'agonie et des grognements de lutte s'élevèrent sur tout le champ de bataille. D'une certaine façon, Chrissa avait cru que les choses seraient différentes. Elle s'était dit que la bataille serait plus difficile. Au lieu de cela, il semblait que les Anglais étaient sur le point d'abandonner.

Ils étaient en train de s'enfuir.

Le roi Robert fit tournoyer son épée au-dessus

de sa tête et donna un signal à Derric. « Sortez les archers. Tuez ces salauds ! »

Derric aida l'équipe d'archers à se mettre en position à l'endroit qu'ils avaient choisi avant la bataille. Certains escaladèrent des arbres tandis que d'autres se cachaient derrière des rochers. Le combat faisait rage. Il était poignant de voir des Écossais tomber aux côtés des Anglais, mais leurs ennemis mouraient beaucoup plus vite qu'eux.

Une heure passa, puis une autre, et la bataille se poursuivit. Le visage de Derric se durcit de détermination, et il se précipita vers la ligne principale.

« Où vas-tu, Corbett ? » appela Dyna.

« Je vais faire avancer cette bataille. Je vois que nos hommes sont en train de fatiguer. Que le roi veuille bien l'admettre ou non, il est temps que nous les rejoignions. »

Mais quelque chose arrêta Derric. Figé par un mouvement derrière lui, il se retourna pour tomber sur le plus jeune garçon du groupe.

John se leva, le visage en alerte.

« Qu'y a-t-il ? » demanda Alasdair.

« Quelque chose ne va pas » dit-il en baissant les yeux vers son épée. Il avait une main posée sur la poignée. L'instant d'après, il se mit à courir vers son cheval. « Par ici » appela-t-il par-dessus son épaule. « Je sens quelque chose de vraiment maléfique… »

« En selle, les Épées des Highlands » s'écria Alasdair en suivant déjà son fils. « Suivez John. » Personne ne fit la moindre objection. Tous avaient conscience du pouvoir de l'épée.

« Je viens aussi » insista Chrissa. Après tout ce qu'ils avaient traversé, elle avait besoin d'aller jusqu'au bout.

« Nous allons rester avec les archers » dit Maggie en leur adressant un signe de la main, suivie de Sorcha et d'Emmalin.

Le temps qu'ils se mettent en selle et en mouvement, John se trouvait déjà bien loin devant eux. Alasdair le suivait de près, puis venaient Derric, Dyna, Chrissa, Alick et Els.

Ils chevauchèrent pendant près de dix minutes, puis John ralentit enfin son cheval. Chrissa comprit rapidement pourquoi. Une vingtaine d'Anglais étaient en train de traîner le roi Robert vers une souche d'arbre. Il avait beau y avoir des milliers d'Écossais dans les environs, personne ne pouvait l'aider.

Sauf eux.

L'un des Anglais s'avança, brandissant une grande épée, tandis que quelques autres poussaient Robert sur le reste du chemin jusqu'à la souche, les mains attachées dans le dos. « Nous allons planter ta tête sur une pique et mettre un terme à ce combat » dit l'homme à l'épée. « Ensuite, le roi Edward sera reconnu comme le véritable roi d'Écosse. »

Ils prévoyaient de décapiter le roi Robert.

Chrissa sentit son cœur bondir dans sa poitrine tandis qu'elle chevauchait vers eux. Allaient-ils arriver trop tard ? John y était presque. Ces salauds d'Anglais allaient-ils le tuer aussi ? Elle ralentit son cheval et saisit une flèche, juste au cas où.

En voyant l'expression du visage du roi Robert, elle comprit qu'il ne ressentait aucune peur. « Tuez-moi si vous le voulez, mais vous ne ferez jamais taire mes frères ! »

Ils le mirent à genoux, tandis que deux d'entre eux le forcèrent à mettre sa tête sur la souche pendant que l'homme levait son épée. Le groupe était tellement concentré sur sa tâche avec Robert Bruce qu'il ne remarqua même pas leur arrivée avant qu'ils ne soient pratiquement arrivés sur eux.

Puis John chevaucha à la vue de tous. Il ne se trouvait plus qu'à une courte distance des Anglais. Soulevant son épée dans les airs, il déclara : « Libérez votre prisonnier. »

Les Anglais se tournèrent pour les regarder. Plusieurs d'entre eux éclatèrent de rire en voyant le jeune garçon à cheval avec son épée levée au-dessus de sa tête.

« Fais attention, John ! » cria Alasdair. Ils étaient presque arrivés à sa hauteur, mais si Chrissa avait appris quelque chose au cours de ces derniers jours, c'était qu'une tragédie pouvait se produire très rapidement. John fut seul pendant un instant, avant qu'ils ne le rejoignent pour l'aider.

« Libérez votre prisonnier » répéta John d'une voix plus grave.

Le groupe se mit à trembler, et un éclair fendit le ciel.

Un homme s'écria : « Tuez-le vite avant qu'il ne soit trop tard ! »

Mais l'épéiste avait pâli. « Pas question de le

tuer après ce qu'il vient de se passer. N'avez-vous pas senti le sol trembler sous vos pieds ? »

Un autre homme s'avança, brandissant son épée. « Alors je m'en occuperai moi-même. Remettez sa tête sur la souche ! »

Sous le choc, les hommes qui retenaient Robert l'avaient relâché, mais ils se saisirent à nouveau de lui. John poussa un cri de guerre des Grant étonnamment puissant avant d'abattre son arme sur l'épéiste qui venait de lever à nouveau la sienne, préparé à tuer le roi d'Écosse. Un éclair le frappa à la poitrine, et son épée s'envola de ses mains avant qu'il ne s'effondre au sol.

Les autres Anglais se mirent à hurler. Certains s'enfuirent, d'autres se cachèrent, mais quelques-uns se préparèrent à se battre.

L'épée de John frappa inéluctablement un homme à l'autre, chacun à leur tour. Dyna encocha une flèche et s'écria : « Tire, Chrissa ! Certains sont en train de revenir vers nous. »

Chrissa toucha deux hommes qui s'étaient retournés pour attaquer, tandis que Dyna en tua trois. L'épée de John lança un autre éclair qui fit s'envoler trois des hommes en train de tenir le roi, puis ils atterrirent, morts.

Alasdair et Derric descendirent de leurs montures, poursuivant certains des Anglais encore debout. Puis deux des soldats se mirent en selle afin de se diriger tout droit vers John, mais Alick et Els, toujours à cheval, les frappèrent avant même qu'ils ne s'approchent.

Une fois que les soldats anglais gisaient tous morts sur le sol, le groupe s'arrêta, haletant, tout en sécurisant les environs. Derric se précipita pour aider le roi Robert à se remettre sur ses pieds. « C'est la dernière fois que j'essaie d'aller pisser en privé » marmonna le roi.

Tout le monde se tourna alors vers John.

Chrissa ne pouvait pas croire tout ce qu'elle venait de voir. John avait empêché un groupe d'Anglais de décapiter le roi Robert. Que se serait-il passé s'ils n'étaient pas arrivés à temps ? Tout aurait été perdu.

« Tout va bien ? » demanda Derric au roi.

« Ça va, grâce aux Épées des Highlands. » Il s'avança à grands pas devant le cheval de John. « Qui es-tu, mon garçon ? Et quelle est cette épée ? Elle est vraiment spéciale. »

John, visiblement choqué par tout ce qu'il venait de se produire, secoua la tête, incapable de répondre.

Alasdair s'approcha pour se tenir à ses côtés. « John est mon fils, et l'arrière-petit-fils d'Alexander Grant. C'est sa première bataille, laissez-lui un instant pour se remettre. » Il leva ensuite les yeux vers son fils en lui tapotant la cuisse. « Bien joué. »

John, qui semblait toujours incapable de parler, abaissa son épée et la remit dans son fourreau.

« Merci beaucoup à toi et à ton groupe, John. Tu m'as sauvé la vie. Dis-moi ce que tu veux, et je te l'offrirai. »

« J'ai une demande à vous faire » dit John.

« Dis-moi, John Grant. »

Le garçon déglutit avant de parcourir les environs du regard. « Je veux que personne ne répète ce qu'ils ont vu ici. Ça doit rester secret. Il ne serait pas judicieux que quelqu'un apprenne que les Anglais ont réussi à vous atteindre. »

Chrissa descendit de son cheval et s'approcha pour mieux entendre la conversation. Elle vit la fierté dans les yeux d'Alasdair en entendant la requête de son fils. Elle savait exactement pourquoi il avait prononcé ces paroles, mais les autres le comprendraient-ils ?

Le roi Robert posa les yeux sur Alasdair et acquiesça, un petit sourire aux lèvres. « Tu as un fils d'une grande sagesse, Alasdair. »

« En effet » convint Dyna en hochant la tête.

Si la rumeur de John maniant l'épée de saphirs se répandait, ils seraient attaqués de toutes parts. Et ils ne pourraient probablement pas atteindre le château avec l'épée en leur possession. De toute évidence, John n'avait aucune envie de divulguer cette information au roi Robert, garantissant ainsi que son destin resterait entre les mains de leur clan.

« C'est comme si c'était fait. Je ne parlerai de cet événement à personne, et j'ordonne à tout le monde de faire la même promesse. »

« Je le ferai également, mais je devrai en parler à mon arrière-grand-père » dit John.

Le roi Robert s'inclina légèrement. « Accordé. » Puis il se dirigea vers un cheval et demanda : « Est-ce que je peux prendre le tien, Corbett ? »

« Oui, je chevaucherai avec ma femme. »

Le groupe s'en retourna vers le campement, puis Derric et Dyna se séparèrent des autres afin d'escorter le roi jusqu'au champ de bataille, puisque des bruits continuaient de leur parvenir. Ils retournèrent vers le groupe avec les deux chevaux. Ils avaient tous envie de lever les bras au ciel en signe de victoire, mais c'était impossible. Ils avaient juré de ne pas parler de ce qu'il venait de se produire.

Ils avaient accompli l'inimaginable. Ils avaient sauvé le roi d'une mort certaine. Mais il n'y avait pas le temps de se reposer sur ses lauriers.

Lorsqu'ils approchèrent de la bataille, Chrissa entendit des bribes de conversations entre Derric et le roi Robert, notamment le fait que le roi voulait que tout le monde se batte. Après ce qu'il venait de se passer, il comptait bien frapper un grand coup.

Puis, avec un mouvement de son épée, Derric annonça : « À nous de jouer. Les guerriers et les Épées des Highlands vont mettre un terme à cette bataille. »

Leur moment était venu.

Il se précipita vers le grand groupe de Highlanders à pied et s'écria : « Il est temps de leur montrer de quel bois vous vous chauffez. Tuez les Anglais ! » Puis il fit un autre geste de son épée et les Écossais dévalèrent la colline. Derric jeta un coup d'œil à John et lui dit : « En selle. Mène-les à la bataille avec ton épée. »

« Je suis prêt » répondit John.

Ils se mirent en selle, sur le point de partir, lorsque John désigna quelque chose. « Regarde, il y a des Anglais en train de s'enfuir. »

C'était vrai. La vue de ces Highlanders à pied les avait-elle effrayés ? « C'est ton moment, mon garçon. Prends l'épée de saphirs et renvoie-les chez eux » dit Alasdair. Ses yeux brillaient de fierté.

Ils chevauchèrent en suivant John derrière l'armée de Highlanders. Lorsqu'ils furent tous arrivés sur le champ de bataille, Alick, Els et Alasdair poussèrent le cri de guerre des Grant tandis que John pointait son épée de saphirs vers le ciel.

Le sol se mit à trembler, envoyant les Anglais dans les airs, et l'assaut continua. L'éclair fendit le ciel au-dessus du champ de bataille, frappant les Anglais à mesure que les Épées des Highlands se précipitaient vers eux, leurs épées tranchants tous les hommes aux alentours.

John et son épée de saphirs brillaient par-dessus les autres tandis qu'il menait le groupe – elle s'illuminait à chaque coup de tonnerre.

Ce qui s'ensuivit fut une immense démonstration de force qui fit fuir tous les Anglais. Chrissa encochait une flèche après l'autre, envoyant ses projectiles par-dessus les Highlanders en plein combat, en veillant à ne toucher aucun Écossais.

La bataille fut longue et difficile, mais chaque moment les rapprochait de la victoire, et finalement, toute l'armée anglaise s'était retournée pour s'enfuir. L'armée écossaise était si puissante que les Anglais se mirent à sauter dans les ruisseaux dans l'espoir de nager jusqu'à un endroit qui les mènerait en lieu sûr.

Mais eu lieu de cela, ils se noyèrent.

Le roi Edward ne fit aucun geste pour fuir, mais son groupe était dévasté, et nombre de ses barons et nobles avaient été tués durant le massacre, malgré leur supériorité numérique.

La bataille était terminée, et les Écossais avaient gagné.

CHAPITRE 26

L A CÉLÉBRATION DU côté des Écossais se poursuivit jusque tard dans la nuit. Mais tous n'avaient pas le cœur à la fête. Nombre de ceux qui avaient lutté lorsque la bataille battait son plein étaient si épuisés qu'ils s'endormirent sur place. D'autres cherchaient leurs camarades perdus.

Chrissa erraient entre les corps morts avec Alick et Els, à la recherche de Grant qu'ils pourraient enterrer ou ramener sur leurs terres. La tâche était plus difficile qu'elle ne l'aurait cru, et elle dut se forcer à continuer avec ses cousins. C'était une mission importante, mais son estomac menaçait de rendre tout son contenu à la vue de tous ces cadavres.

C'était une partie de la bataille à laquelle elle n'avait jamais pensé auparavant, et elle était convaincue de ne jamais l'oublier. Elle ne parlerait à personne de cet aspect du combat, tout aussi poignant que terrifiant. Alors qu'elle se penchait pour tourner le visage d'un homme, elle se figea. Une voix familière, à quelques mètres d'elles. Elle était certaine qu'il s'agissait de l'homme qu'elle avait entendu parler avec la mère de Drostan.

Le traître. Celui qui avait comploté pour forcer le clan Grant à massacrer le clan Ramsay. Elle se leva doucement, ses genoux tremblant sous le coup de la rage qui envahissait tout son être.

Son frère lui toucha l'épaule. D'une voix basse, il lui dit : « Ne prononce pas un mot, ou il saura que nous en avons après lui. J'ai entendu plusieurs voix, mais je pense savoir laquelle te cause des frissons. Il ne faut pas qu'il nous voie réagir. Je vais terminer ici, va parler à John. Dis-lui qu'il est temps de mettre notre plan en action. »

Alick avait raison, bien sûr, et elle ravala sa colère avant de s'éloigner pour se diriger tout droit vers une petite zone de leur campement, bien cachée dans les arbres.

Lorsqu'elle arriva, John était en train de rassembler des affaires tout en mâchonnant une pomme.

« Il est là, John. »

« Vraiment ? » Il prit une autre bouchée de sa pomme avant de la lui lancer. « Je vais planter l'épée à l'endroit dont nous avons parlé. Dans ce gros rocher près de l'entrée de notre campement. Tu es d'accord ? »

« Oui » dit-elle en attrapant la pomme, puis en mordit deux bouchées avant de jeter le reste dans le feu qu'ils avaient allumé.

Molly écarquilla les yeux. « Tu l'as trouvé ? »

« Oui. Maintenant, nous devons faire preuve de patience. »

Maggie gloussa en se couvrant la bouche. « Oh, j'espère être là quand ce salaud se fera prendre. »

« Oh, nous serons tous là. Ça arrivera sur les terres des Grant, aux yeux de tous. » Ce qui voulait dire que Drostan serait aussi témoin de la capture de ce bâtard.

Elle avait tellement hâte.

Chrissa et John retournèrent sur les terres des Grant, en compagnie du reste du contingent de leur clan, juste derrière Alasdair qui était en pleine conversation avec Els.

« Tu penses que ça va marcher ? » demanda John avec enthousiasme.

« Oui, il l'a prise. J'ai hâte de rentrer et de le prendre sur le fait. »

Avant la bataille, ils étaient allés chercher une petite épée auprès de l'armurier des Grant. Environ de la même taille que l'épée de saphirs, c'était une très bonne arme, même si elle n'était pas de la même qualité. Mais pour quelqu'un incapable de faire la différence, elles étaient presque identiques. C'était grand-père qui avait eu cette idée.

Comme ils l'avaient prévu, l'épée que John avait laissée sur le rocher à proximité de leur campement avait disparu. Leur appât se trouvait désormais entre les mains de leur ennemi, et s'il agissait comme ils le prévoyaient, il la ramènerait au château Grant, convaincu de pouvoir utiliser la puissance de l'arme pour en prendre le contrôle. Ils avaient quitté le campement très tôt, avant l'aube, afin de rentrer à temps pour surprendre le traître en pleine action. John avait laissé la fausse épée de saphirs à un endroit où il pourrait la voler pendant que Chrissa et John dormaient.

« Tu es sûre que c'est celui que tu as entendu ? »

« Oui, certaine. »

Ils chevauchèrent en silence pendant un moment, puis ce fut John qui reprit la parole. Sans entrer dans les détails, il déclara : « Je n'arrive pas à croire que cette bataille ait été une telle réussite. Je pense qu'on en parlera encore pendant des années. »

« J'espère que tu as raison » dit-elle. « J'espère vraiment que c'est la fin de cette lutte incessante pour notre peuple. Le roi Edward doit arrêter de nous importuner, et nous donner la liberté que nous n'avons cessé de demander. Nous sommes capables de gérer notre pays. »

« Oui, je suis sûr que c'est ce qu'il va se passer. On l'appellera la Bataille de Bannock Burn » répondit John. « Je suis sûr qu'on en parlera encore pendant des décennies comme de la bataille qui nous a permis de vaincre Edward II. J'ai écouté père, grand-père et tous les autres parler de tellement de batailles, mais celle-ci était différente. Le temps que ça nous a pris, le nombre de guerriers impliqués, la force de tous les groupes du roi Robert… »

« Et les épées spectrales ? »

« Oui, mais on les a à peine remarquées au milieu de la bataille. Ce dont on se souviendra, c'est comment les Anglais ont fui dès que les Highlanders, ou les guerriers sans entraînement, comme certains nous ont appelés, dévaler la colline. C'était vraiment quelque chose à voir. J'ai tellement hâte de tout raconter à grand-père. »

« Et moi, j'ai hâte de prendre notre ennemi sur le vif. »

———— ❧ ————

Drostan attendait dans le grand hall le retour du groupe de Stirling. La rumeur disait déjà qu'Edward était rentré chez lui en courant la queue entre les jambes, bien que la bataille ait été longue. Il priait pour que Chrissa et les autres Grant soient saufs.

Le premier groupe arriva et il se précipita dans la cour pour voir qui était rentré en premier. S'il n'était pas blessé, il serait allé à l'écurie, mais on l'avait déjà recousu deux fois, et il n'avait aucune envie de recommencer une troisième fois. À sa grande surprise, le shérif DeFry et le père Dowall furent les premiers à approcher le donjon.

Alex passa la porte, puis attendit non loin de lui.

DeFry s'avança directement vers lui pendant que le prêtre lui passait devant pour aller saluer Alex. « Écoutez, je suis désolé pour tout ce que vous avez traversé, mais en tant qu'espion pour les Écossais, je devais faire semblant d'être l'un des leurs. »

Drostan se sentit envahi par la colère, mais il se souvint ensuite que Chrissa lui avait dit que la voix qu'elle avait entendue n'était pas celle de DeFry.

Alex le rejoignit tandis que le père Dowall entrait dans le donjon. « Vous avez été impliqué dans l'enlèvement de ma petite-fille. Si vous voulez continuer votre chemin, vous allez devoir vous expliquer tout de suite. Sinon, je vous ferai fouetter pour le rôle que vous avez joué dans cette histoire. » Son expression trahit un certain accès de rage. « Je dois admettre que j'ai l'impression qu'on ne m'a pas tout dit sur cette situation, alors je vous offre l'occasion de me raconter la vérité. Je vous conseille de vous montrer sage et de ne pas en abuser. »

DeFry semblait sérieux, mais il l'avait paru également durant les interrogatoires de Drostan. « Oui, je suis espion, mais pour les Écossais. C'est moi qui suis allé voir Alasdair pour lui annoncer qu'ils avaient été libérés et qu'ils pouvaient se rendre à Gallow Hill. Je savais qu'on aurait besoin d'eux là-bas. Croyez-moi, je n'étais au courant de rien à propos de sa mère. Percy m'a fait venir après qu'il ait élaboré ce plan avec elle et un autre homme. Il m'a fait confiance, même s'il n'aurait pas dû. Mais il a eu ce qu'il méritait. »

Ces paroles semblaient sincères, et pourtant...

Alex se tourna vers Drostan. « Qu'en penses-tu ? »

« Je ne sais pas trop quoi penser. Il était là, mais Chrissa a insisté sur le fait que la voix qu'elle avait entendue appartenait à quelqu'un d'autre. »

« Je les ai aidés à s'échapper. J'ai laissé la porte ouverte » objecta DeFry, le visage luisant de sueur. « Je leur ai même laissé leurs armes et leurs chevaux. »

Alex se tourna vers Drostan pour avoir confirmation, et le jeune homme hocha la tête.

« C'est vrai. Tout paraissait bien trop facile. Je pensais que c'était un piège, parce qu'ils ne nous auraient jamais laissé nous échapper ainsi. Percy nous a suivis avec deux de ses acolytes, mais DeFry n'était pas avec eux. Personne d'autre ne s'est lancé à notre poursuite. »

« Alors qui travaillait avec ta mère ? »

« Je n'en suis pas sûr, mais j'ai quelques soupçons. »

Ils regardèrent alors DeFry, qui haussa les épaules. « Je n'en suis pas certain non plus. Je n'étais pas impliqué dans leurs conversations, mais je sais qu'il y avait une troisième personne. J'ai moi aussi mes soupçons. Je crains qu'il n'essaie encore d'exécuter leur plan, même s'il est le seul encore en vie et que la bataille ne s'est pas déroulée comme ils l'auraient espéré. »

À cet instant, Chrissa arriva avec ses cousins. Elle bondit de son cheval pour se précipiter vers Drostan, jeter ses bras autour de son cou et l'embrasser avec passion. Puis elle dit : « C'était merveilleux. Long, mais ça en valait la peine, parce que nous avons gagné ! Les Anglais ne reviendront pas de sitôt. Et j'ai découvert qui était avec ta mère. »

« Je crois que moi aussi. » Il la serra fort contre lui, tellement heureux de la savoir en sécurité, de voir qu'elle avait survécu, et de pouvoir enfin imaginer un avenir avec elle.

Alex s'éclaircit la gorge.

Chrissa se distança brusquement de lui. « Désolée, grand-père. » Elle étreignit Alex avant de s'éloigner en rougissant.

« Tu es pardonnée » dit Alex. « Je me souviens d'avoir moi aussi été amoureux comme ça. »

Chrissa lui jeta un coup d'œil. « Tu as *toujours* été amoureux de grand-mère. N'essaie pas de me convaincre du contraire. »

« C'est vrai, mais c'est pendant l'amour naissant que tu ne penses à rien d'autre que l'élu de ton cœur. Ensuite, l'amour change, et tu recommences enfin à remarquer le reste du monde autour de toi. Tu n'as fait que prouver ma théorie. » Il lui tapota l'épaule et sourit. « Je suis ravi que tu aies choisi un homme bien. »

« Alors qui est-ce ? » s'enquit Drostan. « Si c'est celui à qui je pense, alors il est déjà ici, et je parie qu'il doit être en train d'essayer de faire entrer ses hommes par-derrière. »

« Nous devons les arrêter ! » s'écria Chrissa.

John les rejoignit et demanda : « Il est déjà là ? »

« Qui donc ? » demanda Alex.

Chrissa et Drostan répondit à l'unisson : « Le père Dowall. »

« Il vient d'entrer dans le hall » déclara Alex en se retournant pour le suivre. « Le petit salaud. Et je doute qu'il soit vraiment un homme d'Église. Mais son costume en a probablement trompé plus d'un. »

« Ne vous inquiétez pas » dit Drostan. « Il n'ira pas bien loin. »

Chrissa le regarda d'un air perplexe. « Qu'as-tu fait ? »

« Viens, tu verras. »

Drostan lui prit la main et mena le groupe qui s'était rassemblé devant le donjon jusqu'à l'arrière du château. Alex, John, Connor, Alasdair, Emmalin et Els les suivirent.

Lorsqu'ils ouvrirent la porte, ils furent tous sidérés, mais ensuite, ils éclatèrent de rire. Une quarantaine de gardes avaient escaladé l'arrière du mur d'enceinte, mais s'étaient retrouvés englués dans quelque chose. Ils luttaient pour se libérer, mais ils se retrouvaient bien vite coincés un peu plus loin.

Le père Dowall était immobilisé, lui aussi, mais il ne cessait de parler à tort et à travers.

« Je ne crois pas avoir déjà entendu un prêtre jurer autant » commenta Alex. « Et toi, Connor ? »

Ce dernier se contenta de croiser les bras, hilare.

Le père Dowall retira sa toge et son collier avant de les jeter loin devant lui, puis sortit quelque chose d'un paquet. « Riez tant que vous voulez, je vais me libérer tout de suite. » Il brandit alors une épée et la leva au-dessus de sa tête. « J'ai le pouvoir ! » s'écria-t-il.

Les rires se firent de plus en plus forts. Chrissa serra la main de Drostan dans la sienne et dit : « Du goudron ? Quelle bonne idée, Drostan. »

John s'écria alors : « Ce n'est qu'une fausse épée, mon père, même si je suis sûr que vous n'êtes pas prêtre. Peu importe, j'ai déjà caché l'épée de saphirs, et personne ne la trouvera jamais. »

« Bien joué, Drostan » dit Connor. « Je pense qu'on va les laisser comme ça pendant un moment. »

La pluie de jurons se poursuivit, et tous se retournèrent pour entrer dans le donjon.

Drostan se pencha sur les parapets, les yeux posés sur la femme qu'il aimait dans la cour. Des larmes lui vinrent aux yeux, ce qui ne lui était pas arrivé depuis qu'il avait perdu ses deux parents le même jour et qu'il était tombé encore plus amoureux de Chrissa. Il avait également été enlevé, blessé et placé dans une situation impossible par des hommes cruels.

Et une femme encore plus cruelle.

Il était venu là pour laisser cette horrible journée derrière lui, et avec un peu de chance, commencer une nouvelle vie avec Chrissa. Si sa famille le lui permettait.

Alex se pencha à son tour sur les parapets à côté de lui, tandis que Finlay et Kyla se plaçaient de l'autre côté. « Tu sais, jeune homme... » déclara Alex. « La captivité nous pousse à faire des choses que nous ne ferions jamais en temps normal. »

« C'est vrai. Écoute mon père, il sait ce que c'est » intervint Kyla.

« Les pensées que j'ai eues dans cette affreuse cellule feraient peur à n'importe qui. Mon esprit n'arrêtait pas de prendre des directions étranges et de m'imposer des pensées très bizarres. » Il piétina le sol du bout de sa botte. « Et de penser que la personne responsable de mon enlèvement et de mon emprisonnement était ma propre mère... Je suis vraiment désolé pour tout le mal qu'elle a causé. Je voudrais m'excuser auprès de vous tous, mais je ne sais pas comment le faire correctement. Si vous souhaitez que je quitte le clan… »

Finlay l'interrompit en le prenant par l'épaule. « Assez de ces sottises. Tu n'avais rien à voir avec tout ça. Ta mère avait un esprit tordu, et tu n'es pas responsable de ses actes. N'y pense plus. »

Il se tourna vers le père Chrissa, reconnaissant d'entendre ces paroles. C'était comme si Finlay avait sondé son âme et identifié toutes ses craintes. À présent, il ne tenait qu'à lui de le croire. « Je suis amoureux de votre fille, mais si vous préférez me chasser… »

« Ça suffit » dit Alex. « Pourquoi es-tu venu ici ? »

Drostan recula légèrement des parapets afin de ne pas se laisser distraire par Chrissa. « Parce que je savais que vous seriez ici, tous les trois, et que je voulais vous demander votre bénédiction. J'aimerais épouser Chrissa, si vous voulez bien m'y autoriser. »

Kyla se précipita vers lui et l'étreignit en poussant un cri strident.

« Est-ce que ça veut dire oui ? » demanda-t-il en regardant Finlay qui souriait de toutes ses dents derrière sa femme.

« Oui, nous serions très heureux que tu épouses Chrissa. Pas vrai, père ? » demanda Kyla en se penchant vers Alex.

« Oui, je serai ravi d'assister à un dernier mariage avant de… »

Kyla faillit pousser Drostan hors de son chemin dans sa hâte de se diriger vers son père. « Ne pense même pas me laisser. Pas encore, père. Tu m'entends ? » Elle saisit son père par l'épaule, ses yeux plongés dans les siens, puis elle tourna brusquement les talons et dit à Finlay : « Je dois y aller, sinon je vais commencer à pleurer. » Mais elle se retourna assez longtemps pour s'écrier par-dessus son épaule : « Jamais, père. Jamais ! »

Finlay et Kyla s'en allèrent, laissant le jeune homme seul avec Alex Grant. Drostan lui adressa un regard en coin et demanda : « Avant quoi ? Est-ce qu'elle savait de quoi vous parliez, Alex ? »

« Non, elle n'a pas compris ce que je voulais dire. » Puis Alex baissa les yeux vers le groupe qui se trouvait en contrebas et marmonna : « Moi non plus, en fait. »

Chapitre 27

Chrissa était en train de rentrer du champ de tir à l'arc. Elle était la dernière à partir. L'entraînement gardait son esprit occupé, et en vérité, ses cousins lui manquaient beaucoup. Ils étaient tous partis quelques jours auparavant.

Elle poussa un profond soupir au moment où quelque chose tomba d'un arbre juste devant elle tandis qu'elle marchait dessous. Une rose blanche. Elle se pencha pour la ramasser, puis sursauta lorsque Drostan se laissa tomber de l'arbre à son tour.

« Je ne croyais déjà pas que les roses poussaient dans les arbres, Drostan. Mais les guerriers encore moins. C'est une très belle rose, et elle sent si bon. » Elle en huma le parfum en souriant, puis se mit sur la pointe des pieds pour l'embrasser. En se reculant, elle le taquina : « Une seule ? Je crois que j'aurais aimé en avoir plus. »

« Une seule rose, comme toi. Tu es unique, et la seule dont j'ai besoin, Chrissa. »

« Oh, tu es encore plus doux que cette rose. »

« Et je suis venu te demander ta main. Tes parents et ton grand-père m'ont donné leur accord, et cette tâche m'a paru encore plus terrifiante que d'affronter un guerrier. Chrissa Grant, veux-tu m'épouser, et être avec moi pour toujours ? Me promets-tu de ne jamais m'abandonner ? »

Elle poussa un cri strident et passa ses bras autour de son cou. « Oui, bien sûr ! Je t'aime, Drostan, et je ne t'abandonnerai jamais comme l'a fait ta mère. Je suis désolée que tu aies ressenti le besoin de dire ça. » Elle porta une nouvelle fois la rose à son nez pour en humer le doux parfum.

Il posa alors sur ses lèvres un profond baiser qui scella cet instant dans son cœur. Lorsqu'il se recula, il murmura : « Je t'aime encore plus que j'aurais pu l'imaginer. Et je suis tellement heureux de te savoir bientôt mienne pour toujours. »

Il passa ses bras autour d'elle et ils retournèrent vers le donjon d'un pas joyeux.

« Alors c'était ton plan depuis le début ? De me faire ta demande comme nous avons fait ce pacte ensemble, il y a toutes ces années ? »

Il fronça les sourcils. « Quel pacte ? »

Elle lui donna un coup de coude dans les côtes. « Tu as déjà oublié ? Tu ne te rappelles pas ce que ton père nous a dit ? Je suis tombée de l'arbre, tu m'as aidée, tu es resté avec moi, et nous avons fait la promesse de nous marier un jour. »

« Ah, ce pacte. Quand *tu* es tombée d'un arbre. » Il sourit et inclina la tête en arrière. « J'aurais voulu pouvoir te le dire, mais je voulais te faire la surprise. »

« Pour ça, je me souviendrai toujours de ton père » dit-elle en passant ses bras autour de lui pour le serrer contre elle. « Est-ce que mon père a été très difficile à convaincre quand tu lui as demandé ma main ? »

« Non. Je pensais que ce serait compliqué, mais ta mère était très enthousiaste. »

« Bien. Je suis heureuse qu'ils n'aient pas rendu les choses plus difficiles. »

Ils s'en retournèrent vers le donjon bras dessus bras dessous, un grand sourire aux lèvres.

À sa grande surprise, ses parents l'attendaient dans la cour, comme s'ils avaient été au courant des intentions du jeune homme. « Mère, nous sommes fiancés ! »

« Je le sais » dit-elle. « Félicitations. Nous sommes tellement heureux pour vous deux. »

Son père la serra dans ses bras, puis sa mère fit de même.

« Alors est-ce que nous pouvons nous marier demain ? Après-demain ? Je ne veux pas attendre. » Elle leva les yeux vers Drostan pour voir s'il était d'accord, mais son regard stoïque ne laissait rien paraître.

« Vous allez devoir attendre » annonça sa mère en croisant les bras devant elle.

« Qu'est-ce que tu veux dire ? » Son regard alterna entre sa mère et Drostan.

« Écoute, Chrissa… » répondit sa mère. « Je suis sûre que tu sais que ton grand-père ne sera pas là pour toujours. Il s'agit peut-être du dernier mariage auquel il pourra assister. Je veux inviter tous nos alliés à venir ici. Je veux organiser un grand mariage. »

« Et qu'en est-il de ce que nous voulons ? »

Elle était prête à se lancer dans une nouvelle dispute avec sa mère, mais son père intervint : « Écoute ta mère cette fois, ma puce. C'est une excellente idée, et je pense que ça vous conviendra à merveille. »

Elle leva les yeux vers Drostan et demanda : « Est-ce que tu vas me soutenir ou pas ? »

« Non. »

Elle le regarda avec des yeux écarquillés. « Et pourquoi ? »

« Ne te souviens-tu pas de la promesse que tu m'as demandé de faire il y a toutes ces années ? Tu voulais un grand festival pour notre mariage, mais cela n'arriverait que si je m'entraînais très dur dans les lices. Eh bien, j'ai rempli ma part du contrat, et maintenant, c'est ton tour. Laisse ta mère t'expliquer ce qu'elle a en tête, et je pense que tu seras d'accord. »

« Mais… »

« Viens dans le jardin pour que personne ne nous entende » lui indiqua sa mère.

Cédant à la demande des trois personnes qu'elle aimait le plus au monde, elle suivit sa mère dans le jardin. « Vas-y. Explique-moi ton idée. »

« J'aimerais que vous vous mariiez à la fin de l'été, dans une lune. Nous organiserons un grand festival avant le mariage, avec plein de tournois. Grand-père et oncle Logan feront office de juges. Il y aura des tournois de tir à l'arc, de combat à l'épée, de lancer de dagues, d'équitation, et même une compétition dans le loch. » Elle sourit. « Nous pourrions aussi faire un concours de tartes aux fruits – qui pourra en manger le plus. Tout ce que tu veux. Et je souhaiterais inviter tous les alliés que père a rassemblés au fil des ans : les Ramsay, les Cameron, les Menzie et les Drummond. Ils pourront tous participer. Et ainsi, nous aurons un mois entier pour tout planifier et te coudre une magnifique robe à ton goût. »

« C'est vrai que c'est une idée merveilleuse. » Il y avait un seul problème – elle mourrait d'envie de consommer son mariage, et elle ne voulait pas attendre. Bien sûr, elle ne savait pas exactement comment l'expliquer à ses parents. Et un seul regard à Drostan lui fit comprendre qu'il pensait la même chose.

À sa grande surprise, ses parents échangèrent un regard et éclatèrent de rire.

« Qu'est-ce qu'il y a de si drôle ? » demanda-t-elle.

« Nous savons très bien pourquoi tu hésites » répondit son père. « Nous aussi, nous avons été jeunes, autrefois. Ta mère et moi vous avons préparé un cottage. Demain, nous y enverrons de la nourriture, et vous pourriez y passer toute la fin de la semaine. Vous pourrez faire tout ce que vous voudrez – personne n'a besoin de le savoir. Nous n'irons pas vérifier vos draps comme le font certains clans. Et pas de cérémonie du coucher le jour du mariage. Tu sais que grand-père les a interdites. Nous dirons à tout le monde que vous êtes allés rendre visite à un ami au château de Loki. Vous pourrez aussi vous en servir pendant le reste du mois, quand vous avez l'occasion de vous éclipser discrètement. »

« Le seul à soupçonner quelque chose sera

grand-père » poursuivit sa mère. « Mais je lui dirai que vous avez réalisé la cérémonie des mains liées, et il en sera satisfait. »

Dès que Chrissa fut capable de reprendre la parole – quand ces parents l'avaient-ils déjà laissée aussi choquée ? – elle demanda : « Vous en êtes sûrs, mère ? »

« Ton grand-père a autorisé Brodie à lier ses mains avec Celestina alors qu'elle était déjà fiancée à un noble nordique. Et il a également autorisé tante Jennie à le faire. Il acceptera ta décision. »

Elle ne pouvait pas croire ce qu'ils leur offraient, et elle jeta un nouveau coup d'œil à Drostan pour voir sa réaction.

Il hocha la tête, esquissant un petit sourire qu'il essayait de faire paraître innocent.

« Alors oui, bon sang ! » Elle plaqua ses mains sur sa bouche dès qu'elle prononça ces paroles, simplement parce qu'elle ne s'était pas attendue à se montrer aussi brutalement honnête.

Drostan gloussa, son regard alternant entre ses deux parents. « Elle est comme ça, ma femme. Elle n'y va pas par quatre chemins. »

❧

Drostan n'arrivait pas à croire que les parents de Chrissa aient bien voulu organiser une telle chose pour eux. Ils allaient enfin passer une nuit ensemble, dans leur propre hutte.

Non, *deux* nuits ensemble.

« Tu sais que c'est comme si nous avions lié nos mains à présent, pas vrai ? »

« Oui, c'est ce que je voulais, et toi aussi » répondit-il, ravi de passer une si agréable soirée. La température était chaude – c'était le milieu de l'été – mais une brise fraîche soufflait entre les arbres, et le bruit des branches qui s'agitaient sous le vent avait quelque chose d'apaisant. En entendant le murmure des écureuils, Drostan comprit que les petites bêtes étaient aussi ravies que lui de cette soirée. Ils chevauchèrent sur la même monture jusqu'à l'endroit que leur avait indiqué leur mère, surpris de le trouver bien caché au milieu des arbres. « Je ne savais même pas qu'il y avait un cottage ici. »

Il sauta du cheval, puis l'aida à descendre avant d'attacher les rênes de l'animal à un arbre afin qu'il puisse brouter lorsqu'ils seraient à l'intérieur.

Chrissa hésita devant la porte, lui jetant un coup d'œil par-dessus son épaule avant d'ouvrir la porte. Peu lui importait à quoi ressemblait l'intérieur du cottage, du moment qu'il y avait un lit, mais il savait que ce genre de détails avait son importance pour elle. Alexander Grant lui en avait parlé l'autre soir : « Ne méprise jamais les besoins d'une femme. Ils sont aussi importants pour elles que le sont pour nous nos épées et nos dagues. »

Elle ouvrit grand la porte et fit deux pas à l'intérieur, puis porta ses deux mains à sa poitrine. « Regarde, Drostan. C'est si beau. »

Son idée de la beauté, c'était la femme qui se trouvait devant lui, et non les objets qu'ils trouveraient dans la hutte, mais il hocha prestement la tête, heureux de la voir ravie. « Oui, et ta mère a tout bien préparé pour nous. »

Le cottage avait une grande chambre séparée par une cloison qui semblait avoir été ajoutée plus tard, après la construction de la structure principale. Sur leur droite, ils virent une vaste cheminée avec une petite marmite qui fumait déjà au-dessus du petit feu. Une odeur d'agneau rôti lui saisit les narines. Il jeta un coup d'œil à l'intérieur lorsqu'il passa devant, ravi de constater qu'il s'agissait d'un épais ragoût d'agneau et de carottes.

Il y avait des bougies partout, et quelques fleurs posées çà et là, bien qu'il ignorât de quelles espèces il s'agissait, à l'exception d'un vase de roses blanches. Celles-là, il les reconnut, car c'était lui qui avait demandé à la mère de la jeune femme de les placer dans le cottage.

Le lit qui se trouvait derrière la cloison, bien assez grand pour les accueillir tous les deux, était recouvert d'épaisses fourrures et de doux oreillers. Un plateau de fruits et de fromages était posé sur la table au centre de la maison, accompagné d'une bouteille de vin – du grand luxe, sans l'ombre d'un doute. Il y avait également un pichet de bière sur une étagère, plusieurs assiettes et ustensiles, ainsi qu'une grande bassine d'eau.

« Je crois qu'ils ont pensé à tout, jeune fille. Qu'en dis-tu ? »

Elle s'arrêta et passa ses bras autour de son cou. « C'est parfait. J'adore cet endroit, et je t'adore, toi. »

Il l'embrassa et dit : « Par quoi devrions-nous

commencer ? » Il comptait bien la laisser aller à son rythme. Lui avait déjà connu quelques expériences sexuelles, bien que peu nombreuses, c'est pourquoi il se sentait encore aussi novice qu'elle.

« Drostan, je sais que tu préférerais sûrement aller tout de suite dans la chambre, mais est-ce que tu veux bien prendre un verre de vin avec moi d'abord ? Je dois admettre que je suis un peu nerveuse. »

« Excellente idée » répondit-il en lui tirant une chaise. La table se trouvait un peu trop près de la cheminée à son goût, ou peut-être était-ce simplement l'idée de se mettre au lit avec elle qui lui donnait chaud. Quoi qu'il en soit, il devait s'enlever une couche de vêtements. « Ça ne te dérange pas si je retire ma tunique ? J'ai très chaud, tout à coup. »

« Non, fais comme tu le souhaites. »

Il retira donc sa tunique, exposant sa poitrine, avant de s'asseoir à table. Dès qu'il fut installé, il s'empressa de leur servir à chacun un verre de vin et de couper deux morceaux de fromage. Il mit donc du temps à remarquer un petit détail.

Chrissa avait les yeux rivés sur sa poitrine, et ses joues prirent une jolie teinte rosée.

Sa Chrissa n'avait jamais eu peur des défis, aussi il se risqua à hausser un sourcil en demandant : « Tu as chaud, toi aussi ? »

Ses yeux, soudain remplis de malice, se tournèrent à nouveau vers les siens. « Oui, il se trouve que oui. »

« Sens-toi libre de faire comme moi » dit-il avec

un grand sourire. « Moi, ça m'a fait beaucoup de bien. »

Elle retira donc sa tunique, lentement, comme pour le taquiner, puis révéla les plus beaux seins qu'il eut jamais vus de sa vie. Elle se pencha en avant, et les deux globes parfaits reposèrent sur la table. « Tu as raison, ça fait beaucoup de bien » commenta-t-elle en lui adressant un clin d'œil avec un petit sourire.

Il prit son verre et en but tout le contenu d'une seule traite. Bon sang, elle n'était que perfection. Ses délicieux mamelons brun clair lui faisaient de l'œil.

Il se força à détourner les yeux. « Est-ce que tu es prête, Chrissa ? » Il priait pour qu'elle réponde par l'affirmative.

« Non, il me reste encore un peu de vin. Quelque chose ne va pas ? Ne peux-tu pas trouver quelque chose à faire pendant que je termine ? »

Il faillit s'étrangler, mais reconnut ensuite l'expression de son visage. Elle était encore en train de le taquiner.

Alors il se leva, se pencha avec un grognement et la souleva de son siège. Elle poussa un cri strident tandis qu'il la posait sur ses genoux. « Non, tout va bien. Et je viens de trouver quelque chose à faire pendant que tu termines ton vin. Tu ne pensais tout de même pas que j'allais me contenter de te regarder, pas vrai ? »

Elle éclata de rire, rejetant la tête en arrière, puis répondit : « Eh bien, vas-y. Touche-moi autant que tu le souhaites, mais je finirai mon vin. »

Il plongea son regard dans le sien et prit sa

poitrine dans ses mains, puis caressa ses tétons du bout du pouce. « Tu es magnifique, Chrissa. Tu es parfaite. » Sur ces mots, il vit quelque chose apparaître dans le regard de la jeune femme – une nouvelle vulnérabilité.

Elle s'était inquiétée qu'il n'apprécie pas son corps.

« Vraiment ? » demanda-t-elle doucement.

Il poursuivit ses caresses, ses tétons à présent durcis, et elle se cambra contre lui. Son érection était presque douloureuse.

« Oh que oui. Chaque partie de toi est magnifique. Tu veux savoir ce qui serait encore meilleur ? »

« Oui » répondit-elle tandis que sa main s'agrippait à sa nuque.

Il inclina la tête et prit un téton dans sa bouche, fit rouler sa langue autour, puis le suçota jusqu'à ce qu'elle pousse un gémissement. Lorsqu'il passa à l'autre, il continua de masser et de caresser le premier sein, dont l'extrémité était emprisonnée entre son pouce et son index.

« Tu es très doué, tu peux t'occuper des deux à la fois. »

Il rit, leva la tête et demanda : « Est-ce que tu as terminé ton vin ? »

« Non, continue » dit-elle en prenant une autre longue gorgée.

Il posa alors ses mains sur ses fesses et elle sursauta. « Qu'est-ce que tu fais ? »

« Je vais t'enlever ce pantalon. »

« Pourquoi ? »

« Parce que j'ai envie de sentir ta peau. »

« D'accord » dit-elle en remuant son joli fessier pour faire descendre son pantalon jusqu'au sol.

Il reprit son sein dans sa bouche tout en faisant courir sa main sur sa cuisse et entre ses jambes, bien qu'elle les garde encore étroitement serrées. Il se mit à caresser les boucles à la jonction de ses cuisses, qui s'ouvrirent toutes seules afin de le laisser trouver son petit bouton. Il le frotta tout doucement, et elle prit une autre longue gorgée de vin. Il continua de la caresser du bout de son pouce jusqu'à ce qu'elle ouvre assez les jambes pour lui donner libre accès à son intimité. Ils ne prononcèrent pas le moindre mot, profitant simplement de leur proximité pour en apprendre plus l'un sur l'autre. Elle remonta ses mains jusqu'à ses épaules, puis ses avant-bras, et trouva enfin ses mamelons, qu'elle caressa de la même manière qu'il l'avait fait avec les siens.

Il ne s'était pas attendu à ce qu'elle le laisse explorer aussi librement son corps, mais il savourait cet instant encore plus qu'il ne l'avait espéré.

Lorsqu'il estima qu'elle était prête, il inséra un doigt en elle sans la moindre résistance, et son humidité lui fit pousser un gémissement qui parvint aux oreilles de la jeune femme.

Elle but une autre gorgée de vin jusqu'à vider son verre, puis le reposa sur la table. « Plus de vin. » Et elle lui désigna le lit.

Il l'y emmena tout en savourant la douceur de sa peau avant de l'installer sur les fourrures et les oreillers. Puis il se recula et laisse tomber son plaid.

« Oh, Drostan » dit-elle en regardant son sexe alors qu'il se mettait au lit avec elle.

Il s'allongea alors au-dessus d'elle et demanda : « Tu es sûre que tu es prête, jeune fille ? »

« Oui, j'en ai envie, mais je t'en prie, fais ça vite et n'en parlons plus. Je sais que ça va me faire mal la première fois. »

Il obéit, appuyé de tout son poids sur ses coudes tandis qu'il se glissait dans son entrée humide, puis attendit qu'elle s'habitue à cette sensation d'invasion. Il sentait une barrière, mais attendit de voir si elle allait se détendre un peu tandis qu'il caressait tout son corps, s'enfonçant un tout petit peu plus à chaque fois qu'elle semblait se relâcher.

« Vas-y, Drostan. »

Comme il était parfaitement positionné dans son entrée, il donna un rapide coup de reins et plongea en elle, rompant la barrière. Elle se resserra autour de lui, et tout ce qu'il parvint à dire fut : « Je suis désolé. »

Il s'immobilisa pour l'attendre, la laisser s'habituer à le sentir en elle. De ce simple mouvement, elle venait de perdre sa virginité. Il était donc tout à fait normal qu'il la laisse contrôler ce qu'il se passerait ensuite. Bientôt, elle se cambra contre lui, ce qui le stimula au point de lui demander : « Ça va ? Je peux bouger, ça ne te fait pas mal ? »

« Oui » répondit-elle, légèrement haletante. « Je veux aller jusqu'au bout. Je t'en prie, Drostan. Je vais bien. »

Alors ils entamèrent ensemble cette danse ancestrale, et Chrissa prit naturellement le rythme. Elle suivit ses mouvements jusqu'à ce que le besoin qui palpitait au cœur de son plaisir devint trop intense et qu'elle se cambre à nouveau contre lui pour le faire aller plus vite, plus fort, plus dur, puis elle atteignit enfin son paroxysme en criant son nom.

Elle l'entraîna avec lui – il lui saisit les hanches et jouit avec un rugissement tout en répandant sa semence en elle. Ç'avait été si merveilleux que tout ce qu'il fut capable de faire fut de lui murmurer à l'oreille à quel point il l'aimait.

Alors, une image apparut soudain dans son esprit.

« À quoi penses-tu ? » demanda-t-elle tout en passant son doigt le long de sa mâchoire.

« À une chose que j'ai toujours voulu faire. Si tu es d'accord. »

« Quoi donc ? Je n'aime pas trop les surprises. »

« Tu as encore ta tresse. Puis-je la défaire ? Nous pouvons nous mettre au coin du feu, pour que tu n'aies pas froid ? »

« Est-ce que je peux m'habiller ? »

Il secoua la tête, un petit sourire aux lèvres. « Non. J'aimerais voir comment tes cheveux tombent sur ton corps nu. »

Elle réfléchit pendant un instant, puis demanda : « Et tu ne vas pas me toucher ? C'était vraiment merveilleux, mais je me sens encore un peu trop sensible. Et j'aimerais m'asseoir sur un plaid, sinon je vais avoir froid. »

« D'accord. »

Il l'aida à s'installer dans le fauteuil devant la cheminée, et il tint son engagement.

Mais pas elle.
Leur vie ensemble s'annonçait merveilleuse.

CHAPITRE 28

DEUX SEMAINES PLUS tard, Chrissa arborait le plus grand sourire que Drostan eut jamais vu… sauf durant ces deux jours qu'ils avaient passés ensemble dans leur cottage.

« Est-ce que ça te convient ? » demanda-t-il en lui adressant une petite tape amicale après avoir pris sa petite chienne dans ses bras. « Est-ce que le festival est assez grand ? Est-ce qu'il y a assez de participants ? » Ils se tenaient à l'extrémité de l'un des champs qu'ils utilisaient pour les tournois, autour desquels s'étaient rassemblés leur clan et leur famille pour observer les concurrents.

Elle acquiesça avec joie et passa ses bras autour de son cou, en veillant à ne pas gêner l'animal qu'il tenait contre lui. « C'est parfait. Absolument parfait. Merci, mon époux. » Elle posa un bref baiser sur ses lèvres, puis se pencha pour frotter le bout de son nez contre celui de leur petite chienne.

« Ne le dis pas trop fort » dit-il, même s'il mourait d'envie qu'elle le crie sur tous les toits. Ils étaient parvenus à retourner discrètement au cottage à deux reprises, mais personne ne leur avait encore posé de questions à ce sujet. « À part tes parents et ton grand-père, personne ne sait que nous avons lié nos mains. » Puis il serra le chiot dans ses bras. « Sauf toi, petite Sky. »

La chienne poussa un petit jappement.

La jeune femme se recula en lui adressant un regard séducteur, tout en roulant des hanches dans le nouveau pantalon que tante Gwyneth lui avait offert.

Loki, le cousin de Chrissa, qui était également l'annonceur du tournoi de tir à l'arc, s'approcha et leva les bras pour attirer l'attention du public. Les archers choisis pour les deux équipes étaient alignés devant le champ de tir, et les spectateurs s'étaient rassemblés tout autour d'eux. Drostan et Chrissa avaient chacun leur équipe, mais ils se tenaient ensemble, formant un front uni.

« Mesdames et messieurs, rejoignez-nous pour ce grand événement – le tournoi de tir à l'arc ! Nous avons le plaisir d'accueillir deux juges pour cette compétition, et je fournirai le troisième vote si nécessaire. Les juges, qui se trouvent à l'extrémité du champ de tir, sont Logan et Gwyneth Ramsay. »

Les applaudissements qui s'ensuivirent furent plus bruyants qu'un coup de tonnerre. Logan se tenait aux côtés de sa femme, et le couple adressa un geste de la main aux participants.

Loki poursuivit : « Et nous remercions tous les lairds et anciens lairds du clan – Connor, Jamie et Alexander Grant. Ce tournoi est en hommage à Jake Grant, qui nous manque beaucoup à tous. »

Un instant de silence s'ensuivit, puis Loki reprit :
« Chrissa, présente-nous ton équipe, s'il te plaît. »

Les hurlements et acclamations faillirent couvrir le son de sa voix pendant qu'elle criait les noms de ses champions : Dyna, Branwen, Molly, Sorcha, Gregor, et Drystan du clan Ramsay, fils de Donnan et Bethia.

Drostan présenta ensuite sa propre équipe : Ashlyn et sa fille, Isbeil, Gavin, Merewen et leur fille, Ysenda, et enfin, Maggie.

Molly s'écria : « Nous allons avoir des problèmes ! Isbeil est très douée ! »

La compétition fit rage pendant des heures, mais l'équipe de Chrissa finit par l'emporter. Il vit qu'elle mourait d'envie de pousser son cri de guerre des Grant, mais elle ne le pouvait pas, parce que les deux équipes comptaient des Ramsay aussi bien que des Grant. Pour célébrer leur victoire, et même s'il avait perdu, il lança sa femme dans les airs comme ils le faisaient autrefois, lorsqu'ils étaient enfants, et la foule hurla encore plus fort en signe d'appréciation.

Puis vint le tournoi de combat à l'épée. Ils avaient construit une petite plateforme au centre des lices, qu'il escalada pour faire son annonce : « Tous ceux qui veulent participer à la compétition, veuillez vous avancer avec votre épée. Les juges de ce tournoi seront Alexander Grant, ainsi que les deux lairds Grant, Jamie et Connor. » Bien qu'il ne soit pas autorisé à participer au tournoi, tout comme Chrissa n'avait pas pu démontrer ses compétences au tir à l'arc, il avait hâte de profiter du spectacle aux côtés de sa femme. Ce rêve qu'ils avaient façonné ensemble il y a toutes ces années était en train de devenir réalité.

Des hordes d'hommes se massèrent pour s'inscrire au tournoi. Chrissa se tenait avec un groupe de certains d'entre eux sur le côté pendant que Drostan aidait les oncles de la jeune femme à préparer la compétition de combat à l'épée. Maryell, Merelda, Astra, Dyna et leurs cousines Ramsay, Lise et Liliana, avaient les yeux rivés sur les concurrents qui s'avançaient.

« Oh mon Dieu » dit Astra.

« Qu'y a–t–il ? » demanda Chrissa.

Astra leva un doigt pour désigner cinq hommes qui venaient d'entrer dans la zone. Chrissa n'en connaissait aucun. « Bon sang, ils sont magnifiques. On dirait des dieux nordiques. Qui sont-ils ? »

« Et ils ont enlevé leurs tuniques rien que pour nous… » ajouta Dyna.

« Ferme la bouche, Dyna. Tu baves » dit Chrissa.

« Qui sont-ils ? » murmura Maryell. « Je dois le savoir. Deux d'entre eux ont l'air très jeunes. »

« Lise, Liliana, vous les connaissez ? » s'enquit Dyna. « Ils portent des plaids Menzie. » Les Menzie étaient de la famille des Ramsay par alliance.

Les jumelles se tournèrent pour observer les cinq hommes qui venaient d'entrer dans la compétition. « Oh, ce sont les trois fils de tante Avelina et d'oncle Drew. Tad, Tomag et Maitland. Et les deux derniers sont les fils de Tad. »

« Un pour moi, un pour toi, ma sœur » déclara Merelda.

La compétition commença, et tellement de participants s'étaient inscrits qu'il fallut deux jours pour terminer le tournoi, qui se solda par un duel entre deux concurrents : Alasdair et Derric.

Des douzaines d'autres participants furent invités à d'autres épreuves, pour le plus grand bonheur du public : course d'obstacles à cheval, concours de plongée dans le loch, tournoi de lancer de dagues. Ils organisèrent même une compétition du meilleur pantalon de tir à l'arc.

La gagnante ? Tora, les mains serrées sur son arc miniature.

Ils préparèrent également un tournoi de pêche et de chasse. Ainsi, ils dégustèrent de véritables festins pendant toute une semaine.

Mais pour Chrissa, ce fut une autre partie du festival qu'elle apprécia le plus. Et c'était une chose à laquelle elle ne s'était pas attendue. Grand-père prit place au centre du groupe sur son cheval, ce qui fit instantanément taire la foule.

« J'aimerais vous parler d'une chose qui a été très peu abordée en raison de l'enthousiasme des Écossais après la victoire à Bannock Burn et la tentative de prise d'assaut du château Grant. Je veux parler de deux jeunes personnes qui nous ont aidés à retrouver ma petite-fille bien-aimée. Astra et Hendrie, veuillez vous approcher. »

Chrissa avait entendu parler de leur exploit, mais comme les pensées de tous étaient tournées vers son mariage, personne n'avait officiellement reconnu le succès de leur mission. Mais bien sûr, son grand-père ne risquait pas de l'oublier.

« La plupart d'entre vous le savent déjà, mais Astra a le don incroyable de dessiner des cartes avec une compréhension de l'espace qui échappe à beaucoup d'entre nous. Elle et Hendrie ont décidé de retrouver Chrissa et Drostan, et ils ont réussi là où tant d'autres patrouilles ont échoué avant eux. J'ai cru comprendre qu'ils avaient reçu l'aide d'un petit lévrier écossais nommé Sky, mais j'ai bien l'intention de reconnaître leur succès. »

Astra et Hendrie se tenaient à présent devant Alexander Grant, l'écoutant en silence. Lorsqu'il eut terminé sa déclaration, il hocha la tête en direction d'un groupe de guerriers, qui s'approcha pour encercler les deux enfants.

Loki, qui se tenait en tête du groupe, posa son épée au sol devant les deux jeunes gens. Le reste du groupe les salua avec leurs armes, avant de poser leurs épées au sol à leur tour. La foule tout entière applaudit et acclama les deux jeunes héros.

Hendrie prit Astra dans ses bras, les larmes aux yeux. « C'est arrivé, Astra. J'ai réalisé mon rêve. »

Chrissa ne put s'empêcher de se précipiter vers eux pour les serrer contre elle. C'était le point culminant d'un merveilleux festival.

À présent, il ne restait plus que le mariage.

∾∾

Chrissa se réveilla et se dirigea tout droit vers la fenêtre, dont elle ouvrit les volets avant de se pencher dehors.

« Eh bien ? » marmonna Maryell.

« Ça va être une journée magnifique. Pas un seul nuage dans le ciel bleu. Le jour parfait pour mon mariage ! » déclara-t-elle en levant les bras au-dessus de sa tête, aussi ravie que n'importe quelle autre mariée le jour de ses noces. « Je me demande ce que Drostan est en train de faire. »

« Il crie sûrement sur quelqu'un pour qu'on le laisse dormir » marmonna Merelda, son visage enfoui sous les couvertures.

On toqua à la porte, et Chrissa se mit à glousser. « Tu ne dormiras pas une minute de plus, et tu le sais très bien. »

Sa mère entra dans la chambre avec un plateau de fruits et de fromages. « Tu as une demi-heure pour manger » dit-elle en posant le plateau. « Ensuite, tu pourras utiliser la salle de bains de grand-mère. Nous irons nous habiller, puis tante Avelina, Lise et Liliana viendront fixer les fleurs dans tes cheveux. » Sa tante et ses cousines Ramsay étaient très douées avec les fleurs, et dans leurs deux clans, on faisait toujours appel à elles pour s'occuper des coiffures.

« Merci, mère. » Elle se précipita vers elle, la prit dans ses bras et reprit : « Je suis vraiment heureuse d'avoir attendu. Tout le monde est là, et je suis tellement ravie. Tout le monde ! »

Sa mère se retourna pour quitter la chambre, mais elle lui adressa un regard par-dessus son épaule, les yeux plissés. « Tu ne seras pas en retard. Tu m'entends ? »

« Oui, mère. Tu verras, tout sera parfait. Tout. »

Et la journée n'aurait pas vraiment pu être

qualifiée de parfaite, mais elle y avait survécu. Notamment :

Deux des faisans avaient brûlé en répandant de la fumée dans tout le donjon.

Chrissa se prit les pieds dans sa robe et tomba de plusieurs marches dans l'escalier, fort heureusement sans rien se casser.

Il y avait tellement de tentes et de bannières dehors que tous ses cousins durent sortir afin de leur demander de se déplacer pour la cérémonie.

Il plut en fin de matinée, et tout le monde fut trempé.

Deux plateaux de tartes aux fruits s'envolèrent dans les airs lorsque Maeve poussa un cri en voyant Daniel, Constance et leurs enfants entrer dans le donjon, simplement parce qu'elle avait toujours adoré Daniel.

Daniel, toujours le plus talentueux, avait rattrapé deux des tartes d'une seule main.

Entre les faisans brûlés et les tartes aux fruits écrasées, les chiens mangèrent comme des rois.

Mais ils rirent de toutes ses mésaventures, et lorsque la pluie eut cessé, ils ornèrent les tables de rubans et de fleurs dans la cour et dans le hall. Ils avaient invité tellement de monde que les tables prenaient tout le champ de tir à l'arc et les lices, où l'entraînement était interdit pour la journée. La procession devait commencer près des lices et se terminer devant la chapelle dans la cour. Chrissa démarra si loin de tous que nombre d'entre eux manquèrent le début, mais grâce aux collines vallonnées, ils la verraient lorsqu'elle aurait atteint la prairie.

Et c'est ainsi que le mariage débuta.

Chrissa, sur le dos d'un cheval blanc, traversa un chemin bordé de guerriers Grant, en la personne de ses petits cousins, des enfants Grant vêtus de leurs plus beaux habits. Les enfants la menèrent jusqu'en bas de la colline, où son grand-père et ses parents l'attendaient à cheval. Ils devaient ensuite grimper la colline jusqu'à atteindre la prairie, puis attendre en observant les invités, jusqu'à ce que démarre la cérémonie. La prairie était bondée de membres des différents clans venus de loin pour admirer le spectacle. Des Menzie, des Drummond, des Ramsay, des Cameron, tous étaient là.

Dès que Chrissa atteignit le bas de la colline où l'attendaient ses parents, elle faillit perdre ses moyens. D'un seul regard à Alexander Grant dans sa belle tunique, elle faillit fondre en larmes. Il était si beau. Et sa mère était absolument éblouissante dans sa robe rouge foncé agrémentée d'un corsage au motif du plaid Grant, en compagnie de son père tout aussi magnifique.

Chrissa portait une robe blanche drapée du plaid rouge des Grant par-dessus. Elle arborait également le collier de perles de sa grand-mère Maddie, et une ceinture dorée lui ceignait les hanches. Lise et Liliana avaient orné ses cheveux de fleurs rouges et dorées.

« Tu es magnifique, jeune fille » dit grand-père. « Ta grand-mère serait si fière de toi. Ses perles te vont à merveille. » Il lui tendit la main et elle la prit, puis tous deux grimpèrent la colline à cheval, main dans la main, encadrés par ses parents.

Lorsqu'ils eurent atteint le sommet, la foule

sous leurs pieds leur adressa un tonnerre d'applaudissements et d'acclamations. Les enfants du clan firent un pas en arrière afin de laisser la place aux enfants d'Alex Grant, qui avaient quitté le donjon pour chevaucher jusqu'à Chrissa, puis s'arrêtèrent devant elle et son grand-père. Jamie, Connor, Elizabeth et Maeve étaient magnifiques dans leurs beaux vêtements. Ils firent le spectacle avec leurs chevaux lorsqu'ils se tournèrent à l'unisson afin de mener la procession pendant que les frères de Chrissa – Alick, Broc et Paden – se rassemblèrent derrière leurs parents.

« Est-ce que tu penses que mère nous regarde, père ? » demanda sa mère, la voix étranglée par l'émotion.

« Oui, ma fille. Jake et Aline aussi. »

Ils arrivèrent devant la herse sous des acclamations assourdissantes, mais elle fut alors surprise de ce qu'elle vit. La chapelle avait été déplacée un peu plus loin de la porte, à une extrémité de la prairie.

Devant la chapelle au bout de la prairie se trouvait son bien-aimé. Drostan était avec Magnus, son mentor au campement des guerriers, et le prêtre. Son futur époux était si beau qu'elle faillit fondre en larmes.

Jamie et Connor les arrêtèrent juste devant la chapelle, puis se tournèrent comme pour attendre quelqu'un.

Tous les spectateurs durent reculer pour laisser passer les nouveaux arrivants.

Chrissa et son père se trouvaient toujours à

l'arrière de la procession, mais ils se tournèrent pour observer la cérémonie, et quelle vue !

Deux rangées de guerriers Grant en costume complet les rejoignirent du côté droit de grand-père.

Sur la gauche, menés par Logan et Gwyneth Ramsay, ils furent rejoints par tante Brenna, Torrian, Lachlan et deux rangées de guerriers Ramsay.

À la droite des guerriers Grant arriva un autre groupe, les guerriers du clan Cameron, menés par Aedan et Jennie, tous à cheval, et deux autres rangées de guerriers s'approchèrent à la gauche de Logan. D'abord les Menzie, avec Avelina et Drew à leur tête, puis Diana Drummond et Micheil Ramsay, qui menaient les guerriers Drummond.

Le dernier groupe à les rejoindre était mené par Loki et Bella. Leurs guerriers, qui portaient également des plaids Grant, arrivèrent de l'autre côté du clan Cameron.

Chrissa ignorait totalement qu'ils comptaient faire une telle apparition. Elle se tourna vers le patriarche de son clan et murmura : « Grand-père ? »

« C'est pour montrer à tous les gens de nos terres que le clan Grant n'est pas seul » dit-il fièrement, et elle aurait pu jurer avoir vu des larmes au coin de ses yeux alors qu'il observait le grand rassemblement. « Et les autres clans non plus. Les Ramsay, les Cameron, les Drummond, les Menzie, les Grant. Nous sommes tous ensemble. Et rien ne pourra nous arrêter. Tenez bon, restez forts, et restez unis. »

Lorsque la procession eut terminé, les chevaux se reculèrent pour laisser s'approcher les spectateurs.

Drostan posa son épée au sol devant Alex, Jamie et Connor Grant. Il leur adressa à chacun un hochement de tête avant de s'approcher de sa future épouse, un grand sourire aux lèvres, presque plus grand que son visage, puis il l'aida à descendre. Il lui murmura alors à l'oreille : « Tu es magnifique. Je suis tellement ravi que ce soit notre journée. »

Chrissa se tint aux côtés de son promis, incapable de le quitter des yeux, simplement parce qu'elle adorait son superbe profil et ses prunelles aux nombreuses couleurs. Il serra sa main dans la sienne tandis que le prêtre continuait son discours en gaélique.

Elle aimait tellement cet homme. Ils étaient probablement des milliers à les observer, mais c'était comme s'ils n'étaient que tous les deux, baignés dans la lumière du soleil. Lorsque le prêtre prononça ses dernières paroles, elle eut l'impression d'avoir manqué toute la cérémonie.

Drostan l'embrassa en la prenant dans ses bras, puis la pencha en arrière sous les acclamations de tous les témoins, mais il la redressa ensuite en murmura : « Enfin, nous avons tenu notre promesse. »

Drostan ne pouvait pas croire que c'était enfin arrivé. Ils étaient mariés.

Chrissa était si belle qu'il faillit en avoir le souffle coupé. Ses cheveux, sa robe, ses fleurs, tout en elle respirait la beauté, mais rien autant que son sourire.

Ses yeux s'illuminèrent de joie, et son sourire exprima au reste du monde à quel point elle était heureuse.

Ils se retournèrent et il lui leva la main pour montrer à tous qu'ils étaient mariés, leurs mains entrelacées dans un morceau de plaid Grant. La marée de guerriers en plaid était impressionnante – bleu et noir, violet et doré, marron et doré, et bien d'autres teintes de plaids rouges. À sa grande surprise, la famille de la jeune femme mena leurs chevaux légèrement sur le côté pendant que les autres clans changeaient de position. Chrissa et Drostan faisaient face à l'extérieur avec les lairds ainsi que ses oncles et tantes. Ils étaient juste devant les clans dans leurs plus beaux atours, maintenant toujours leur position.

Lorsqu'ils furent tous en place, Connor et Jamie poussèrent un bruyant cri de guerre des Grant, et les chevaux se mirent à bouger.

Les cavaliers des différents clans se mirent alors en mouvement dans une chorégraphie complexe, certains portant des bannières, d'autres simplement les couleurs de leur clan. Ils continuèrent ainsi, enchaînant les mouvements, les uns après les autres.

Drostan se pencha pour murmurer : « Qu'est-ce qu'ils font ? »

Chrissa éclata de rire et répondit : « Je ne sais pas. Grand-père m'a dit qu'ils étaient tous présents dans la procession afin de montrer à tous ceux de nos terres que nous sommes unis. Aucun de ces clans n'est seul. Nous nous soutiendrons toujours les uns les autres… »

« Au cas où le mal essaie de revenir sur nos terres. »

« Oui » dit-elle, pensive, les yeux posés sur la foule. « Ces idiots ont cru qu'ils pourraient nous éliminer en montant le clan Grant contre le clan Ramsay. Ils se trompaient. »

« Et ils avaient oublié tous les autres clans qui nous soutiennent. »

« Exactement. Regarde » dit-elle en désignant quelque chose.

Les chevaux s'étaient arrêtés, et tous les clans étaient mélangés, de telle sorte qu'il était impossible de les distinguer les uns des autres.

« C'est magnifique, Drostan. Maintenant, on dirait vraiment que nous ne faisons qu'un. »

Puis les chevaux se dispersèrent pour laisser la place à un autre groupe.

John chevauchait avec Coira devant lui. Puis vinrent Alasdair et Emmalin, Alick et Branwen, Els et Joya, et enfin Dyna et Derric.

John s'approcha alors et annonça à la foule : « Nous nous battons pour toute l'Écosse. »

Puis il dégaina l'épée de saphirs et la brandit vers le ciel, bientôt imité par tous les membres des Épées des Highlands. Le ciel se remplit d'éclairs, véritable démonstration d'éclat et de puissance.

CHAPITRE 29

JOHN ET COIRA étaient en train de marcher ensemble dans la forêt, sans se toucher, mais en pleine conversation. John lui confia toutes ses pensées concernant la bataille. La puissance du souvenir des morts sur lui. Sa discussion avec *Seanair* et son père pour apprendre à vivre avec une telle tragédie, même si c'était pour une noble cause.

Lorsqu'ils arrivèrent au milieu de la forêt, un essaim de papillons apparut soudain autour d'eux, ce qui suffit à Coira pour qu'elle s'approche de John, et celui-ci lui prit la main afin de l'attirer vers lui.

« N'aie pas peur d'eux. Ce sont mes amis, et les tiens aussi. Ils peuvent aller partout sans que personne ne les remarque. » Erena apparut alors devant eux en flottant depuis la cime des arbres, vêtue d'une robe vert menthe brodée de fils violets et agrémentée d'un corsage de la même couleur. « Ravie de vous rencontrer, John et Coira. Vous faites partie des plus jeunes, mais je pense que c'est une merveilleuse chose. Tu as fait de l'excellent travail avec l'épée de saphirs,

John, et nous tenons tous à te remercier pour avoir contribué à éradiquer le mal en Écosse, du moins pour le moment. Il n'y aura pas d'autres batailles pendant quelque temps, et ta prédiction va se réaliser. Ton peuple n'oubliera jamais le roi Robert Bruce et sa bataille de Bannock Burn. »

« Que devons-nous faire de l'épée de saphirs, Erena ? » demanda John, la main de Coira toujours dans la sienne.

« Cachez-la dans un endroit où personne ne pourra la découvrir. Je suis sûre que vous trouverez une excellente cachette. Avelina et Drew l'ont dissimulée derrière un rocher près d'une cascade. Mais n'oubliez jamais l'emplacement où vous la cacherez. » Elle s'éloigna alors en flottant, tandis que tous les papillons se posaient sur ses bras. « Je vous souhaite une très belle vie. Vous l'avez méritée. »

« Attendez, Erena. Puis-je vous poser une question ? » murmura timidement Coira.

« Bien sûr. Tu n'as rien à craindre de moi, jeune fille. »

« Et s'il nous arrivait quelque chose ? Que deviendrait l'épée ? Ou s'il arrivait quelque chose à John, que devrais-je faire ? »

« Ne t'inquiète pas, jeune fille. Cela fait partie de la beauté d'être le porteur de l'épée de saphirs. Il ne vous arrivera rien jusqu'à mon retour, le jour où je vous demanderai de la confier à quelqu'un d'autre. Je vous protégerai toujours. Et maintenant, je dois vous dire au revoir. »

Et elle disparut en voletant aussi vite que ses papillons.

ÉPILOGUE

ASSIS DEVANT LA cheminée, Alexander Grant poussa un sifflement, un bruit assourdissant que tous les enfants du clan avaient appris à reconnaître il y a bien longtemps. Il sourit en les regardant se rassembler autour de lui. John se considérait à présent trop grand pour venir écouter ses histoires du soir, mais Alex avait remarqué qu'il n'était jamais bien loin, assis à une table voisine, juste assez près pour entendre tout ce qu'il raconterait ce soir-là, en compagnie de Coira.

Les deux filles de Dyna et Derric, la fille d'Els et de Joya, les deux fils d'Alick et de Branwen, ainsi que les deux fils cadets d'Alasdair et d'Emmalin s'assirent, attendant patiemment que leur *Seanair* commence son histoire du soir. La petite dernière était lovée dans les bras de Branwen. D'autres enfants se rassemblèrent pour participer à ce qui était pour eux le meilleur moment de la soirée.

Ailith s'approcha de son arrière-grand-père et se pencha sur ses genoux, l'observant de ses yeux étrangement perçants. « Tu pleures, *Seanair* ? Pourquoi ? »

Alex lui tapota la tête tout en réfléchissant à l'histoire qu'il comptait leur raconter, bien qu'il savait que certains souvenirs risquaient de faire couler ses larmes sur ses joues. « Och, tu dois rêver, ma petite. Je ne pleure pas, je suis juste en train de réfléchir très fort à l'histoire que je vais vous raconter. »

« Le duel à l'épée contre le fiancé de grand-mère » proposa l'une des petites.

« Le jour où Growley et Loki ont sauvé Gracie. »

« Non, la bataille pour sauver tante Kyla » proposa un autre enfant.

« Moi, j'adore celle où tante Jennie a cru qu'oncle Aedan était mort. C'était tellement affreux ! »

« Le jour où Maddie a sauvé Claray. »

Loki était assis sur une chaise non loin de là, un enfant sur ses genoux, et hocha la tête en direction d'Alex. « C'est une bonne soirée pour raconter la Bataille de Largs, mon laird. »

Le vieil homme jeta un coup d'œil à Loki, qui lui ressemblait presque autant que s'il était né Grant. « Je pense que tu as raison. Je vais vous raconter l'histoire de cette bataille. Ensuite, je vous parlerai d'une femme magnifique que j'ai rencontrée il y a bien longtemps, et que je reverrai bientôt. »

Les plus jeunes ne comprirent pas ce qu'ils voulaient dire, mais il remarqua que ses petits-enfants s'approchèrent, tout comme ses neveux et nièces, son frère Brodie, sa sœur Jennie, et bien d'autres.

Comme s'ils avaient compris ce qu'il savait déjà.

Soudain, Dyna, Astra et Chrissa rejoignirent le groupe, déjà captivées par ses paroles, comme lorsqu'elles étaient enfants.

L'heure était venue.

Alex s'était accroché à la vie de toutes ses forces pour les aider à sortir vainqueurs, pour laisser à ses fils et ses filles, ses petits-fils et ses petites-filles, ainsi qu'à ses arrière-petits-enfants ce qu'ils méritaient le plus – la liberté.

Enfin, grâce à Robert Bruce, grâce au courage, à la détermination et à la ténacité des Écossais, ils avaient vaincu ces salauds d'Anglais. Et ils avaient fait fuir Edward.

À présent, il pouvait reposer en paix, car il savait que son clan, son peuple, serait sous l'égide d'un Écossais. Le soudain accès d'enthousiasme qu'il ressentit ce soir-là se prolongea durant toute son histoire de la Bataille de Largs. Il voulait s'assurer qu'ils n'oublieraient jamais le courage et la force de son clan et de ses frères.

« C'était un jour sombre dans l'histoire de l'Écosse, le jour où les Nordiques ont cru pouvoir faire venir leur armée sur nos terres, après un voyage en galère jusqu'à notre estuaire pour attaquer notre peuple. Ils sont descendus de leurs navires, envahissant la plage à proximité de Largs, leurs épées brandies vers nous, mais ils n'ont pas réussi à nous vaincre. Robbie était là, avec une puissante armée de Highlanders qu'il entraînait depuis quelque temps déjà. Brodie était également présent, et il se battait plus vaillamment que n'importe quel guerrier.

« Et il y avait aussi un garçon avec une fronde qui abattait les Nordiques avec une telle dextérité qu'ils ne le voyaient même pas venir. »

En entendant les compliments qu'il adressa à Loki, les garçons qu'il avait pris sous son aile – Gillie, Thorn, Nari et Kenzie, son fils adoptif – éclatèrent de rire en criant son nom.

« Mais ce sont les Écossais qui l'ont emporté durant cette courte bataille. Nos ennemis se sont empressés de retourner sur leurs navires avant de lever les voiles. Notre ténacité et notre loyauté nous ont permis de remporter la victoire, tout comme durant la bataille de Bannock Burn. Je suis certain que ce combat pour la liberté restera dans les mémoires pendant les décennies à venir.

« Bien sûr, certains pensent que nous avons beaucoup gagné de cette visite des Nordiques, parce que nombre d'entre eux sont restés, nous faisant ainsi cadeau de leur force et de leur culture, qu'il ne faut pas négliger. » Sur ces mots, il adressa un regard entendu à son fils Connor et à sa femme Sela, à moitié Nordique. Puis il tendit la main pour prendre celle de Dyna. « Tu as enrichi nos vies de bien des façons. »

Il entendit Sela renifler à la fin de sa narration, mais il ne voulait pas s'attarder dessus et passa à sa prochaine histoire.

Il leur parla de la jeune femme blonde maltraitée par son propre frère, qui avait fini par devenir l'une des femmes les plus fortes qu'il eut jamais connues.

Tout en racontant son histoire, il entendit des murmures à propos de grand-mère, Maddie, ou autres qualificatifs pour parler de sa femme bien-aimée. Ils savaient tous qu'elle n'avait pas été acceptée tout de suite dans leur clan à cause de rumeurs répandues par un homme cruel – son ex-fiancé. C'était l'histoire d'une femme forte qui refusait de se laisser détruire par l'adversité. Elle avait ensuite rédigé des livres d'histoires pour distraire et ravir les enfants du clan Grant, et avait vécu une vie irréprochable – malgré les mauvais traitements qu'elle subissait.

Il s'en était souvent voulu de ne pas l'avoir remarqué plus tôt. En tant que laird, il avait concentré tous ses efforts sur la protection et la défense de son clan, au lieu de ce qu'il se passait juste sous son nez.

Il continua de leur raconter comment Maddie avait dupé tous ses gardes pendant qu'elle sautait dans un trou qui s'était formé dans la terre, au risque de se blesser gravement, afin de sauver deux enfants. Du coin de l'œil, il aperçut les sanglots de sa sœur Jennie, qui avait été l'un de ces enfants. Elle s'était retrouvée coincée au fond d'un profond trou avec une entaille à la tête, et elle avait dû s'occuper d'une petite fille assommée après un coup reçu à la tête.

Maddie s'était cassé le bras dans sa chute, mais la douleur n'était rien pour elle comparée à son inquiétude pour ses enfants innocents.

Alex avait alors réalisé toute l'étendue de la situation. Il avait appris à écouter, à tenir compte des sentiments des autres, et à aimer sans compter. Il avait épousé la jeune femme, car il savait qu'il ne regretterait jamais d'avoir pour femme une personne avec de telles convictions. Et il savait qu'elle lui donnerait des enfants d'une force rare.

Ce qu'elle avait fait – ils avaient eu cinq enfants.

Durant toutes leurs années ensemble, elle lui avait donné bien plus qu'il ne le méritait. Il leur parla des défis qu'ils avaient rencontrés, de leur joie à la naissance de chacun de leurs enfants, de leur émerveillement lors de l'arrivée le même soir de leurs trois petits-fils – Alasdair, Els et Alick – et du merveilleux moment où ils avaient adopté Maeve.

Il évoqua leurs disputes, les enseignements qu'elle lui avait subtilement appris en matière de pardon, et leurs efforts conjoints en tant que partenaires pour envisager toutes les solutions à un problème. Il leur confia qu'ils avaient été bénis par Dieu de tellement de façons qu'ils en avaient été reconnaissants chaque jour de leur vie.

Lorsqu'il eut terminé, il se leva tant bien que mal, et Kyla lui tendit le long bâton qu'il utilisait pour se soutenir, suivie de près par Maeve et Elizabeth, tandis que sa sœur Jennie se précipitait de l'autre côté pour l'aider à rejoindre sa chambre.

Il hocha la tête en direction de ses deux fils, ses petits-fils et ses petites-filles, puis de son frère Brodie. Ensuite, il traversa le grand hall des Grant dans un silence rare pour cette pièce. Les enfants se mirent à s'agiter derrière lui, tandis que les autres murmuraient entre eux, mais il ne leur prêta aucune attention.

Kyla lui ouvrit la porte, Maeve et Elizabeth non loin de lui, mais il l'arrêta, se pencha pour l'embrasser sur le front, et dit : « Je vous aime toutes, mes filles, et vous avez toujours fait ma fierté, mais je dois m'adresser à ma sœur en privé. »

Des larmes coulèrent sur les joues de Kyla, comme il s'y était attendu, et il la laissa le serrer dans ses bras si fort qu'il en eut mal dans ses vieux os, parce qu'il savait qu'ils en avaient besoin. Elle et ses sœurs s'éloignèrent ensuite, Maeve essuyant ses larmes, et Jennie referma la porte avant de l'aider à se mettre au lit, ce qui leur prit un moment.

Lorsqu'il fut allongé dans le lit avec un profond soupir, Jennie tira une chaise pour s'asseoir à son chevet. Elle posa un baiser sur son front et dit : « Embrasse bien fort nos parents de ma part, et Maddie et Robbie aussi, et puis, tu sais… »

« Je n'en suis pas sûr, mais je suis fatigué, Jennie. Mon heure viendra bientôt. »

« Tu as vécu de nombreuses et merveilleuses années, Alex, et ce que tu as accompli ici… Père et mère seraient fiers de toi. »

Le vieil homme ferma les yeux. Il ne pouvait pas rester éveillé une minute de plus. Il sentit vaguement que sa sœur le bordait d'une couverture avant de quitter silencieusement la pièce. Comme elle était guérisseuse, elle avait toujours eu un don pour deviner quand certaines choses étaient sur le point de se produire.

Il s'endormit rapidement, en espérant voir Maddie. Le manque qu'il ressentait était devenu impossible à supporter.

Un moment, il pensa à sa chère Maddie et à son éternelle odeur de lavande, et l'instant d'après, il chevauchait Midnight, son ancien cheval de bataille, dans une prairie remplie de bruyère. Il se retrouva ensuite dans une épaisse forêt, et bien qu'il ne l'ait encore jamais vue auparavant, Midnight le mena jusqu'à un ruisseau afin de s'y abreuver. Alex descendit de sa monture en réalisant soudain qu'il rêvait, car il ne ressentait aucune douleur ni la moindre souffrance. Fou de joie, il dégaina son épée et la leva au-dessus de sa tête, ce qu'il avait été incapable de faire depuis quelques années. Rien que pour le plaisir, il répéta le même geste plusieurs fois.

Une sereine sensation de paix l'envahit alors, et sa première pensée fut qu'il avait envie de rester dans cette forêt pour toujours, si seulement il n'avait pas été seul. Il se sentit apaisé par l'odeur des pins, le bruissement des branches et le murmure des écureuils. Il rengaina son épée et leva la tête afin de savourer la douce brise des Highlands, ses longs cheveux se soulevant de sa nuque.

Puis quelque chose lui fit lever les yeux. Là, dans la brume à quelques pas devant lui, se tenaient un homme aux cheveux sombres et une jolie femme rousse. « Tu nous as manqués, père. Merci d'avoir veillé sur Alasdair et nos petits-enfants. »

« Jake ? » Alex fit quelques pas en avant – il n'en croyait pas ses yeux, car le fils dont il avait souffert l'absence chaque jour de la fin de sa vie se tenait à présent devant lui avec sa femme, Aline.

« Oui, c'est moi, père. Bientôt, on s'entraînera à nouveau ensemble, mais il y a quelqu'un d'autre qui voudrait te voir d'abord. » Jake désigna un point à la droite Alex, puis l'épaisse brume tourbillonna autour d'eux et il disparut.

C'est alors qu'il la vit.

Maddie se trouvait non loin de là, rayonnante comme toujours dans sa robe bleu préférée assortie à ses yeux, ses cheveux dorés brillant au clair de lune et tombant librement en une cascade de boucles dans son dos.

« Maddie, mon amour. Tu m'as tellement manqué. Combien de temps peux-tu rester avec moi ce soir ? »

Sa très chère épouse lui sourit en lui ouvrant les bras. « Toute l'éternité. »

Il s'avança et passa ses bras autour d'elle, puis enfouit son visage dans ses cheveux pour en humer le doux parfum. Et alors qu'il l'embrassait doucement sur les lèvres, il ne prononça qu'un seul mot.

« Enfin. »

CHER LECTEUR, CHÈRE lectrice,

Désolée ! Je sais que certains de mes lecteurs seront déçus, mais si j'ai fait ça, c'est pour une bonne raison. Ça me semblait la chose à faire. C'est la fin du clan Grant, je ne parlerai donc plus de **la suite** de leur histoire. CEPENDANT, je prévois de revenir dans le passé afin de raconter quelques histoires manquantes du clan des Highlands : celles d'Elizabeth, Maeve, Kenzie, Jennet, Brigid, Riley, Tara, et ainsi de suite.

C'est donc ce qui vous attend pour la suite. Je pourrais aussi inventer un nouveau clan dans une époque complètement différente.

Mais je ne continuerai plus avec ce groupe. Je ne prévois pas d'écrire d'autres histoires pour John, Astra, ni aucun de ceux de la nouvelle génération. En tout cas, pas pour le moment... Il y en a trop, et j'ai déjà suffisamment de personnages dans la tête.

Je choisis de croire qu'Alexander Grant est plus heureux là où il est désormais, et que ses descendants ont compris qu'il était temps de tourner la page.

Et Maddie ? Eh bien, elle est ravie, mais vous le saviez déjà, n'est-ce pas ?

Y a-t-il vraiment eu une tentative de décapiter Robert Bruce à Bannock Burn ? Non, cet événement était de mon invention.

Ou pas ?

Continuez de lire ! Faites-moi confiance, il y a d'autres histoires ! Je n'ai aucune intention d'arrêter d'écrire. Qui sait ? Un nouveau clan pourrait surgir de ma tête à tout moment.

Keira Montclair

keiramontclair@gmail.com

https://www.keiramontclair.com/translations/francais-french

http://facebook.com/KeiraMontclair/

http://www.pinterest.com/KeiraMontclair

AUTRES LIVRES DE KEIRA MONTCLAIR

SÉRIE DU CLAN GRANT

#1- SAUVÉE PAR UN HIGHLANDER -
Alex et Maddie
#2- LA GUÉRISON DU CŒUR D'UN
HIGHLANDER-
Brenna et Quade
#3- LETTRES D'AMOUR VENANT DE
LARGS -
Brodie et Celestina
#4- VOYAGE VERS LES HIGHLANDS -
Robbie et Caralyn
#5- ÉTINCELLES DANS LES HIGHLANDS
- Logan et Gwyneth
#6- MON HIGHLANDER DÉSESPÉRÉ -
Micheil et Diana
#7- L'ÉTOILE LA PLUS BRILLANTE DES
HIGHLANDS -
Jennie et Aedan
#8- HARMONIE DES HIGHLANDS -
Avelina et Drew
#9- ANGES DE NOËL

À PROPOS DE L'AUTEURE

KEIRA MONTCLAIR EST le nom de plume d'une auteure qui vit en Caroline du Sud avec son mari. Elle écrit des romans historiques au rythme soutenu, souvent avec des enfants comme personnages secondaires.

Lorsqu'elle n'écrit pas, elle préfère passer du temps avec ses petits-enfants. Elle a travaillé comme professeure de mathématiques dans un lycée, infirmière diplômée et chef de bureau. Elle aime le ballet, les mathématiques, les puzzles, apprendre de nouvelles choses et créer de nouveaux personnages dont ses lecteurs pourront tomber amoureux.

Elle considère que son travail est bien fait lorsque ses lecteurs versent des larmes en lisant ses histoires, toutefois les fins heureuses sont toujours au rendez-vous !

Sa série à succès est une saga familiale qui suit deux clans écossais médiévaux sur trois générations et compte aujourd'hui plus de 40 livres.

Contactez-la sur son site web, *http://www. keiramontclair.com* ou directement à l'adresse keiramontclair@gmail.com.